新诗评论
NEW POETRY REVIEW

CSSCI 来源集刊

谢冕　孙玉石　洪子诚
主编

2018年
总第二十二辑

图书在版编目(CIP)数据

新诗评论.2018年：总第二十二辑/谢冕,孙玉石,洪子诚主编.—北京：北京大学出版社,2018.11

ISBN 978-7-301-29929-6

Ⅰ.①新… Ⅱ.①谢… ②孙… ③洪… Ⅲ.①新诗评论—中国 Ⅳ.①I207.25

中国版本图书馆CIP数据核字（2018）第223625号

书　　　名	新诗评论2018年（总第二十二辑）
	XINSHI PINGLUN 2018 NIAN（ZONG DI-ERSHIER JI）
著作责任者	谢　冕　孙玉石　洪子诚　主编
责任编辑	黄敏劼　饶莎莎
标准书号	ISBN 978-7-301-29929-6
出版发行	北京大学出版社
地　　　址	北京市海淀区成府路205号　100871
网　　　址	http://www.pup.cn　新浪微博:@北京大学出版社 @培文图书
电子信箱	pkupw@qq.com
电　　　话	邮购部62752015　发行部62750672　编辑部62750112
印　刷　者	天津光之彩印刷有限公司
经　销　者	新华书店
	660毫米×960毫米　16开本　18.75印张　230千字
	2018年11月第1版　2018年11月第1次印刷
定　　　价	45.00元

未经许可，不得以任何方式复制或抄袭本书之部分或全部内容。
版权所有，侵权必究
举报电话: 010-62752024　电子信箱: fd@pup.pku.edu.cn
图书如有印装质量问题，请与出版部联系，电话: 010-62756370

目 录

诗、剧场与行动

面向诗歌的剧场与面向剧场的诗歌
　　——《随黄公望游富春山》札记……………陈思安（2）
"我们的才能和无能的故事"
　　——从"各种未来"到《诗剧三种》……王　炜　冯俊华（22）
关于"实践论"和"诗剧三种"
　　——答雅昌记者问（2016年1月）……………冯俊华（37）
王炜的诗剧：在政治和地缘之间………………………王年军（40）

孙文波研究专辑

认同之诗，或经验主义的四重根
　　——读孙文波长诗《长途汽车上的笔记》…………一　行（46）
远游风景的叙事之维
　　——孙文波与新诗的山水纪游传统………………朱钦运（84）
"在风景中成为风景"：旅途中的自我身份认同
　　——以孙文波《长途汽车上的笔记》为例…………纪　梅（106）

问题与事件

铁做的月亮
　　——《我的诗篇》英文版和同名纪录片的书评兼影评
　　………………柯　雷（Maghiel van Crevel）张雅秋　译（122）

两岸诗的视野

翻译的政治：冷战初期台湾和香港对现代诗的

　　译介及其差异 ………………………………… 刘　奎 (140)

80 年代后两岸政治诗中的暴力修辞 ……………… 吴丹鸿 (161)

当代诗研究

界内／界外：论李亚伟诗作中的历史狂想与地理移动 … 林佩珊 (190)

一种古老的成熟

　　——论现代汉诗的句法 ……………………… 赵　飞 (233)

访　谈

八个问题的回答及其他：卞之琳访谈 ………………………… (266)

我记忆中的卞之琳先生 ……………………… 三木直大 (286)

本辑作者／译者简介 ………………………………………… (290)

编后记 ………………………………………………………… (293)

诗、剧场与行动

当代诗与戏剧、艺术、展览等不同媒介之间的联动，是一个值得关注的当下"现场"。诗人翟永明的长诗《随黄公望游富春山》被搬上舞台、诗人王炜的《诗剧三种》及相关展览研讨，都是代表性的个案。这些尝试并非一般意义上的"跨界"，即不同文艺"场域"之间的平面挪移、兑换，而更多地表现为与多种多样不规则现实状况的碰撞，以及各自固有逻辑的被迫中断、调整。新的认识与实践契机、新的共同体生成的可能，也就蕴含在此过程中。

面向诗歌的剧场与面向剧场的诗歌
——《随黄公望游富春山》札记[①]

陈思安

自2014年初夏,我在剧场内外不断地被问到同一个问题:"在《随黄公望游富春山》这部戏里,你到底想表达/呈现的是什么?"当然,这个问题还有诸多变体:"它的主旨是什么?""你想探索的是什么,它的内容该怎么概括?"面对演员、主创、观众、记者、同行,甚至友人,这个问题的不断被提出,其重要性远高于我每一次的回答。这是一个陷阱式的问题,提问者心中大多已有答案,然而他们仍然存有困惑,期待得到答案进行交叉验证。

困惑,恐怕是剧场与诗歌能够提供给人们最好的东西之一。

回溯到2014年的那个夏天。我的手里有一片空荡的排练场,一部彼时尚未完全定稿的长诗文本,一位在诗歌剧场方面已有实践及研究的诗人编剧,还有几位年轻且对我接下来想要干什么完全没有头绪的演员。

[①] 诗人翟永明于2010年至2013年期间创作了长诗《随黄公望游富春山》前26节,并于《今天》杂志2012年"飘风专辑"发表了前15节。戏剧导演陈思安在2013年11月读到这首长诗未定稿的前26节,向翟永明提出来希望可以将这首诗改编为舞台剧作品。2014年9月,根据《随》长诗前26节编排的第一版舞台剧作品于北京国际青年戏剧节首演,翟永明应邀观看演出,并根据演出观感写作了长诗第27节。2015年《随》诗完整30节定稿出版,根据新完整定稿改编的第二版舞台剧作品于北京、成都两地演出。此后的2016年至2017年,经过数次大小型改版的《随》舞台剧应邀在台北、高雄、德阳、东莞、深圳、广州、重庆、北京等地进行巡演。截至2017年底共计在九座城市的11个剧场中演出了39场。

在正式排演开始前有大半个月的时间,演员们每日关在排练场中,热身之后听我和编剧逐节讲解这首长诗的每一句。这种体验对于年轻的演员来说无疑是奇特的(同时也是一种折磨)。因为我们的戏剧教育中涉及诗歌的只有诗词朗诵课(大部分内容是古体诗词及早期朦胧诗),而诗歌教育中则基本没有关于身体性/戏剧性探讨和实践。

  演员们还是很快领悟到,这部以中国当代诗歌为文本的戏剧作品,不是挑选了他们千锤百炼的金嗓子来做诗朗诵,也不是看中了他们年轻柔韧的身体来做诗配舞。一些很具刺激性的问题同时摆在所有人面前。作为戏剧人:一种极少在舞台上处理的文本——当代新诗的文本——到底该如何寻找最适合它表现的方式进行舞台呈现?作为诗人:阅读诗歌文本时唤起的多种复杂体验,能够被舞台所捕捉并具象化吗,这是对文本的丰富还是伤害?作为戏剧人同时也是诗人:走入剧场中的诗歌究竟能为剧场提供些什么,而面向诗歌的剧场又到底能够敞开到何种程度?戏剧的诗性,与诗歌的诗性是否具有共通互化的可能?这些问题刺激的不仅是主创们的创造力,更是经验、已习得的能力以及固化了的思维。在这些问题面前,大部分经验和习知已然失效,需要身处其中的人共同探索出新的解药。

  自这场探索起航,我们就在与以上问题较量。较量的产物——《随黄公望游富春山》(以下简称《随》)舞台剧(或诗歌剧场)作品,也在过去的四年间,历经三个版本的大幅改动,以及十几次小幅度调整,截至2017年底共计在九座城市的11个剧场中演出了39场。我倾向于把这部作品的整个历程看作是动态生长的诸多问题的延续,诗歌与剧场的双向拷问在其中不断更新,以作品形态进行的回应必然也随之变动成长。

  马丁·布伯(Martin Buber)认为:"艺术的永恒起源是:形象浮现在一个人的面前,要通过这人成为作品。绝不是这人的灵魂自受成胎,而是幽影浮现在灵魂里,盼灵魂调动起进行作用的能量。"[①] 幽影向你发出疑问,而你以自己所能调动的能量进行回应,作品便出现了。

---

① 马丁·布伯:《我和你》,杨俊杰译,浙江人民出版社,2017年,第11页。

一、"我的心先于我到达顶峰":关于《随》剧导演工作的思考

(一)作为文本载体的演员及其信息接收通道

剧场面向诗歌敞开所面临的第一个问题,是演员在这种舞台形式中的属性究竟是什么。即便这是几乎所有戏剧导演都需要解决的问题,但在以当代新诗作为文本的戏剧中,这个问题显得尤为紧要。把演员作为纯粹工具的使用,在诗歌剧场的舞台上面临着必然失效的命运。演员们无法真实接受的信息从他们嘴里直白地喷出来,僵硬地撞击在舞台的空间里,不仅一眼可以令场中的所有人感受到这种不可吸收,也破坏着所有与之共建的舞台氛围。

当代诗歌的语言是高度凝练且相对抽象的,其意旨更多是向内而非向外,节奏和语感强烈地被作者的风格影响着。所有这些与传统戏剧文本迥异的特质,决定了作为文本载体的演员如果无法将诗歌的语言接收为自己能够消化和处理的信息,并对其进行反应及反馈,那么他们身体的表现必然是僵化且无法令人信服的。

几乎所有曾经在戏剧舞台上处理过诗歌文本的导演,都会让演员在排练期间基于文本进行大量即兴。其目的自然是希望能够通过即兴来刺激演员寻找到自己与诗歌文本之间的联系,从而吸收并转化那些信息而非生硬地使用之。但如何吸收,如何转化,则根据不同导演的思路及手法,会形成不同的舞台风格。

牟森在《零档案》[①]的创作中,提取出"成长"的主题以及诗歌文本中"排列感"的质感[②],并让演员吴文光、蒋樾、文慧在于坚长诗的文本之外,于舞台呈现中融入了大量个人成长经历。其中,吴文光讲述的关于自己的少年时代、对父母往事的回忆,都是基于被提取出的"成长"

---

① 舞台剧《零档案》根据于坚同名长诗改编,导演牟森,于1994年5月8日在比利时布鲁塞尔"140剧场"首演。

② 牟森:《关于戏剧〈零档案〉》,《南方都市报》2004年5月31日。

主题，也成为全剧最令观众和媒体所深感触动的部分之一。在这里，诗歌的文本提供了一个起点，或说支点，蔓延开的是根植于演员个人生命体验的叙事。田戈兵在《朗诵》①《从前有座山》②里尝试的，则是完全相反的路向。诗歌成为被彻底打碎的文本，消解了诗的大部分特性，仅作为一种可供实验的语言材料，通过演员对这些资料的纯粹身体性感知重新组织，以演员身体的反馈、律动为核心建构起舞台表现。

在《随》剧的排演过程中，我尝试寻找让演员吸收新诗文本的不同进路。这也是由戏的整体构思决定的。我希望能够在将文本深植个人经验和彻底打碎文本作为语言材料之外，找到呈现诗歌的舞台形式。一种基于诗歌文本本身演绎推进，而不是只将其作为出发点的舞台形式。演员能够进入和消化文本的程度，便在某种程度上决定了这种形式呈现出来的可能的深广度。《随》剧演员来自各种背景，有专业话剧演员、现代舞演员、诗人兼半职业演员。在即兴中使演员让渡出安全感，并提供个人经验，尽管是有一定效果的，但随着排练中对文本理解的深化，针对每一个个体最为奏效的信息接收通道却会有分别地敞开。有的演员会被诗中描述的情境所抓住；有的演员会紧紧跟随语言的节奏感和韵律；有的演员需要准确把握其中的情绪；有的演员则急迫地需要在诗里寻找到与自己个人生活经验相连接的部分。诗歌的特性决定了单纯地进入诗歌只会令每个阅读者产生迥异于他人的体验，更遑论尝试表现。尽量准确地辨别每一个演员对于诗歌文本最有效的吸收通道，努力营造出一个共同的情境，调整演员在这个共同情境中释放出被自我消化转化过的表现。

在这种先敞开再收拢的创作过程中，演员对于文本的个人理解和导演理解之间的差异始终伴随其间。宝贵的也正是这些差异，如果所有人都对同一句同一段诗有完全相同的理解，那么这被选择的文本其丰富程度的可疑性也就大大增加了。2016年《随》剧巡演台湾期间，我与台湾导演张之恺（张永智）曾就这个问题有过一番有趣的对话。他提到自己在

---

① 舞台剧《朗诵》于2010年5月在草地场工作站的交叉艺术节首演，导演田戈兵。
② 舞台剧《从前有座山》于2016年8月在北京展览馆剧场首演，导演田戈兵。

导演根据他的诗歌作品改编的舞台剧《诗,无处不在》[①]时,颇为困扰的就是演员对文本的理解时常跟自己相差甚远。他的技巧是,当演员在错误的地方做出错误的反应时,他就会引导演员改变调度或行动。身体行动一改变,演员自然根据身体变换语速和停顿,多做几次,也就领会了为什么需要做出这种改变。在排练早期曾经比较困扰我的一个问题,是年轻的演员们对于翟永明诗中一些较为古劲的用词不甚熟悉,像是"千竿修竹""桑榆晨昏""落叶萧萧"这样的词汇,显然从不会出现在他们的日常语境中,因此演员一张口就会不由自主地代入一种古诗词朗诵的腔调。为了消解这种腔调,除了在跟演员的沟通里不断拆解这些字词的含义和语感,我发现在大量的身体律动中演员会逐渐放弃对这些词汇的固有观感,将其融汇为身体记忆的一部分。

(二)诗文与剧场的精神性:"意境"与其指代

长诗《随黄公望游富春山》作为翟永明近年来最为重要的作品,在翟永明的诗歌写作历程中有着颇为特别的位置。《随》延续了翟永明从90年代开始在新诗写作中对于中国古典诗词的融汇调用,以及对于艺术作品的含纳演绎,并在这首长诗中,将这二者推向了极致。正如商伟教授所言,"旁征博引,诗备众体,但凡古典山水诗、游记、画论和题画诗等等,无不供她笔下调度驱使,熔汇一炉,也将它们源远流长的生命血脉注入了新诗的当代意识"[②]。将这样一首调动了大量古典文学、绘画资源,意象、典出庞杂丰富,同时又具有强烈当代意识的诗歌作品改编为舞台剧,如何在勇敢地完成舞台转化实验之外,保留(甚至向前推进一步)该诗中核心元素的古典融汇现代之气韵,成为困难且无法回避的问题。四年来,《随》剧数次大幅的改动多多少少都围绕着对这一问题的持续思考。

[①] 《诗,无处不在》于1995年10月在台北东区艺术节首演,导演张之恺(张永智)。
[②] 商伟:《二十一世纪富春山居行:读翟永明〈随黄公望游富春山〉》,翟永明:《随黄公望游富春山》,中信出版社,2015年,第79页。

在中文语境中,"气韵""意境""精神气质"等,都是较为虚化、没有实体指代的批评概念。当人们提到这些词,不管是用来形容文本,还是形容舞台,唤醒的多是自己内心对于某种气质或氛围的感觉和设想。这种唤醒在各人心中自有不同,一旦实体化到视觉呈现,就会将繁复的想象空间压缩为一种固定的乃至干瘪的单一表现。此外,仍有另一种困境,大部分观者业已形成了某种对"意境"想象的偏好。打破这种僵硬的偏好需要付出比前一种扩大想象空间更大的努力。2016年《随》剧复排期间,曾面向公众举办过一次戏剧工作坊。在工作坊期间,参与者们在阅读了《随》诗前几节后,我引导大家描述或表现想象中的场景或氛围。20余位参与者所使用的词汇或场景高度重合,他们不约而同地提到了"烟气渺渺的江水""悠扬的古琴声""老态苍劲的画师"等。在这一层面上,调用古典文学、绘画资源的诗歌写作,与使用这一文本进行的舞台改编,所面临的其实是同样的困境与挑战:融汇生发与落于流俗往往仅一线之隔,如未能做到深入、巧妙、创新地融合转化,则会卡在陈俗的挪用和无效的想象之间,处境尴尬。

《随》剧首演以来,尤其是2016年至2017年在全国范围内大规模巡演以后,出现了十数篇学术批评文章,当中的大部分涉及剧中所谓"意境"的讨论。可以说这是由《随》剧使用的文本之特殊性决定的,你很难在"传统"的话剧讨论中见到人们如此纠结于"意境"问题。"意境"这个不可言说又亟待解决的问题具体可以分为三点:在这部舞台剧作品中,"意境"到底指代什么?为何要保留(或推进)这种气质?技术层面上如何实现?作为这部仍在进行中,依然有生命力,不断更新着的作品的导演,我认为这些问题仿佛魔盒中的秘密,完全敞开则意味着魔法消减,趣味尽失。在这里我只愿有所保留地表达我的部分想法。

每个年代的创作者其作品皆强烈地被其所处的时代环境所撼动。牟森创作《零档案》的90年代初,个人的面目是模糊的,社会整体语境笼罩在灰蒙蒙的一致性下。那些个体触碰不到却又莫名其妙影响着每个人生活命运的无言的档案,便是彼时人的困境的直白寓言。去除这些失却情感的僵硬痂壳,打破压抑,将历史的宏大主旨恢复为人本来的面目,成为创作者的内驱力。2006年，导演孟京辉根据西川同名长诗创作了《镜花水月》，彼时，人们感兴趣的各种主题已彻底个人化。孟京辉在接受采访时，将这部戏定位为"反映都市生活中的男女情感"。不管回答中有多少市场考虑的成分在，我们在戏中看到的确实是一个个孤独游荡在冰冷城市中的男男女女，在破碎的语言和绝望的撕扯中企图获取爱与关注。

视线转回到当下，此时。信息和媒介的巨大转变对人类生活的重新塑造已成为不争的事实。宏大叙事几近崩解，在资本外衣包裹下美化为"大众文化""个人生活"的消费主义浸泡着世界。"碎片化""整体的消亡"这些词汇流连在人们的嘴皮，连欲拒还迎的姿态都可以省却了。李陀在为《随》诗所作的序言中，几乎没有提到这首诗的内容，通篇都在讲手机世代"小众"的消亡，文化的危机，以及在这样的世代里，为何能够诞生一部像《随》这样"心境阔大"的作品。①

说这些似乎与想探讨的"意境"并不直接相关，但却是决定了全剧调性、精神气质（所谓"意境"）的核心。在创作《随》剧的初始阶段，我便面临这些选择：可以提取某个元素，然后跟演员的个人体验紧紧链接，以个人化落实情感表现；可以彻底打碎文本，将其作为语言材料，任意实验；甚至可以给诗中所涉及的所有人一个清晰的面目，哪怕是讲个关于黄公望和这幅画的命运的故事都足够吸引人。以上这些选择都足够安全，但都相对偏离了我所理解的翟永明创作这首长诗的整体意义。

翟永明创作这首诗的过程可以被描述为一场漫长的抵抗。四年时间，历次改动，接近900行的容量，穿梭于古今之间，既求索，亦回应。如果我们愿深索其中动因，会发现在这幅徐徐展开的当代精神图景中，掩藏在求索背后的一系列发问。在业已破碎的世界中，是否还有重建某种精神共同体的可能？在一次又一次的打碎，碎成了渣的现实中，我们还是否有能力进行某种整合？在每一个个体都更重视自我体验的信息关系

---

① 李陀：《〈随黄公望游富春山〉序言》，翟永明：《随黄公望游富春山》，中信出版社，2015年，第2—5页。

里，我们能以何种方式重新建立起更新了的连接？正是这些问题的发出和持续思考，构建起这首长诗的整体精神气质，而不是某段优美的诗文本身。如果作为舞台呈现的《随》剧无法把握住这些确实优美的诗文背后的精神诉求，再完美的意境营造也是徒有其表。

（三）高立的次元壁与穿越的尝试

一件有趣的小事。当我在向没有看过这部戏的朋友或观众介绍它时，通常需要将剧名念三遍以上才能令对方听明白或者记住。这对于制作人和宣发人员来说可能是场灾难，我倒是从未想过给改编了的剧目换一个更朗朗上口好记的名字。这首诗也好，这部戏也好，线索已经藏在了名字里。"随"黄公望，"游"富春山，状语连接着动词谓语，已然道出了全剧的核心行动，而隐去的主语"我（们）"，则始终作用于暗处。然而，不知谁人的黄公望，不明其貌的富春山，不知何物的《富春山居图》，与寂寞的诗人、高冷的画师和被贴上小众标签的诗歌与剧场，面临着相同的尴尬。

身处前所未有的开放信息高速流动年代，不同领域之间，甚至不同生活场景之间的壁垒反而日益增高，人们精神性需求的获取渠道也在相对收窄。越是易获得的信息，越是难以得到真正的消化处理和记忆。当你吐出一些未知信息后，对方坐在你面前即可打开手机搜索，并在几秒钟的时间内获得与这些关键词相关的海量信息。坐拥高速、便捷和海量信息的满足感会令人放下手机，感到安心，立等可取的"知识"让人不会去做更多深思，一道又一道的次元壁由此高立起来。

《随》共 30 节诗近 900 行的大幅容量，涉及当代新诗、元明清绘画、古典诗词、散文注释、历史流转等主干内容，其中对古典艺术之贯通融汇又涵盖古典山水诗、游记、画论、题画诗、绘画笔法、风水研究等支系，诗中的具体内容更是由今古富春山到当代心灵困境，上天入地，穿行古今。单拿出某个或某些内容来讲，都是令人望而生畏的高耸着的次元壁。将这样一部即便是阅读都需要大量知识储备的作品改编为 90 分钟的舞台剧，如何打破这些次元壁，令观者能够沉浸其中，成为一个有挑战性的难题。

首先得说，碰壁是必然的。如果这种类型的剧场作品连挑战、激发观众智性的勇气都不具备，它的存在价值就将是可疑的；为了能够让人更轻易进入而刻意铲平所有壁垒，只会令作品轻薄而乏味。碰壁的结果有多种可能。让人在智性挫败感中望而折返，或夹在不明不白的懵懂中囫囵吞枣，或激起人穿越壁垒的强烈兴趣。因此，难点就在于，如何让人在意识到壁垒的存在之后，获得想要穿行过这些壁垒、更进一步追问探寻的兴趣。

在具体实践中，涉及技术层面，我会相对偏重对心理节奏的考量，以及对舞台上释放关键信息的节奏与观众感知距离的把握。《随》剧2016年台湾巡演前的最后一次大幅改版中，增加了诗人与画中人的三段独白，也是对于这一问题的思考结果。我认为，"开门"与"架梯"，是两种穿越次元壁的方式。独白的设计如"架梯"，除了帮助观者一步步进入画中的不同次元之外，同时获得"拾级而上"的好奇与惊喜；而"开门"则穿插于剧中每一次视角转换细节之中。有时通过转场完成，有时通过音乐、灯光、特效等技术完成，其他大部分则需要通过演员的表现完成。

二、长诗作为舞台文本的中国当代戏剧实践：以《零档案》《镜花水月》和《随黄公望游富春山》为例

诞生于1990年代前期的《零档案》，21世纪第一个十年的《镜花水月》和第二个十年的《随黄公望游富春山》，具有相似的基因：均以中国当代重要先锋诗人——于坚、西川、翟永明——彼时期的长诗文本进行改编。不过在相似基因的作用下，却因导演思路和时代变迁而呈现出截然不同的模样与气质。我想以这三部作品为例，谈谈诗歌与剧场是如何相互作用的。需要说明的是，从1990年代至今，除这三部作品外，还有

多部根据新诗文本改编的舞台剧作品,如上文提及的田戈兵的作品,还有旅德导演曹克非与编剧周瓒合作的《企图破坏仪式的女人》《乘坐过山车飞向未来》等,李六乙导演根据徐伟长诗改编的《口供》等。

(一) 以新诗为文本的剧场作品与当代艺术天然地紧密媾和

这一特质几乎从这种舞台形式的尝试初始便自然形成,以至至今仍是最为鲜明的共性之一。牟森曾在自述中提到,"做(《零档案》)这个戏剧的重要的合作者是易立明"[①],而易立明在设计舞台时给他提供的首先是用鼓风机、切割机、电焊机等构成的一系列装置。如果说这仍算作是在舞美设计的范畴内的话,那么牟森在挑选演员方面则显露出他将这部作品与当代艺术连接起来的意图,三位演员,吴文光是纪录片导演,文慧是现代舞演员及编舞,蒋樾是纪录片及电影导演。表演中还使用了纪录片视频片段的投影,内容是一个婴儿正在接受心脏手术。进入新世纪后,牟森的创作也转向了当代艺术领域,近年以一系列大型装置艺术作品重返人们视野。《零档案》在常规的舞台行动之外,纪录剧场式的个人陈述、现代舞、行为艺术、装置、纪录片影像等,这些与当代艺术相关的内容紧密地黏合着全剧的推进。其后,拥有更多资源、人脉和底气的孟京辉,则为《镜花水月》串联起了一支当代艺术家通向舞台的庞大团队。参与本剧的幕后主创几乎全部是当代艺术中颇有建树的跨界艺术家,包括多媒体艺术家、中国电子音乐先驱丰江舟,中国新音乐潮流性人物邵彦棚,多媒体艺术家蒋志,美国青年多媒体艺术家 Oliver Lyons,装置艺术家沈少民,雕塑艺术家姜杰等。观众还未开始观剧,已经能够通过入场口及剧场里布满了渔线的屋顶,舞台上巨大的蟑螂骨架装置,布满仪表的金属床和地面铺满的白盐感受到,这将是一部与中国当代艺术关系异常密切的作品。对于《随》剧而言,与担任编舞的现代舞演员吴晓波、王宣淇,以及实验音乐人、多媒体艺术家冯昊的合作,是实现我对这部作品设想的重要一步。而在多媒体设计中所使用的徐冰书画作品,

---

① 牟森:《关于戏剧〈零档案〉》,《南方都市报》2004年5月31日。

还有徐冰和木刻艺术家杨宏伟在舞台设想方面给予过的指导,也对我首演之后的多次改版思路有关键影响。此外,"艺术"这个元素本身就贯穿在《随》诗的基因之中。全诗由观赏艺术作品——绘画而来,在写作上也大量借鉴、调用中国古典艺术及当代艺术的内容和技法。

细查这一特质的个中缘由,我们会发现其中包含的客观因素,或是导演自身的多元艺术倾向 / 身份指向了这一融合的必然,或是这一跨界敞开的舞台形式引导了他们日后艺术倾向 / 身份的多元,或是与艺术界原本的亲近让他们做出这种融合的舞台形态,并在这种尝试的过程中进一步打开了他们对于舞台的想象。先抛开这些关于导演身份和艺术取向的客观因素,让我们看一下诗歌文本在这一特质里所发生的作用。

值得注意的是,每一个选择以当代新诗作为舞台文本进行改编的导演(不仅是这三部作品,也包括本节开始时提到的其他作品的导演),全都放弃了线性叙事和以对白为核心的人物关系演进。诗歌自身非线性,具有很强的跳跃感,以内在思维逻辑而非外在行为逻辑关联的特性,决定了选择这种文本必须尝试现有舞台规则中还不明确甚至还不存在的形式来呈现。换句话说,诗歌的特性迫使舞台进一步敞开,而敞开的舞台呼唤更多新的可能性,与舞台关系紧密的当代艺术首当其冲填补进来。

不同的导演根据自己的偏好和特长,也根据诗文的气质来选择不同的艺术归化手段。对于一部分导演而言,自己的偏好和特长在选择时产生更重要的影响,对于另一部分导演而言,则是诗文的气质起到更重要的作用。在选择的过程中,起决定性作用的并不是个人特长,而是选择的该种艺术形式,能否被其归化,辅助或实现文本的呈现,纳入到整剧的统一气质中。尤其是在需要协调多种不同的艺术形式时,导演能否平衡各个形态之间此消彼长的对抗关系。

布莱希特以降,戏剧的线性叙事、台词对话式结构的规则已均被打破,而经过 20 世纪的后半叶,贝克特(Samuel Beckett)、汉德克(Peter Handke)、海纳·穆勒(Heiner Müller)、罗伯特·威尔逊(Robert Wilson)等人的接力推演后,彻底推翻了戏剧剧场,追求整体性、表现现实的戏剧不再是剧场艺术唯一的样式,而只是多种多样的剧场艺术的一个分支。

属于"后戏剧剧场"[①]的新体系建立起来,关于"传统""线性""对白"的很多问题不再成为问题。当然,新的问题随之出现,具体到以诗歌作为文本的舞台改编中,新的问题便是:诗歌作为文本的舞台形式,因其特性所致,注定将属于后戏剧剧场范畴吗?还有没有其他的可能或者进路?生发于中国(东方)的语言系统内和美学系统内的诗歌文本,能够为立足于西方传统的后戏剧剧场带来什么新的因素?

在剧场向诗歌敞开的同时,诗歌也在向剧场敞开着。诗歌作为舞台文本,不再高高在上,而是成为剧场中声响的一部分,贡献出自己作为语言材料的更多可能性。这种"降格"的错觉会令很多文本爱好者感到不适。然而诗歌的这种敞开,不仅对舞台产生意义,而且也可能使新诗语言和内容生发难以预测的自我更新的机遇。诗歌能否借助面向剧场的敞开而吸收全新的艺术元素?又能够吸收到何种程度?后文中,我将尝试以翟永明诗歌创作为例进一步探讨。

(二)舞台语言中的"诗学要素":长诗与"诗意"

本节选择三部舞台剧作品展开讨论的另一个原因是,这三部作品改编的文本都是长诗。我们已知在文学的范畴内,短诗凝练、集中,在无限展开的世界中截取某一个短小的截面。而对于长诗,作者则是尝试将那些短小的截面拼接还原为世界的一片断面,甚至得以一窥整个世界的精神原貌。商伟教授在《二十一世纪富春山居行》一文中以一整章来叙述为何他认为当下正是"长诗的时代",为何"要征服我们所处的时代,诗首先应该与它获得某种同构性和亲和力:不仅是在主题、意象、感受和情绪上,还包括了形式和节奏。它需要足够的篇幅、容量和密度,与它的对象相匹敌,并囊括和消化后者的矛盾、张力和异质性"。[②] 当新诗

---

① 汉斯-蒂斯·雷曼(Hans-Thies Lehmann):《后戏剧剧场》,李亦男译,北京大学出版社,2016年。
② 商伟:《二十一世纪富春山居行:读翟永明〈随黄公望游富春山〉》,翟永明:《随黄公望游富春山》,中信出版社,2015年,第86页。

被带进剧场，长诗和短诗自身的特性也随之渗入舞台。短诗的吉光片羽折幻出紧凑、精炼、爆发性强的思想片段，可以形成舞台风格强烈、呈现手段多样的碎片化小品。但若希望创作出与所处时代相匹敌的戏剧作品，舞台则呼唤着在篇幅、容量和密度上更加广阔、紧致的长诗。因此我们可以看到，《零档案》诗中被繁复的行政规条所困束，人身依附于冰冷档案，"一旦档案丢失，我将不复存在"的集体困境，导向了舞台上一根根焊接到铁板上的铁枝，构成监狱栏杆般的密林。《镜花水月》诗中极尽荒诞又具有诡异现实感的生活场景，演化出剧中犹如梦境般串联起来的游荡碰撞着的男男女女。在舞台上，导演追求的显然不是诗歌中语言的优美质感，而是借由长诗透射出来的当下时代的精神线索。这一使命，并非只有诗歌这一体裁能够实现，但诗歌以其独特性能够触及的深度也同样无可替代。

诗歌文本的"诗意"与舞台的"诗意"，是截然不同的两种东西。将二者混同起来，会将原本通向开阔的双向敞开转变为双向封闭。"诗意"，又是一个虚指的感受描摹，指向"诗意"的定义，时常面临大而无当或不着边际的危险。这让人好奇，在根据诗歌文本改编的舞台剧中，通常有哪些部分会被人指认为是有"诗意"的呢？我们能够在相关文章和剧评里读到，人们对于戏剧中"诗意"的评价，集中在意象模糊混杂出现的场景里。蕾纳特·克勒特（Renate Klett）评价《零档案》时曾写道："所有这些过程在进行的同时，另一位演员在用不同的焊工技术将生锈的铁枝焊装到一个金属架子上。这两种动作过程各自进行，互不相干，但正是这样两种过程的平行发展，给人一种难以言表的近似梦幻般的被诱惑的感觉、排斥任何帮助理解的解释内容的手法，使得该剧更加紧张、惊奇，充满了奇妙的陌生感。……而里面的其他蕴含就像密码一样，构成了一幅神秘的图景，对此的理解真正是'只可意会不可言传'。"[①]

在实践中，我的感受是，诗歌的"诗意"将自己渗透进入舞台，与

---

① 蕾纳特·克勒特：《鼓风机的暴行》，德国《今日戏剧》（Theater Heute）1994年8月号。

舞台自身的特质融合，生发出属于舞台的"诗意"。其中，渗透的深度、强度和能力，极大地影响这种舞台的"诗意"产生多大程度的回响。而这种渗透大多时候甚至不是通过诗歌的文字本身——观众们通常并不是通过流动着一闪而过的文字来进入舞台的，而是通过视觉与情境。在这个渗透的过程里，未知的东西始终多过已知的，而令我感到警惕的有两点：一是刻板的固化了的"诗意"思维（只有某种样式的或某种氛围的才能够被称之为有诗意）；二是对于"诗意"的过分追求、亦步亦趋（为"诗意"而"诗意"的尝试往往滑向流俗，某些时刻"反诗意"的直觉却会碰撞出奇特的效果）。

三、从"因戏入诗""因诗入戏"到"诗戏互化"

（一）由定点摄影到移动摄影，再到纷繁转切蒙太奇的蜕变

自1990年代开始，翟永明诗歌中的"戏剧性"特质逐渐开始被人们关注，乃至慢慢成为谈论她诗作的一个不可或缺的重要视角。人们所关注的翟永明诗中戏剧性的特质主要集中在三个方面：以戏剧为题材的诗作（如《道具和场景的述说》《脸谱生涯》《马克白夫人》等），在诗中刻画戏剧性场景（如《咖啡馆之歌》《三美人之歌》《乡村茶馆》《小酒馆的现场主题》等），以及语言上戏剧风格化的尝试。无论从诗歌抑或戏剧的角度出发，翟诗中的这三个方面都很吸引我。关于以上特点的学术讨论已有很多，无须赘述，在此我想从叙述视角的转变来谈谈我对翟诗中戏剧性的观察。

写作于1992年的《咖啡馆之歌》常被认为是翟永明探索戏剧性的一个较为重要的、清晰的开端。在各种文本分析之外，翟永明自己也曾在文章中自我总结过："主题仍是怀旧，素材仍是个人经验，不同的是处理的方式，只有在《咖啡馆之歌》中，我找到了我最满意的形式，一种我从前并不欣赏的方式，我指的是一种打破了疆界的自由的形式，并延续

了《我策马扬鞭》中的戏剧性。依然是'我'的人称,但此时的我已成为一个客观的陈述者。"[1] 这一时期她具有强烈戏剧性的诗歌作品,《时间美人之歌》《三美人之歌》《编织和行为之歌》等(在标题里已经可以接收到作者对这些作品进行有意识地实验的信号)均有相似特质:以第一人称"我"作为叙述主体,但所描述的场景却并非发生在我身上,"我"是作为陈述者来进行讲述,而非直接介入场景。在这些文本中,叙事视角仿佛定点放置于"我"面前的一架摄像机,对准了某个(些)人物,某个(些)场景。"我"既是摄影师,是导演,同时也是旁白,是讲述者。《咖啡馆之歌》里,摄像机定点放置于纽约第五大道转角的一家咖啡馆,在咖啡馆里喝着咖啡聊着天的人们——进入镜头范围内,由下午到晚上,再至凌晨。人物的样貌浮现,对白也不时飘入进来,机位没有变化,但人物和情节随着时间的流逝不断轮转。《时间美人之歌》中,"我"人在茶园,摄像机则架设在时光之中,对准着盛世与乱世之中的女人。《三美人之歌》对准的则是三种不同类型不同命运的女性。

1996年至1998年期间,翟永明连续创作了数篇诗作《小酒馆的现场主题》《乡村茶馆》《周末与几位忙人共饮》等,将定点的摄像机移动了起来,使她诗中原本存在的戏剧性又推进了一步,加入了移动摄影的手法。在这一系列作品中,比较明确的变化首先是视角在镜头的平移中环顾扫视,而不是仅仅定格于某一处。其次,是除平移外,还有焦距的变化,画面从描述一个对话场景,忽然聚焦到照亮了少男少女脸面的打火机、男人手中的烈酒杯上。另一个值得注意的变化是,在移动的镜头中,诗人开始将自己也置于镜头之前,"我"不再仅是一个藏在镜头背后的叙述者,同时也成为了"演员",拥有了(尚且有一定保留的)态度、对白和立场。

《小酒馆的现场主题》中,镜头在这家小酒馆中不断环顾扫视,各色人等——进入其中。与《咖啡馆之歌》里从下午至凌晨的时间推进不同,《小酒馆的现场主题》的镜头始终集中在这一个夜晚,变化的不是时间,

---

[1] 翟永明:《〈咖啡馆之歌〉及之后》,《称之为一切》,春风文艺出版社,第214页。

而是机位。由"我"手里的一杯金汤力开始,视点移向身边的朋友们,邻座哭泣的女孩,继而转至小酒馆里一众形态各异的酒客。镜头自由推移,焦点也不时拉近拉远,看似漫不经心地平拉推移之中,却稳稳地凝固了一个夜晚的群像与氛围。《周末与几位忙人共饮》手法与此类似,有趣的是,在这首诗里,镜头不仅对准了在场的人,还对准了电视上插播的戴安娜公主(王妃)之死的报道,镜头中在场的人物与不在场的报道构成了具有强烈戏剧效果的对冲,完成了一次漂亮的影像重曝叠加。

翟永明进入2000年以后的《关于雏妓的一次报道》《鱼玄机赋》等作品,截取了一些特质强烈的人物侧写,有着极强冲击力的场景感。但这些零散诗作的叙述角度与其既往的作品类似,处在一个酝酿改变的过程中。直到2011年至2014年期间长诗《随黄公望游富春山》的出现,她的写作出现了再一次的蜕变。

2013年我第一次阅读《随》诗,初读长诗带给我的震动至今难忘。翟永明在这首长诗中将戏剧性手法推向了一个新的高度。叙事视角在平顺、自然地转切中不断变换,人物跳进跳出无所阻碍,场景亦无缝对接。这一次,"摄影机"完全摆脱了固定机位、移动机位的限制,而是在繁复的蒙太奇转切中,进一步放飞了视角和想象力,作者不仅是导演、摄影师、是演员,同时又多了一重身份——剪辑师。

试以长诗第一节为例。开篇五行:

　　一三五〇年,手卷即电影
　　你引首向我展开
　　墨与景　缓缓移动
　　镜头推移、转换
　　在手指和掌肌之间

视角是"此时",人物是看画的"你、我",然而随着画卷展开,在卷推手移之间,镜头下摇,随着手指轻抚画卷,视角转入画中:

走过拇指大小的画题
走进瘦骨嶙峋的画心
我变成那个浓淡人儿
俯仰山中
随黄公望　寻无用师　访富春山
那一年　他年近八十

人物"我"进入画中,化身画中人,镜头也穿入画中,"黄公望"在前,"我"随他一同穿梭富春山,寻访无用师:

"不待落木萧萧　人亦萧条
随我走完六张宣纸,垂钓此地
那便不是桑榆晨昏"

这几句由"黄公望"说出,即是台词,也是取景,镜头随之扫过落木、江流、垂钓鱼台、桑榆晨昏。紧接着,话锋一转,镜头旋即抽离出画外,转向持笔的作者之"我":

我携一摞A4白纸,蓝色圆珠笔
闯进剩山冷艳之气
落叶萧萧　我亦萧条
剩山将老　我亦将老

这一节诗,共四小段,18行,在这样短短的篇幅内,镜头转切三次,由画外行至画内再走出画外,涉及人物视角五个(观画的"你","我",画中人"我","黄公望",作者之"我"),且在每小段之间实现了画面变焦(聚焦于手指)、镜头平移(扫视画中风景)、人物对白、色彩刻画等,可谓精彩。而所有这些转切也如同电影蒙太奇一般,并不会让人感觉到生硬,甚至不会让人太过留意到他们的存在——就好像你在看电影时总会情不自禁地沉浸其中,而不会分析每个镜头是如何衔接起来的。类似的视角切换手法遍布全诗,融会贯通其中,成为这首长诗"穿梭古今与画像内外"得以成立的基础。

《随》诗中这一风格(技巧)的形成,与诗人多年来在诗歌戏剧性方面的不断探索有关,与这首诗本身选择的题材和概念有关,相信也与作者多年来对电影与戏剧的热爱有关。

(二)"因戏入诗""因诗入戏"与"诗戏互化"

前一节中已经谈到,翟永明诗歌里戏剧性最为人关注的三个方面,其中不管是以戏剧为题材的诗作,抑或在诗中刻画戏剧性场景,都可算得上是"因戏入诗"。而"因诗入戏",在曹克非和周瓒此前合作的作品《企图破坏仪式的女人》《乘坐过山车飞向未来》中也已经触及(将翟永明的短诗作品改编为戏剧片段)。这一节里,我想谈一下在《随》诗及《随》剧中出现的一个新类型:"诗戏互化"。

在2014年排演第一版《随》剧时,已经完成了26节的《随》诗尚未正式出版。翟永明倾向将这部作品视为一个更新着的、生长的创作过程,因此在2014年与我的交流以及观看了第一版演出后,又将演出的情况和她的感受写成了整首长诗里的一节,即第27节,收入2015年出版的《随》诗集中。因诗出现的戏,刺激作者创作出了新的诗,这也给了我新的启发。于是在《随》剧2015年的复排中,我将第27节描述这部戏的诗再次变成了戏中的一段。由诗到戏,再由戏到诗,而后又由诗到戏,这首长诗和这部舞台剧作品,完成了这样一个"诗戏互化"的过程。

以戏剧为题材而写诗对于翟永明来说并不新鲜,以她自己的诗改编成的戏剧作为题材来再创作一首诗则是第一次。既熟悉(耗费四年写作,内容已烂熟于心)又间离(转化为戏剧作品已成为完全不同的另一个东西),第27节与她以戏剧为题材的诸多前作相比有什么不同之处吗?当然,场景感、典型人物、对白、思辨,这些并不陌生,但颇显意外的是,诗人非常罕见地、直白地抛出了她对于新诗在当下接受问题的拷问。

> 我们怎样阅读当代诗?
> 涉及到我们怎样理解当代艺术!
> 我们怎样理解当代艺术?
> 涉及到我们怎样理解当代现实!
> 我们怎样理解当代现实?
> 涉及到我们怎样理解漆黑一团
> 乱麻一捆、问题一堆的现代性死结!

三个设问句,层层递进,甚至在回答里使用了惊叹号来加强语气。这一小段中的设问句式,排比、修辞,甚至加强语气的标点,都是诗人极少在自己诗中所使用的。可以感觉到,在观看以自己的诗作改编的这部戏剧时,诗人萦绕在心的,并非任何样式的舞台形式,而是关于诗歌与现代性之间的关系。新诗与艺术之间的互相转化为表,文学艺术与现代性精神困境的彼此挑战为里,"诗戏互化"的过程,亦即追索与质疑的过程。

2015年复排演出中,这一段诗采取了直面观众、抛出问题的加强呈现方式,我会在各场演出中观察观众的反应。感觉受到冒犯的,感觉困惑的,感觉被刺激的,感觉异常兴奋的……几乎所有观众在观看这一段时都会产生较强烈的情绪反应。令他们感受到不安的,是层层递进最终引向虚指却导向自我的诘问,是漆黑一团乱麻一捆问题一堆深感无力的现代性死结,还是他们自己也都不读诗的现实?如商伟教授所言:"这首诗向我们提出了挑战,但更重要的是,它也对新诗的自身存在做出了思考——绝不只是有没有读者而已,因为那只是更大问题的一个外部症状,而是新诗在这个急剧变化的时代如何自处,与这个时代怎样共存,或者说,怎样去争取这个时代,并且征服它和改造它。"[①] 在舞台的创作中,这一思考同样延展其中。

---

① 商伟:《二十一世纪富春山居行:读翟永明〈随黄公望游富春山〉》,翟永明:《随黄公望游富春山》,中信出版社,2015年,第83页。

此外，关于诗、戏"互动性"的探究也颇令人感兴趣。在中国传统古典文化领域里，诗歌与绘画、戏曲、音乐等进行相互借鉴、转化的形态自成传统，以诗入画、入戏、入曲不仅常见，且自成一体。反之，写画、写戏、写曲的诗歌亦蔚然可观。及至当代，新诗诗人仍将艺术、戏剧、影视、音乐等作为创作中非常重要的主题和思想来源，如欧阳江河以艺术家徐冰的装置作品为灵感所作的长诗《凤凰》，西川的《千里江山图》《恩雅》，周瓒的《影片精读十四行组诗》以及翟永明的这首《随黄公望游富春山》。然而，在艺术、戏剧、音乐等领域中，却鲜见可以转化、借鉴诗歌的尝试，更不用提去刺激、挑战诗歌。"互动"之有趣，在于"互"，单向的信息流动难以称之为是交流。面向剧场敞开的诗歌，愿以碎骨抽筋之势换来别样的重生，那么面向诗歌敞开的剧场呢，能为当代诗歌的更新和戏剧的更新做些什么？

对于一部仍在变化和生长中的作品而言，我好像已经说了太多。仅以以上这段时期内的思考，作为《随》剧四年来导演工作的部分总结。在我写作这篇文章的 2017 年 11 月，北京正在经历着一场足以令大多数人感到惊慌、不知所往的新一轮城市改造进程。对于创作者而言，能够做到的事情似乎极其有限，却需要在不断坚定下来的见证中，继续着思考与创作。否则，一切就都如不曾发生。在一切坚固的东西都已经烟消云散了的今时今日，诗歌与剧场意欲何为，去往何处，答案可能就将在不懈追问中渐渐浮现。

（2017 年 11 月，北京）

"我们的才能和无能的故事"
——从"各种未来"到《诗剧三种》

王 炜 冯俊华

王炜的《诗剧三种》收入《韩非与李斯》（四幕）、《罗曼·冯·恩琴》（两幕）、《毛泽东》（四幕）。2015年初在广州观察社演出了诗剧《韩非与李斯》和《罗曼·冯·恩琴》，是和青年公共艺术联合项目"实践论"的第一次合作。此后到2017年，三部诗剧分别于广州、上海、杭州、西安、北京等地排演。其中，在广州观察社、上海两三声剧场、杭州浙江美术馆实验剧场、西安知无知文化空间、北京CACHA空间，主要是具有表演性的情境朗读。在杭州木马剧场的《罗曼·冯·恩琴》是戏剧演出，由王音洁女士导演和统筹。在广州黄边站的《毛泽东》则由策展人李筱天、女权工作者黄叶韵子合作导演。

此外，王炜等人于2011年发起的"各种未来：工地大陆的观察员"由一系列实地采访、写作和展览活动组成，结束于2014年，作为素材，它和诗剧《韩非与李斯》《罗曼·冯·恩琴》的多地演出经验、工作坊的讨论成果一起，经过策展人郑宏彬、艺术家朱建林、导演许博等"实践论"第一回（2015）的参与者的辨析重组，形成了在西安美术馆的"就近说明"展览的主体。此次展览期间，也进行了由此产生的"不安的方法"工作坊和诗剧《毛泽东》的第一次演出。这份问答即产生于这次工作之中。

本文提问者冯俊华是"实践论"第一、二回的发起人之一，也是《各种未来》《诗剧三种》（副本制作）的出版人。

冯俊华（以下简称冯）："各种未来"的动机是什么？你是如何选择主题，如何决定工作方式，如何生成？

王炜（以下简称王）：最初动机来自过去在边疆地区的工作。在那些工作中常常有被某个命令喊停的时刻。好比沃格林（Eric Voegelin）在《自传性反思》（Autobiographical Reflections）中写到"停止"（总有一个时刻，命令你停止，你的观察和思考不能再向前发展）。但这些"停止"或界限并不是预先明确的，是在工作中才发现的，比如不能触碰民族题材、现实题材以及各种偏离命令的立意。有许多当时不能实现的意图，积累在逐渐令我感到压抑的工作中，比如，了解人对历史影响和宗教的真实意识（并非被预设的那部分，不论是赞美的还是否定的预设），了解一些个人在情境中的做法和弱点——或者他们认为自己应该有的那种表现。仅仅反对一种定论是不够的，还需要理解这些定论的原因和起作用的历史，在环境中的表现形式。并且，参考类似《宗教经验种种》（The varieties of religious experience）的那种自由访问文体。随时间过去，这些被压抑的方向逐渐积累成为一个昏暗迫切的地带，等待被挪动、说出与廓清，而且，还在未被说出的时候，它就已经在衰竭和消失了。因此就逐渐产生了一个想法：自己做一件事，去面对这个地带。

2009年我开始写一首名叫"中亚的格列佛"的诗，诗中有"各种未来"这个名字的源起：

"……一些我们不得不又
说着的想法的未来，比如：**正确性**的未来？"
"或者，**软弱**的未来？"
"**地方性**的未来？"
"或者，**诚实**的未来？"
"**知识**的未来？"
"也包括，**深刻性**的未来？"
"或者，**无知**的未来？"

"这主意不错,可用在你的《中亚观察》
或我的《亚洲人文地理》
编辑你的各种未来或我的末日选。
我较劲是因我并不寻求内在的
而是那外在的。我较劲是因为
我从我反对的事情里要找回的
并非失去的谜而是失去的现实。
我沿着一座波浪公路寻觅
缺氧中摸到了雷霆的开关。
云层乍阴乍阳,旦复旦兮,像主席。
这深黑板块颤动着,像最初的冰。
我深黑的头脑还需枕着命令入睡。
我要接受的每个理由与这
并非缄默的冻土都像一枚
阴沉的眼睑,在身边眨着。
有时,土地是我脚下空虚
瑟瑟发抖的东西,告诉我不能走远。
在望远镜中,我的动作是放大还是缩小呢?
我希望重复我与大地的视力之间
未能实现的对视……一种盲目的对视?
至少,我还可以廓清那取代我的
既然我说不出更多的,更应当的——"

"那么,说吧,愚蠢。"

　　我仍需从文学的线索开始,虽然文学的理由在边缘化,也很难展示。在西藏工作中,我得到对斯威夫特的格列佛的一种体会。在边疆,我的身份——以及我看到的一些时代中的观念、身份和做事的方法——在一个地方被放大,在另一处又缩小,被两种不同观念所辨认,好比处在大人国与小人国之间，夹在凸面镜和凹面镜的张力之间（格列佛的时代也是光学和望远镜开始改变人类视角的时代），这种转换有时是非常急遽的。除了放大与缩小之间的转换，格列佛还指出了"颠倒"。

近代以来，可以看到"颠倒法"深深影响了哲学上的激进判断和技术实证主义——后者的表现更含而不露。起初，我兴奋于"颠倒法"（同步的方法还有"还原论"，我曾在一篇关于重新认识泰戈尔的文章里写到过）帮助我厘清对事物和地区的看法，其中许多是否定性的（有的是故意歪曲），源于想要扭转惯性的意愿，想要使关于事物和地区的表达经由祛魅，改变方向和立意。随着时间过去，"颠倒法"需要被再次反思，它使创作者对激进判断的需求愈益膨胀，不能保持在一个推迟被标准学科力量塑造的部分，就像在还没有形成黑色之前，色谱渐变过程中或强或弱的灰色部分。

后来我读到一段萨义德对格列佛的理解："斯威夫特，对他而言，语言和政治都是可颠倒的过程……斯威夫特认为他有权判断一个特定的颠倒何时是现实的或非现实的。《格列佛游记》第三卷中的建筑从屋顶开始盖房子，他们活在一种颠倒的妄念里；但在他这部政治性的作品里，是谁——而不是犟头倔脑的宣传册写手斯威夫特——明显地要读者从开端看事物……从开端和可逆性这一立足点出发来看《格列佛游记》，其独特价值在于斯威夫特把这本书构写成一系列扭转方向的实验。他好像在自问，如果把人从正常身材变小，或从小变大，或把人变成动物的话，将会如何。大多数乌托邦满足于一个扭转，一个新的开端，一个颠倒；但《格列佛游记》并非如此，故而这里特别值得一提。格列佛的第三段旅程说的不是颠倒，而是一种作为生活方式的时时刻刻的变向。"（《开端：意图与方法》[Beginnings: Intention and Method] 中"对开端的思考"）

我们常常必须接受一个更强有力的声音说出那仿佛仅仅是我们自己意识到的东西。格列佛的形象支持了在变形的地方事物之间移动的理由。关于"移动"，还有两个可以参考的观点。

柄谷行人在《马克思，其可能性的中心》中写道："无论他们（指青年黑格尔派）是多么激进的、现实的，也是客观的，他们自身也都处于自我解释的梦境里。他们虽然对外界的关心是充分甚至过多的，但在这个意义上又致命地丧失着外界。而且不应该忘记，马克思也就是其中的一个。关键是……使得他们'被外界隔离'的，既不是国境的也不是心理的病，而是他们的语言系统本身。……因此马克思的外部不指客观观察东西的立场，而是指看破所谓'客观性'本身不过是'具有地域性质'的共同主观性之立场。所以说，他的立场始终使任何'立场'都不稳定，并要使任何'立场'都悬在空中。换句话说，使得哲学面临危机的，再也不是'否定'也不是'颠倒'，而是马克思这种'移动'。"使哲学面临危机的，也使文学写作面临危机。

另一个观点是诗人弗罗斯特（Robert Frost）的"挪动与远距离挪动"，主要关于技术层面：使词语偏离原有的位置重新组织以导致陌生化，并更新对关系的理解。同样，这种方法也使原有的语言和事物的关系面临危机。

我是个写作者，"移动"在我的考虑中，主要是对于改变语言的需要。事物的矛盾状况是：一方面，事物是环境逻辑起作用的结果，比如一个因为物流业发展起来的小镇，一个处在生物垂直分布带的乡村，都有一个现实逻辑链在作用于它和维持它。但另一方面，当事物被我们的惯性所认识，它经常不是我们要赋予它联系的那种东西，比如一个拒绝馈赠的乡村（还有语言的馈赠，通过语言使它获得某种意义），一个孤独的人。许多时候，事物都打断了我们。

我们天真地认为，事物对我们的打断是有益的，是那些容易产生联系的部分——也是容易被批判的部分——被打断了，我们则是那个得以从中寻求"客观对应物"的人，被事物的打断所补充和改变，譬如，得到内容方面的益处。但是，事物的打断有时是非常虚无和恶劣的，令你哑口无言并草草收场。我并不想赞美这种打断。我不赞成创作者完全不保护自己。

相反，应该接受和建立联系。弗罗斯特提示我们，可以对联系进行一种改写，一种偏离性的重组，与此同时，审视和重组外部秩序与我们的关系。弗罗斯特是一个谢绝了形而上学的诗人，他不去那个"绝对命令"邀请他去的黑暗之地,而是重组一个临时的现实。他是个高超的讽喻家,提示了深陷于"自我解释的梦境"的语言的危机。一个诗人,也是想法不同的人类之间的联系,实际上也是一种古老联系,但正因其古老,也正因想法不同,这种联系暂时可能不被辨认。

西藏、新疆,是一些争辩不断的,人们急于联系意义的地区。在贵州,一个同样多民族的地区,没有明显的争辩,但是也承受了信息变换带来的混乱性。"各种未来"第一期的选题,依然顺延了在杂志工作中被压抑的视角和工作方式,第一批"选题"也和这三个地区有关。招募自由记者,招募自由摄影师,临时组织为去实地执行采访的团队,后期制作为文字和影像的搭配——这种常规结构,也是过去在杂志工作中的结构的顺延。

并不是你"发起"或"创建"一个自己的工作项目,就可以去接近被命令禁止之处,这是很理想化的。事实是,这些被命令禁止之处,也是遭遇到"我们之不能做"的地带,是无法获得证据、无法完成的领域。这可能也是突出在我们时代中的一种危险:我们视为最重要的部分——也是我们想直接去做的部分——是我们没有能力的部分。

"各种未来"第一阶段拍摄了一些影像,但不论在成为证据还是成为作品方面,它都是不重要的。第一个阶段之后,我希望弱化对影像的使用。怎样用影像展示问题意识的改写和变向呢?即使我们有一些展示手段。

我希望"各种未来"倾向于无形的部分,而写作/诗艺一向服役于那些很难被图像化的动机、理解和意图。写作/移动/勘察是一体的,可以说,也是古典的。所以"各种未来"早期的设想,并不与当代艺术的呈现要求有关,而更多是一个写作者的方案,具有某种准备性。我也顺延接受了一种建议:当代艺术平台容易接纳这样的活动。事实上,这也是我接触当代艺术中各具抱负的工作者们、与之对话并合作的开始。第一期展览于2014年初在深圳OCT当代艺术中心得到实现。但是,在这次展览之后,我和当时的合作者都认为,第一期工作应该就此停止,不再展示。我一度把《诗剧三种》的写作和表演实践,视为"各种未来"的第二期,但是到2015年底,我意识到"各种未来"已无必要继续成为前传。

起初，我简单以为，"静态自我中心的创作者"可以再一次成为动态的、移动的人，后来我发现，参与者和被访问者都是不安的人。"各种未来"并没有帮助我找到主题的安放、语言的安放和精神的安放，虽然它补充了这些，也一定程度扭转了这些（被辨认、被扭转和变向的，其实是作为外来者的我，是格列佛本人）。"各种未来"只是不断明确了不安的人，它的合作者也必然是临时的，不可能长期停留在这件事里。

冯：在"各种未来"的实地工作中，一种随机组合的创作—实践综合体如何实现？

王：由于顺延了杂志时代的工作方式，"各种未来"起初想在记者和实践者之间延续一种连接，但具体的案例经常会修正这种理想化。

很难只通过知识话语和激进推论，并且脱离案例，以触及问题的现有情况。除了一部分创作者，人对现实理解的需求可能是很有限的，而脱离案例的现实理解，可能是对人们那有限的现实感的消耗。案例也是让问题意识变向，让原地不动的我们（即使我们到了实地，思想上依然原地不动）开始移动的推动力。虽然"各种未来"第一阶段的工作并不成功，但已足够让我明白案例的重要性或案例的教育价值。

以贵州 NGO 为例，只要是一个经历了具体基础工作的人——往往有某一社会学科比如人类学或社会学背景，也有理科背景——常常已经早就思考过我们以为我们通过祛魅、再分析、现实化等过程所发现的问题。他们愿意与来访者对话，其中一部分是重复的表达（只要从事一件公共工作，许多时候都在重复表达），因为客观上，希望一些实际问题、一些地方案例的接近真实的信息，被传播给不同见识的人。这些谈话有时考验访问者的耐心，因为访问者总想去得到新东西。但是，既然我们在访问一个在地方工作中付出了长期耐心的人，我们凭什么要求，在几个小时或几天里得到新意？

即使是面对一件可以被知识和思考所预见的事，但它在实地的存在状态，依然经常让我震颤或愕然。一座贫乏的学校，一次荒唐别扭的称兄道弟的聚会，一些失态，不恰当的激动，辞令的重新组织（其小心翼翼的重新组织也参考了当代知识话语而自我优化），我愿意容纳这些，这是常常并不那么好看的真实面孔展露的时刻。所以，我理解的"综合体"，除了一方面是我们到达实地后，与当地的临时工作伙伴形成的团队，这些临时伙伴，除了是我们在当地的中介与向导，也是我们的对话者。另一方面，也包括我们与实地状态之间彼此的忍受程度，忍受的程度就是"综合体"的程度。然后，是我们对案例的理解程度。这个临时综合体不能被高估，它会解散，在每个参与者那里转化为另外的结果。

冯："各种未来"和《诗剧三种》在观念上的联系？后者处理了前者中的大量遭遇，除了素材库，"各种未来"对《诗剧三种》还意味着什么？

王："各种未来"确实提供了三个诗剧的主要素材，但不是全部，也不是核心的，这些诗剧的写作过程常常也溢出了策略性的考虑。我把自己当作第一个在"各种未来"中被扭转和变向的人。

冯：在创作前期（《韩非与李斯》《罗曼·冯·恩琴》），对诗剧的演出有什么样的构想？关于诗剧的"不可演出性"的普遍认知对你起作用吗，如何面对？

王：最早的参考，是一些可以分角色朗读的现代诗剧，比如拜伦、弗罗斯特的一些作品。写诗剧，也帮助我重新理解古希腊戏剧诗人。诗剧的"不可演出性"是传统的，如果我被指责写了一些"不可演出"的文本，也是我应该认领的一份传统指责。纠正或反对这种指责，可能是很次要的。尽管诗剧体裁被指责为"可疑的诗"和"不成立的戏剧"，人们仍然以各种方式、利用一些辅助性的媒介表演诗剧。

诗剧的"可演出性"也是传统的。当一个个诗节真实地发出声音、彼此构成现场关系时，我看到它对观众产生了仅仅读文本也许不能产生的影响，内容和语言本身产生的扰动被观众不同程度地感受到，一位观众对我说她在听《罗曼·冯·恩琴》的一些诗节时感到浑身寒冷。并且，与每个先前不适应这些诗节的朗读者达成了协作。即使它简朴，有制作上的问题，但我认为它和古老诗剧的仪式性空间是相通的。

这些表演都有字幕辅助。有的观众认为，没有字幕也许更好。但我不反对字幕，它可以正常地帮助观众把注意力集中在语言上。

我曾设想过，可以让四个表演者站在观众中央，站立的舞台是一个不大的、类似讲演台的立方体舞台，立方体面对观众的四个方向是四面投放字幕的幕布，表演者由四个方向面对观众，朗读诗剧。除了声音元素的配合，只有少量的、必要的图像。如果这样表演《毛泽东》，一些角色比如阎罗，并不用出场，可以由表演者在另一个地点或另一个城市发声，通过布置在现场的音响设备对观众产生扰动。

冯：今年初，我邀请你去广州做诗剧二种的演出（2015年3月29日于观察社），你当时如何理解这一邀请？后来在上海、杭州演出，你关于三地演出的印象为何，对其差异性有何理解？

王：起初是对"第一次实现诗剧表演"的虚荣。然后，是对参与者们会形成一个怎样的"声音群体"的好奇。那次去广州，也是我第一次**听见**我写的诗剧。

我比较担心诗剧的现场成为一个常态的或者散文化的话剧结果，以丢失语言本身的扰动为代价。当观众的注意力在语言——或者，在语言的扰动上，这可能就是他/她接触变动中的当代汉语的时刻，也是表演者"卷入和语言的搏斗"的时刻。对于我，这种促使观众接触到偏离预期的当代汉语的力量的时刻，比一个常态的话剧事实更重要。

表演诗剧是困难的，它需要肢体谦逊，肢体在语言本身的影响力和进展过程中是若隐若显的，但并不排斥肢体的突然放纵，全部注意力在于语言对观众的扰动和引领，如果语言的扰动实现，帮助观众集中注意力面对反常和变向，体会到内容进展成形的动力层次，而不是丰富的视觉元素带来的满意感，那么，"净化"是有可能的。

但是分角色朗读形式容易固定和重复，困难在于，需要探索新的方式，但又不坠入话剧表现的那种丰富性。我更关心声音的空间，迄今，三次诗剧的表演，使我看到我们对声音的考虑仍然不够。

冯：一种观点是，作者不应该出现在那个现场。然而你都去了。我的理解是，你希望检测和观察《诗剧三种》引起的种种实地反应，也即演出之于你是在某种对实践的理解推动下的产物，你需要在场。这种理解对吗？请具体描述。它与"各种未来"是否共享同样的逻辑？

王：《诗剧三种》的表演对于我，首先是一个案例，我需要经历这个案例。我对待这一案例的方式和对待"各种未来"的案例的方式是一致的。

关于作者与现场，我已经把一些体会写在了《"时时刻刻的变向"——2015年诗剧排演工作笔记》里（这篇文章曾分为两个部分，分别发表于《艺术世界》和《飞地》）。

冯：你希望在《毛泽东》中处理什么？最艰难的部分是什么？最轻易的部分是什么？半年的演出经历中获得的种种印象有否及在何种程度上影响了《毛泽东》的写作？

王：关于"艰难"，很难立即提供一个概括，或者会言之过早。谈论"艰难"可能对写作者的德性有更高要求。技术上困难的部分是第四幕，原先我想虚构三份策划案，但是，是以诗体写三份策划案，还是直接虚构三份PPT在现场放映，一直没有解决。我不想让三份PPT使第四幕骤然偏离诗体原有的动力而显得标新立异，那不是我想要的形制。但以诗节来写策划案，一直没有处理得较为自然。最后的办法仍然是三个"青年组织成员"分别自述了三节不同主题的诗，策划案的目标并没有实现。

"最轻易的部分"并不存在——如果一定有，大概是理由上的：其一，是题材上的理由，我认为写这个主题对于一个中文诗人是自然的；其次，近30年中文诗已经形成的写作经验可以利用，可以要求它做一件分内而又叵测的事，这两个理由我认为不用反复思虑，所以，至少对于我是容易成立的。

这里好像适合援引一段我以前写的关于诗剧《毛泽东》的笔记：

"……我记得过去工作中经过的，一些西北的大型集体劳动现场的遗迹。我也没有忘记在三线、西北工矿地区看到的事物的状况。我们身边的人工与自然物的环境往往具有固执的丑化和无意义的特征，大地现实往往犹如一桩毫无意义的成就，应当将它用于文学。在这个过程中，我们只拥有猛兽，没有维吉尔。

"部分起因我写在了诗的开始。在新疆木垒县人群熙攘的广场，播放着关于毛的体育活动生涯的露天专题片电影，占据广场四分之一面积的面孔在夜空闪烁，使我想写一种关于他的诗。

"不同诗人的'语言的分寸感'不会一致，正如没有一劳永逸的诗艺。通常来说，我希望诗句清晰，但诗的整体梦魇般难以定论。诗行的进展也具有动态和表情，这会在一些具有叙事性的长诗或戏剧诗中表现出来。有时，诗专注于形象的集中从而失去诗行动态。但动态的诗节本身已经是一个可观的形象。

"诗行的进展可以不只是刺激性的信息的增加，只有当这种单一感得到变故与弯曲，诗的内在性——不仅内容方面的深度——就会产生。

"那些在无物生长之处，在事物开始的地方发展起来的行为和诗，是伟大的。或多或少我们已经介入到这种发展之中。我们写的东西将不那么美丽，但会与一种叵测的可能性有关。

"……

"我没有响应对于这类主题的一种预设，即认为这类作品应当具有某种全面性。就让这个形象在这首诗中不那么像、不伦不类又不令人放心。我认为眼前中文已经具有的丰富性，较少正统负担，我们的环境同毛泽东时代已经产生的不远不近的距离，都适合在中文中写这样一种诗体作品。但我不能保证对于其他视角，譬如对于历史决定论者和语文学具有说服力。即使失败，更好的作品——甚或一种中文的未来文学——即由这个过程一步步产生。既然意义不是恒定的，那么无意义也不是恒定的。当'活的意义'得到释放，作者也可以探索并重述一种'活的'中国事序，使之成为诗的主题。如果诗剧是教堂，我想，也是西北和西南山地的那种较为简陋的小型教堂，在类似真实电影的光线之下，有着被忽略了的因地制宜。"

——另外，作为《诗剧三种》的编辑，你也发现了，部分源于半年演出经历中的"临时团队"的反思，对当代实践中的心态与方法、对集体工作关系的反省，我也写在了《毛泽东》里，主要是第四幕"新人"。

冯：把《毛泽东》视为一次总结，《韩非与李斯》《罗曼·冯·恩琴》中的主题甚至片段都有坚决的闪回，并因为题材和时代感的缘故变得更加直接。你说过"不回避"，这种态度如何形成？它与你理解的实践的关系？

王：《毛泽东》里有意出现了几处来自前两部诗剧的诗行，作为复调和对应，也有自我反讽的意味。我觉得"不回避"不是个人选择，而是传统要求。诗人往往需要对立面来走出下一步，而且是并不舒适、并不和睦的对立面，从而恢复诗艺的积极性和容纳能力。矛盾是，正是在"不回避"，在与对立面"合作"并要求自己客观化的过程中，诗人有可能会成为自己反对的人。一个"不发生"的、原地不动的人会减少成为他所反对的人的风险。

我接受一种假设：如果想要了解人群，什么时候都不为晚，不用向遥远过去、向历史的重要证据或背景求证，人并没有改变，人可以呈现的主要东西一直存在着，这些东西并不以那些预设的、容易被说起来的东西（比如民俗志）为前提。我把这视为切入现场的直接性，视为不可回避的非历史的部分。

另一方面，是群体自我改造力量的消失，并且，自我改造力量的来源也已经发生了变化，有别于传统来源。应当思考那些过去的和可能的力量来源，并且通过这些力量来源，去构成一种现有的世界结构（以及知识结构）的图景。这些力量来源一定程度上，体现在亚洲的民族地区生活境况中，不一定要促成一次传统意义上的革命，但是会促成我们的世界观与知识观的改变。

切入的直接性，对力量来源及其处境的重新认识，可能是实践切入的路径和主要范围。

冯：你如何看待汉语文学创作与当代实践（地缘的、政治伦理学的）

的关系？对"实践论"有什么期待？经历了《诗剧三种》的写作、演出，参加"实践论"第一回，如果你再重启"各种未来"，关于主题和工作方式有无新的构想？

王："各种未来"可能只是上世纪90年代以来一种"现实感"的失败的延续，是再一次重复了做不到的事情。所以，当一次展览或艺术项目重组这些失败时，我有一种很深的惶惑。

3月（2015年）在广州制作诗剧演出的过程中，郑宏彬在与我的谈话中提出了一个问题：何为简单？

人可能并不能承受太多复杂性，当现实的复杂性（以及知识的复杂性）对人的压抑到一定程度，人就会反弹，而人的反弹容易被视为"太简单的"，好比我们说，一些反应性的（或本能主义的）创作是"太简单的"。而每次革命——如同洛夫乔伊（Arthur Oncken Lovejoy）在《存在巨链》（The Great Chain of Being）中论述的——都与人类对事务与知识的简单化需求有关。过去，一个NGO工作者对我说，事情是"简单才能做"，因为复杂化会增加成本、不容易被辨认，以及会增加被喊停的风险。

这些，可以视为"简单"的常见原因和表现方式。它的观念史值得更详细的梳理。

实践如果建立在"简单才能做"的基础上，向度会变得单一。当下的问题，也许不是为实践赋予复杂化的再论述，而是使单向度的实践变向。我希望"实践论"是一次问题意识的变向，如果重启"各种未来"（先不论它是否有被重启的必要），方向上应该也是一致的。

在从何为"真实"到何为"行动"的递进之后，接下来，何为"正义"或"正义如何实现"也许将成为普遍议题。当赋权的复杂性和社会现实的复杂性对人们的同步压抑到一定程度，人们可能会反弹，并且表现出应变的办法。这些办法有时是"弱者的武器"，有时是更剧烈的、出乎意料的反动，有时通过能力培训来建立。这是他者的面孔真实呈现的时刻，也是武器呈现的时刻。当我们问"人民在哪里"，也是在问"人民的武器在哪里"，人们以何种方法现身或脱离控制，通过何种能力培训去帮助建设，这些方法可能有形形色色的案例，但前途依然未可知。"武器在哪里？"也是帕索里尼（Pier Paolo Pasolini）长诗《胜利》（*Victory*）的第一行诗。

冯：撇开某些具体的生活中的因素及完成一个大作品后的虚无感，能把你最近表现的疲倦理解为"参与性疲倦"吗？"现实感"对你意味着什么？

王：疲倦只是阶段性的，可能是一种自我保护机制。和遗忘一样，大脑不能在不断积累中无限增加负载。泰戈尔说"工作和休息，眼球和眼睑"，疲倦是眼睑暂时闭上，是暂时盲目，帮助创作者脱离某些虚妄的增加和完成感。

作为写作者，我接受的一种教育是：利用当前事实和事物来约束语言的延伸性，制约语言通过自我滑动来跨越空白之处的惯性。好比艾伦·布鲁姆（Allan Bloom）说，"从当前事物发展而来的哲学"。我想，这也是一种古典教育。"现实感"有些像奥卡姆剃刀，它使我们在那些意义容易产生、联系容易产生之处停下，检查自己的领域，不让其中一些意图夸大地增加和延续。"现实感"也包括对政治现实主义的接受，如同罗伯特·D.卡普兰（Robert D. Kaplan）所说，不参考政治现实主义我们会犯致命的错误。"现实感"在当代中国也存在着移动和变迁，三种诗剧和我的一些同期写的诗，也可以被视为这种移动和变迁的反映。

冯：《诗剧三种》的写作和演出，有否使你抵达了自己的某些界限？才能的，观念的，体裁的，题材的，生活的，语言的？你如何构想接下来的工作？

王：理论上说，面对界限、一次次处在临界点是写作者的命运。这样说有些理想化，事实上更可能是一个写作者持续下去会越来越难，不论他写过什么，过去的经验并不能帮助他更顺利，因为要求在变化，困难增加，他可能比过去更容易犯错，失败的可能性更大。也许我会把与你们的合作，以及我们每个人在一件事情中的反应和办法，都作为写一部叙事诗的素材，它将是我们的才能和无能的故事。

这一年时间过得非常迅速，也是反复说一些话说得最多的一年。有些时候非常艰难，不论在写作，还是在诗剧实践过程中。但这一年也是顺利的一年，完成了三个诗剧、一系列"小长诗"和《近代作者》里的文论。接下来无非就是继续写作，我的写作动机、方向和主题还有一些。始终保持对动机的呼吸张弛的感受，就不会没有下一步的路走。

这几天听金特推荐的冬不拉音乐，刚强轻捷，既善变又严格，有"欲将轻骑逐"之感，我希望始终保持对这种精神的感受，让它帮助我写一种叙事诗。

关于"实践论"和"诗剧三种"

——答雅昌记者问（2016年1月）

冯俊华

2009年2月，我发起和参与创办了副本制作，此后一直主持其日常运作。通过个人的创作、编辑经验，和与汉语写作者的密切接触，我观察到汉语正在发生某些内在的转向。我觉得，从白话文运动到"文革"结束属于现代汉语的过渡时期，笼统地讲，这个过渡期的特点体现在写作者多少同时具备用白话文和文言文进行思维和表达的能力，在出路上不像我们今天这么局限、唯一，但也造成了他们在语言上的不坚决。而"文革"以后，自足、安全的古典汉语就彻底断掉，没法指望了，可是新的感知依然在产生，甚至加速度地产生，有那么多动荡的情绪、思考、主题需要表达，不管是否乐意，写作者都不得不把这些鸡蛋放到一个篮子里。一方面没有退路，一方面创造的需要、精微和幽暗的事物逼着我们。我把"文革"后的现代汉语称为当代汉语，它的健康、成熟并非孤立的语言现象，它会和我们时代的种种主题、现场结合在一起，某种程度上，这是一种新的语言。同时，通过副本制作的工作和在当代艺术领域的工作，我发现"创造力""传播""出版"的理解是可以有多种面向的。大多数情况下，一个当代汉语写作者的才能将不只体现在文本上，会溢出到其他媒介，或者是我更感兴趣的一种情况，即对自己关注的主题的深入建设，迫使他除了写作外还要寻找其他的实践方式，也就是进入综合性实践，进入这个时代的现场中。

此外，我出生于广东阳江，读高中期间，正是"阳江青年"作为地域性的新浪潮运动如火如荼的时候。现在提到"阳江青年",大家可能想到的是具体的成功艺术家,但当年置身其中,我感受到的是跨越艺术、文学、建筑、设计等领域和不同的社会身份,囊括了面向丰富的已动和欲动的才能,在日常性相处中营造出一种共同工作、共同面对现场的信念和局面。这段经历一直影响着我对当代文化和综合性实践的理解,影响着我此后的工作取向。虽然后来发现专业分割才是更普遍的状态,而"阳江青年"已经平静下去,但一些初始的动力可以也应该被重新辨认和激活。

以上是我发起和参与"实践论"的个人动因。直接动因则与2015年3月在广州观察社实施了"王炜的两种诗剧"有关。诗剧是一种从古希腊时期的公共辩论发展出来的参与性文体,在当代中国,这也是一种有争议的文体,很少人触及。王炜的第一部诗剧《韩非与李斯》,主题是制度与才能的关系,呈现对这一关系的不同理解及其后果;第二部诗剧《罗曼·冯·恩琴》,通过几个在各种资料记载中显得不无浪漫化的历史形象,涉及蒙、藏、疆、东北亚地区、环渤海圈等地缘。我从对当代汉语的理解出发,去理解王炜和他的诗剧写作,并考虑能否对这种渊源久远的公共参与/成人教育方式进行当代重建,在此基础上探索某种共同工作的空间。所以我以副本制作的名义邀请了王炜到广州,同时邀请广州本地或周边城市的文学和艺术工作者参与演出(其中包括"实践论"第一回的另一位发起人郑宏彬、诗人陈舸、小说家金特、艺术家欧飞鸿等),他们都不是专业演员,带着来自各自背景的实践经验,我希望排练的过程即是大家讨论工作方法、辨析文本、理解主题的过程;选择在藏身于社区的小型替代空间演出,降低表演性,不需要参演者脱稿,现场投影字幕等,则是为了让大家能把注意力集中在主题和语言上,相互之间以及(可能的话)和观众之间产生更亲密的心理联系。活动的形式、结构和期待都相当谨慎,可能是它得以顺利实施的部分原因。这次经验带来的兴奋感,让我很快和郑宏彬开始讨论"实践论"第一回的可能性,所以我们把"王炜的两种诗剧"视为"实践论"的起点。

后来,这两部诗剧在上海和杭州也分别上演(2015年9月),这之前的7月，我在"副馆长计划"（西安美术馆）里发起"这正是他显示力量的时光"，是密茨凯维奇（Adam Mickiewicz）诗剧《先人祭》（DZIADY）第三部的朗读会，王炜作为特邀嘉宾与我一起工作，并做了回应发言。这都是对如何把剧场作为联合工作的方法的持续测试，2015年12月到西安前，我们的经验已经比较充分了。其时，王炜终于完成了第三部诗剧《毛泽东》，这是个更直接也更复杂的文本，作者希望对30多年来各种形态的实践观念及其本土遭遇进行一次总结和辨析。我们在知无知文化空间举行了《毛泽东》的首演。这三个诗剧文本及围绕它们的在各地的演出、讨论、反应，加上"各种未来"在2011—2014年度的工作素材，提供了在西安美术馆同期实施的"不安的方法"工作坊和"就近说明"展览的出发点，拓开丰富的问题意识空间作为未来工作讨论的背景。

"实践论"可以被描述为一种朝向实践的青年思想共同体运动的企图。其第一回可以视为一篇序言，对我们在2015年的经历做了梳理，大致可以表述为"在地现场"和"才能现场"，不过在具体工作情境中，两者不是截然可分的，相互的辨认和映照，乃至某种程度的缠斗，共构着"实践论"的现场。我想，我们希望能推动的，是一种不受身处领域限制、基于共同感知的青年才能的联合工作，共同应对当代现场的情态。起码在这个过程中，大家能一起辨析某些主题、形成某些共同理解，并且它们可以返回到各自的创造力和具体实践中。我对人与人之间的日常相处和情感勾连有很大热情，也希望在这种才能的溢出和联合中，得以探索一种预示性的实践伦理。作为发起人，我也能感受到通过"实践论"的工作，自身所发生的扭转和变向。

王炜的诗剧：在政治和地缘之间

王年军

在美学上的综合。尤其是《罗曼·冯·恩琴》和《MAO》(《毛泽东》)，在其中，他把惜墨如金上升为一种文体，在批判时保持着对于词语的密茨凯维奇式的控制力，并在汉语中也许是迄今最成功地发明了对抗幽默的方式。仅此而言，我们也值得严肃地对待他。读者应该有印象，哪怕是《罗曼·冯·恩琴》中的几句脏话（见《诗剧三种》，第85页），也因为诗剧整体上语流的速度而显得慢条斯理。诗人的克制因为机敏和强大的内省力而从未达到让人生厌的程度。用王炜自己的用语来说，他是一位"语法灵猿"，是语言的"地质队员"，他出色地完成了在词汇混淆隐晦的地方进行勘察和变压处理的工作。

四幕诗剧《毛泽东》充分证明了王炜的政治性。当然，跟政治异议者的身份相比，王炜更是一位诗人。我们可以简单化地把这部诗剧的主旨概括为，面对一位伟人逝世后留下的"广场现象"，"我"意识到是时候写一种关于这位伟人的诗，这种诗最后变成了一场招魂仪式；而伟人面对对话，则意识到"我们"的"想象力已经加速"。王炜的目的，显然是在警醒人们注意一种乌托邦式的社会和人性改造计划，它借由理性的控制而使人生活在"方法论的城市"。其中一些场景甚至令人联想到歌德的《浮士德》中的一幕。

> 既然我们是一些反面典型
> 是反面的鲧，反面的禹

> 当我们把一条江河装进管道
> 这恐怕就是九州再次形成的开始

正如《韩非与李斯》《罗曼·冯·恩琴》所显示，王炜在处理历史题材时，总是在以其为途径就当代的问题进行诊断。换言之，他关注的是现实和历史之间的"交叉关系"（这也是王炜诗剧中出现的用语）。在《罗曼·冯·恩琴》中，他并置了成吉思汗和列宁，呼伦贝尔和库伦，博克多格根和达赖、溥仪，吐蕃人、顿河人、汉人和英国人、波兰人。不过其中比《毛泽东》多一些挽歌色彩：

> 我们的永冻层总会融化。您和
> 我这样的人，也是进化过程中消失的环节
> 我：骑兵。您：远东间谍。

另外，诗人还在后记中思考了"诗剧"本身作为一种文体在当代中文语境的合法性，并做了恰如其分的自我辩护。他所梳理的诗剧历史从索福克勒斯、阿里斯托芬一直延续到拜伦、歌德，直到20世纪的T. S. 艾略特、哈代、布罗茨基等人，中国则有穆旦、查海生等做过个别的尝试。其中有一段是王炜最好的陈词：

> 诗剧既是进取的形式，也是僭越。罗曼·冯·恩琴这样一
> 位有些不伦不类的僭主，恰好适合诗剧这一可疑的体裁。声音
> 与图景的转变、心电图一般的内容波动以及坦率的政治性，都
> 使我倾向于这一不充分、不能自圆其说的形式。
> ——《罗曼·冯·恩琴》后记

在《毛泽东》第一幕的引言，王炜用弗罗斯特的话说："我喜欢一种意外冲突的形式，不管它形成得多么粗糙，那里边有种像是漫谈之类的东西。"这个诗剧在某种意义上即是一种"漫谈"，或是随笔。

《毛泽东》的一个重大特征在于，它是政治术语的集句。诗中频繁出现"初级阶段""必然王国""上山下乡""特区""共和国""第三世界""大跃进""再教育"等具有强烈意识形态色彩和时代印迹的词，并多次直接引用毛泽东的诗词（"过了黄洋界"……），或模仿他和其他领导人的话语腔调（"不论诗人还是记者我见得多了""学学你的美国前辈，那个感人的记者"……）。不过一切政治用语都已经被进行再处理了，它们摆脱了宣传和话语机器，生发着诗人特有的冷峻反讽之光。

另外，否定性的修辞在诗中比比皆是，表明诗人为事物重新命名时面临的困难，他需要一种精确性，而这种精确性却只能通过模糊来达成。比如："你们的愚蠢不难理解／这是头脑的不经济""我不是不知道你们那些／似是而非的弥赛亚"……有时候，诗人甚至刻意隐匿所指以保持词语外延的敞开状态，"你们可以放弃我／但要把我当作／那不可哀悼的"……需要注意的一点是，王炜的诗剧经常以形象化的方式直接处理概念，从而使一些中性的名词具有冷色和暖色的差异。而他自己重新创造的搭配如此丰富，同时又具有焊接般的紧致性，以至于即便是中文母语的阅读者，读他的诗也像是读一种外语。如：

  我想念女人和大连灰色的冬天
  雾，是不断重组的瓦良格号
  无需共同的能见度也能顺利航行。

  如果没有共鸣，那么我们就是
  共鸣的抹除。在这个草原地狱
  没完没了的太阳正好是一场经久不灭的抹除
  没有蒙古，没有日本，没有中国。
  只有一场光天化日的失败，照耀我们。
  这就是你们的典型性，你们需要被反复干预
  ——这就是为什么你们会成为一种基础研究。
    ——以上两节摘自《罗曼·冯·恩琴》第二幕：极昼

而诗中频繁出现的像"地方性""现场""客观对应物""新大陆""重复""施工"等词，显然都被诗人赋予了偏离词典解释的定义。他甚至刻意"翻译"中文俗语，使它们呈现出纯洁的、次生林般的质地："如果没到达长城，我们不是男人。"（剧中人卡扎菲语，译自"不到长城非好汉"，毛泽东本人亦曾以此俗语入诗，见《清平乐·六盘山》）这使王炜的作品具有极强的陌生化色彩。

提喻和象征的大规模使用使王炜的诗剧富有博观约取的魅力。如《罗曼·冯·恩琴》分为"极昼""极夜"两幕。王炜虽然以"地方化"作为其关键词，却也具有广阔的世界情怀，这使他很容易以一批具有复杂旅居背景的外国人作为自己的主人公。我一瞬间甚至把罗曼·冯·恩琴和波拉尼奥（Roberto Bolaño）小说《2666》中的一个人物（阿琴波尔迪）弄混了。不过这种异国情调显然不是王炜刻意为之。

王炜经常处理边缘题材，即满—蒙—疆—藏地区，他是现代以来少有的具有地缘敏感性的诗人，而他完成的又是极具向心力的作品。野心家罗曼·冯·恩琴几乎是诗人本人的堂吉诃德式的自况。关于这个人物及此剧的创作背景，诗人在注释和附录里已经给出了极为有效的解释。诗人本人也意识到恩琴唤起了亚细亚腹地的某些秘密，"罗曼·冯·恩琴以及相关人物，使我过去有关蒙、疆、藏、东北以及旧满洲地区的阅读、游历和对话的结果得到一次小的综合。更为主要的是，这一人物及其事迹——一个显然潦草随意、规模庞大、具有奇特的拙劣感且不成立的建国计划——是个强烈的寓言"（《罗曼·冯·恩琴》后记）。恩琴建立一个对抗欧洲革命的远东君主国的念头和他的黄种人至上主义都具有明显的谵妄症色彩，使人联想到库尼亚（Euclides da Cunha）笔下宣扬千禧盛世的"劝世者"，后者也从内陆——巴西的腹地应运而生。

王炜笔下的那条瑷珲—腾冲线显然把中国分成了两个地区：一个是未言明的、空白的地区；一个是已经言明的、被充分标注过的地区。而王炜关注的是前者，或由传说中的比希摩斯主宰的地区，"走近它像是踏入一个无声地带"（《毛泽东》）。王炜的诗是充分人工化的、带有极强互文性的诗，比如对于《圣经》、柏拉图哲学、时事新闻、中国当代史的频繁挪用，而他的立脚点则是尚未充分文明化的"自然状态"。就像他的舞台提示词中屡次出现的"雪花噪波"——电子设备的瘫痪状态，这是非常具有象征意味的。在美学质地上，它引发的是一种荒诞的、过分后现代的感受，而不同于荒原的空白感。王炜关注的并非欧亚大陆的天然的、原始的状态，或以此作为城市文明的镜像和比照，而是其"口音错杂的移民新区"，是"被几大语系压制的波长"。他致力于对动态的、杂糅的、难以归类事物的秩序化梳理，并通过词语的接口，把大地不透明的部分传输到理性的内存之中。

在当代中文中，写作诗剧是一种违禁。或者说，它是一种需要自证合法性的工作，就像在 100 年前的中国写作任何形式的新诗一样，这种写作天然地站在临界状态，就像一架探测器的超负荷感知。但我天然地佩服诗剧作者，因为他／她比任何其他文体作者更能有效地在汉语先天不足的领域进行采掘。当然，这一切，王炜在后记中已经简明扼要地谈到了。而他的创作本身，就是诗剧可行性的证明。

孙文波研究专辑

认同之诗，或经验主义的四重根
——读孙文波长诗《长途汽车上的笔记》

一 行

一、"整体、芜杂的经验主义"

《长途汽车上的笔记》写于2010—2013年间。这组由十首诗（每首十节、每节16行）构成的系列长诗，其内在的视差或张力，蕴含在诗篇"总题"和每首诗"副题"的关系之中。"长途汽车"作为现代交通工具，既携带着技术时代的速度、节奏和工具理性特征，同时也提示着诗的观看所依据的是一个不断移动、变化的视点。在诗中，"长途汽车"在某种程度上与诗人"自我"或"身体"的位置发生了重合，因而构成诗歌经验的发生场所或容器——这是一个从内向外观看的空间，它显示出诗人的"旅行者"或"旁观者"的角色。而副题中的"感怀""咏史""咏物""山水"都是古典士大夫或隐士诗人常写的诗歌类型，其中包含着古典式的自然观与历史感；"为某某而作"（"之六""之九"）则指向友谊或赠予的伦理维度，这一做法也渊源于古典诗歌。因此，诗题本身包含着一种"古今之间"的争执：这位"诗人—旁观者"在一种现代的速度、视点和感受力中，打量着被工具理性所改变的当代中国；而同时，他的目光又被中国古典传统中的自然、历史和伦理感受力塑造或中介过。

另一方面，在诗的总题与副题之间，还有一层统摄关系。"长途汽车"和"笔记"这两个词都指向"经验主义"这一现代诗歌方法，此方法强调对日常性、具体性和现场感的呈现与反思。孙文波试图用这种现代经验主义的方法论，对四种不同的古典诗歌类型进行统摄、综合。在中国古代，"感怀""咏史""咏物"和"山水"诸诗歌类型之间有清晰的边界，且每一类型分别成熟和繁荣于不同的历史时期。而《长途汽车上的笔记》通过一种"杂合体"的诗学策略，模糊、抹除了这些边界，将它们混融于同一语言空间中。可以认为，副题中出现的四种诗歌感受力类型，它们的杂合本身就是这组长诗之"当代性"的一种显示：诗歌的当代性，并不只是以当代语言来处理当代世界的经验，而且也意味着对不同历史时期中的感受力的重新激活和转化，意味着诗人要在某种意义上成为不同时期的古人的"同时者"[①]。

如果我们将这组长诗的题目与诗的内容关联起来理解，它的经验主义面目就更为明晰。"长途汽车上的笔记"，意味着在被"汽车改变空间"或"距离收缩"的状态下，接收在不断变动的视野中纷至沓来的信息并"消化它们"，这"关系到认识世界"，它要求诗人"注重细节与动机"（"之三"第3节）。"站在经验一边"（"之三"第6节），就是以诗的方式来认识世界；同时，这也是"站在语言的秘密一边"（"之三"第6节）——从诗中不断出现的对"写作问题"的反思来看，"笔记"一词是对书写过程的显示，它以自反性的方式使诗成为了一首"元诗"。"在世界中的旅行"也是"纸上的语言的旅程"（"之二"第10节）。这种将诗歌的经验主义与元诗性质进行结合的努力，是孙文波近十几年来写作的一贯做法。与"朝向世界的经验主义"相对，我们可以将"元诗"理解为一种"朝向语言内部的经验主义"，它能够成为前者的必要补充——当这两种朝向在诗中融合时，"经验主义诗歌"才完全地实现了其潜能。

经验主义方法的运用，决定了《长途汽车上的笔记》的性质、特征和得失。当我们将它置于"经验主义诗歌"的历史谱系中，就能发现这首长诗既延续了这一谱系（特别是1990年代新诗对"叙事"的开掘）中发展起来的若干诗学方式，又在充分吸收以往技艺成果的基础上，对经

[①] 参考吉奥乔·阿甘本（Giorgio Agamben）：《裸体》，黄晓武译，北京大学出版社，2017年，第31—35页。

验主义方法本身进行了值得注意的修正和调整。改变的主要方面有二：一是从"提纯式的经验主义"转向"芜杂的经验主义"，二是从"局部的经验主义"转向"整体的经验主义"。这两个转向都涉及对"诗是经验"这一现代诗学基本命题的不同理解。

"提纯式的经验主义"认为，"经验"要成为"诗"，必须经过浓缩、结晶、纯化或戏剧化（作为一种微妙的困境或问题）。由此，经验需要被一种美的、光亮或幽暗的诗性氛围所统摄，诗歌应该呈现经验中的光芒、黑暗、美妙时刻或诗性的冲突场景。弗罗斯特、爱德华·托马斯（Philip Edward Thomas）和早期希尼（Seamus Heaney）是英语诗歌中"提纯式的经验主义"的著名例证，吕德安和张曙光是1990年代中国新诗中这一类型的代表（张曙光的情形要复杂些），而雷武铃和王志军等人则是21世纪这一诗歌写法的传人。这一类诗歌中出场的经验，都具有一种清晰的质感和神秘的意义指向：比如，弗罗斯特笔下的溪水和树林披裹着一层透明的光泽、浓重的幽暗或清凛之气；希尼对爱尔兰沼泽和日常场景（"干草杈""卜水""夜间开车"）的书写，要么具有一种局部巫魅化的气息，要么具有"你的平凡在那儿被更新"（《夜间开车》）的特征；吕德安、张曙光等人的诗歌中总是透出雪、溪水、石头或陶土的光泽。人们并不需要改变自身的诗歌趣味和习惯就能接受这样的诗歌。而"芜杂的经验主义"却是对读者诗歌趣味的宽阔幅度的考验，有时甚至是一种冒犯。因为，这种经验主义诗学强调诗歌对经验的处理不应该是一种"纯化"或"结晶化"，经验的"神秘"或"玄妙"不在于其美感、洁净或戏剧性，而在于经验本身如其所是呈现出来的复杂性和可能的多重反思角度，在于其中混乱与秩序的相互作用。"芜杂的经验主义"是在诗中将经验保持在"非诗"状态的一种努力，这种"非诗"的经验，既不将经验提纯、浓缩化，不把关注点放在经验中的闪光、幽暗或诗性瞬间之上，也不用任何一种诗意情调来统摄经验的混乱和复杂性。它更像是一种不经过刻意调光、调色和滤镜处理的长镜头拍摄，虽然拍摄者的手法极为稳定、老到并具有深厚的"镜头—语言"掌控力，但其意图却是尽可能地保留世界和事物的野生、凌乱状态，并从这里开始对经验的反思。

那些认为孙文波的诗过于"平""庸常"和"缺乏诗性"的读者,想必就是在这些"芜杂"取向的诗中找不到他们想要的那种"诗性瞬间"和"诗意之光"而作出这样的判断吧。

1990年代以来,萧开愚和孙文波就是当代新诗中"芜杂的经验主义"的主要代表。萧开愚的《公社》(1989)和孙文波的《在无名小镇上》(1992)可以看成对经验复杂性进行处理的较早尝试;萧开愚后来的《向杜甫致敬》(1997)和孙文波的《六十年代的自行车》(诗集,2002)以更精确、沉稳的方式,向我们显示了"经验主义"的方法论意义;而于2014年左右发表的萧开愚《内地研究》和孙文波《长途汽车上的笔记》,则都是将"芜杂的经验主义"发展为一种"整体的经验主义"的重要作品。在《长途汽车上的笔记》中,"混乱"和"复杂"这两个词各出现了九次,"混沌"和"紊乱"也各出现了两次,它们不仅是对现实状况的描述,而且构成了诗的语言立场。不难发现,这组长诗中提到"混乱"和"复杂"的段落,除了指向经验现实的直接外观之外,更多的是一种反思性的自我意识的显示。"芜杂的经验主义"所带来的一个效应,是诗歌语言的高度散文化。这种散文化往往越过了通常所理解的"诗歌散文化"的底线——尽管当代诗人和诗歌读者们大多都赞成"诗的散文化",但他们总是不自觉地预设了诗能够被散文化的边界和下限。比如,欧阳江河声称要写"泥沙俱下"或"异质混成"的诗,但其诗歌语言是高度华丽和质感化的,其悖论语式的密集程度显然不是散文语言所可能具有的。而孙文波的诗中尽管并不缺乏修辞,但其分布方式和勾连方式,总是阻止了语言的"结晶"和"发光"倾向(这与前面所说的"经验的非诗化"直接相关),这使得其诗作并不具有主导质感(而大多数诗人都倾向于在诗歌中确立某种"主导质感",诸如"雪""光""陶土""黑暗")。另一个可以对照的是臧棣的诗。臧棣将散文化视为百年新诗的"大计"而非"大忌",然而,臧棣的诗歌语言也很难说是一种真正散文化的语言,因为其高度的柔韧和弹性带来的"语言微调感"完全支配了诗歌书写,其清晰、洁净的质地和繁复的演绎方式也绝不是"散文"语言所能望其项背。而孙文波的诗歌语言,在某种意义上说则是"粗放型"和"不讲究"的（但其中仍然包含着某种控制力和对语言本身的反思性）。孙文波诗歌的优点和问题，在很大程度上源于这种"芜杂经验主义"带来的散文化倾向。其优点是，诗歌的"吞吐量"或经验容量空前巨大，诗歌真正处理了"一切"，而且在相当程度上保留了经验本身的野生状态；其问题在于，这种经验主义也容易造成一种散漫的、推动力不足的语言处理，诗歌由于过度缺乏"激情""闪光"和"起伏"，而陷于一种导致阅读时的疲惫和单调感的"语言沼泽"之中。

《长途汽车上的笔记》与多数经验主义诗歌的第二个重要差别，是其中采取了"整体经验主义"的处理方式。在这里，"整体"一词可以作两层理解。在较为常识的意义上，"整体"当然首先指向"一个深广、完整的世界"，它与"局部"相对。我们看到，1990年代以来，中国当代的多数经验主义诗歌只处理一个局部性的瞬间、事件、场景或地方，而《长途汽车上的笔记》则显然具有一种辽阔、悠远得多的视野，它在时间（历史）和空间（地理）上的翼展，使之足以称得上是在书写"当代中国的整体图景"。在其他诗作中，孙文波早已显示出他擅长处理局部的经验场景、事件和地方；但在这组长诗的行进中，玄奥和辽阔之境被层层打开，它在强调"绝对的细节"（"之十"第4节）的同时又不粘滞于任何局部场景，而是不断以一种整体性的视野对这些局部场景进行超越。在这组诗中，孙文波不避讳"历史""自然""时间""政治""语言""世界"这些大词，对这些词不断从各种角度进行思索和言说，并以这些整体词汇来牵引对所有具体事物和情景的思索。由于这首诗的根底仍是经验主义，它并非虚妄的、缺乏细节和具体感的"宏大叙事"，相反，它在对局部进行超越时仍具有诗的可信度。

"整体"较之于"局部"，除了以更广大的"世界"来超越小一些的"场景"和"地方"之外，还有第二种超越方式。这涉及"整体"的第二层意义，它并不是指一个"大"（无限）的东西超越了"小"（有限）的东西，而是如海德格尔所说，"存在本身"超越于任何"具体存在者"。在《长途汽车上的笔记》"之十"第8节中，孙文波以一种听起来很像海德格尔的声调说:"所以,在,必须是终极概念。/我在江边,在树下,在山顶。/……我寻找的仅仅是'在'的形式。"在"之十"第10节中,他又以一种与马克思、黑格尔、亚里士多德、海德格尔相关的方式写道:"这是实践、实现、时间的存在。"这几句诗对"终极"或"整体"的理解,事实上贯穿于整首诗的意图之中。"整体"乃是作为经验之本源的"统一性"或"差异之聚集"。"整体的经验主义"是指对经验诸领域和经验方式进行汇聚、综合,使之朝向这一"本源性的整体"的诗学理念。在此,我们可以采用黑格尔哲学的表述方式,将"经验主义诗歌"划分为三种意识层级:直接性的经验主义、否定性的经验主义和整体性的经验主义。直接性的经验主义诗歌忠实地描述"此时此地"的经验,服膺于一种"感性(知觉—回忆—想象)的诗学",它一般局限于局部场景或瞬间,对经验或语言中隐藏的意识形态因素缺乏反思;否定性的经验主义诗歌则对经验中的意识形态因素进行了反省和分析,因而走向了强调"在相对性中写作"的"反讽主义"或"怀疑主义"诗学;而整体性的经验主义诗歌,则从"否定性的反思"上升,进入到一种新的、肯定性的经验之中,也就是将知觉、回忆、想象、情感和观念反思等经验层级综合为一种"整体经验"。"整体性的经验主义"在写作中展开时,将"直接性的经验主义"的具体性,与"否定性的经验主义"的反思性,扬弃到一种更为复合型的、肯定性的经验之中。

一般来说,"芜杂的经验主义"几乎都处于"否定性"的阶段。这一阶段的诗人善于用知性来剖析世相,剥开那些"纯粹""绝对"之物的外壳并暴露出其内在的空虚。他们沉迷于知性的分解力量,沉迷于以反讽来揭示"相对性",不信任任何肯定或绝对之物,因而陷入到无限制的怀疑主义深渊之中。然而,否定性的诗歌写作始终是消极的,它最终通向的是虚无和对写作本身的放弃。要避免这一问题,"芜杂的经验主义"就需要有精神内核,以"走向肯定",而这只能通过转变为"整体的经验主义"来解决。我们看到,"提纯式的经验主义"自带着一种内核,也就是作为"诗性氛围"或"诗意之光"的美感或神秘感。而"芜杂的经验主义"则不能诉诸这种类型的内核,它只能诉诸一种"整体经验"的存在。"整体经验"就是"芜杂经验主义"诗歌的精神内核。在经验主义诗歌中,这种"整体经验"有几种主要类型:对自然之美及其毁灭的感受;对时代困境及其解决契机的经验;对自我成长或教育的经验;对文明或文教—语言传统的兴衰、成毁之命运的经验;对德性与自由在世界中实现之可能性的经验。而在《长途汽车上的笔记》中,孙文波对这些类型的"整体经验"再次进行了综合,使之成为了将自然、历史、语言和自我这四重经验维度汇合和聚集起来的"认同的经验"。可以认为,《长途汽车上的笔记》的出发点是"诗是(对世界的)认识",其终点则是"诗是(对某种东西的)认同"。对何种存在的认同?我们无法用一个确切的名称来形容,在这首诗中,它是作为自然、历史、语言和自我这四个维度的关联整体而存在的某种"无名之物"(也许,"文明"或"祖国"是最接近的命名)。这一"无名之物",在黑格尔那里叫做"伦理—精神",在海德格尔那里叫做"天地人神"四方之聚集的"世界—物"或"本有"(Ereignis),在和辻哲郎那里叫做"风土",在米歇尔·塞尔(Michel Serres)和拉图尔(Bruno Latour)那里叫做"准客体"或"集结"(collective)。它不只是作为"认识对象"的"世界",而且是使任何一种认识得以可能的基本背景,是我们在其中生存、实践、实现的终极境域。由于诗歌的经验主义毕竟不同于哲学学说,它不能仅仅停留于概念分析和思辨的层面,而是需要以诗的方式重建经验的整体性。我们看到,在孙文波这里,这一整体经验的呈现是通过综合多种诗歌类型和反思角度(知觉、叙事、抒情、想象、思辨和分析性)来达成。在其中,他很大程度上吸收了中国古典诗歌中的一种整体经验类型——"感兴"的经验。对中国古人来说,"感兴"缘于自然、历史与心灵的共通与共振,它是山水诗、咏史诗、咏物诗和感怀诗的共同本源。尽管孙文波在诗中的"旁观者"位置以及对谈"玄"的爱好使他看起来更接近于道家,但杜甫这位儒家诗圣的影响仍然是压倒性的(虽然"杜甫"在这组长诗中只出现过三次,分别是"之二"第8节、"之三"第5节和"之五"第9节)。杜甫身上那种忧世伤生的伦理意识和对语言、文明的责任感,与屈原、辛弃疾等在这首诗中被追溯的诗人一起,构成了《长途汽车上的笔记》的重要精神源头。对汉语命运的忧患感和对中国文明传统的同情感（但它并不是文化保守主义性质的），在诗的字里行间弥漫，它们构成了"认同"的情感依据。这样看来，孙文波这首诗中的"认同"经验，是以当代诗的语言和感受力对古典的"感兴"经验的延续和重写。

"认同"是比"认识"更深刻的一种经验，它包含着认识，但并不止于对世界的知性理解，而是从深层生命的底层涌出的与世界（或文明体）的统一之感，它将生命的情感、情绪和行动意志整个地投身于世界之中并肯定这个世界。《长途汽车上的笔记》确实是从一种"旁观式的认识"开始的，但在诗的行进之中，诗人逐渐地被卷入到世界之中，被卷入到对文明和语言的责任感之中。在"认识"与"认同"之间，诗人作为"旅行者"需要穿越经验主义的四重根：自然（地理）、历史、语言和自我。作为一首"旅行诗"，它在外部世界（"自然—地理"）中游历的同时，也在语言、历史和自我之中穿行，试图理解其中包含的玄妙、玄机、玄奥和玄秘。由此，孙文波构建起了"旅行的玄学"（"之十"第7节），它也是"自然的山水观"（"之四"第6节）、"历史的地缘学"（"之十"第10节）、"语言的命运观"（"之二"第5节）和"自我的现象学"（"之四"第5节）。每一种足够完整的经验在其展开中必定同时牵连着这四重根，它们彼此之间是相互渗透、中介并相互包裹、缠绕在一起。因而，这"四重根"乃是孙文波式的"整体经验主义"得以可能的四个极点，或经验的四个维度，四个相互关联的"意义领域"（fields of sense）。而诗歌，需要清晰地呈现出经验中的这些维度、领域或根据是如何相互作用，并构成经验的立体性、具体性和整体性。

二、自然：地理、风景与山水

自然不仅是文明及其历史的底座，也是诗歌经验的底座。而"地理"或"山河"，则构成了人在自然中生活、理解和实践时的底座，在这一底座之上，才是万象争涌、万物竞逐的生命战场或游戏场。在直观感受中，那浮于底座之上的生命游戏景象却被当成"自然"的突出部分，由此"自然"便向植物与动物的形象生命聚焦。不过，对"土地"的深刻情感构成了中国文明传统的深层心理结构（"土地定向"而非"海洋定向"），儒家思想和受佛道思想影响的山水画传统都极为注重作为自然之底座的"山河"。汉语诗歌的正宗同样将主要的目光投向"山河"或"山水"，生命游戏只是附丽于山水之间。对汉语诗人来说，"自然"首先是大地的广袤空间（"山河"）和由昼夜—季节的风物流转构成的悠远时间（"岁月"）。而大地上的植物、动物与人，作为从自然中生长出来的生命，有其受地方性规定的面貌、气质和生命节奏。在古典诗人笔下，"自然"作为"山水"的风物—景观层面，总是与其中透露出来的"玄理"层面混合在一起。"山水诗"或"游记诗"的传统由此而来。中国古典的自然书写的另一条脉络是作为《诗经》"农事诗"后裔的"田园诗"，它们借描述地方风土和农事来进行隐士的自我抒怀。

在当代中国，多数诗人对"自然"的书写遵循两条路径：其一是受西方现代诗歌传统的影响，走向了一种诉诸个体知觉—想象的"形象诗学"或"风景诗学"，用"风景"取代"山水"；其二是受"田园诗"传统的影响，走向了一种诉诸"扎根"或地方经验的"叙事诗学"。《长途汽车上的笔记》既不是形象性的自然诗，也不是"地方叙事诗"。孙文波同样受到中国古典传统的深刻影响，但他承继的主要是古典的"山水诗"或"游记诗"的序列。他曾将自己的部分诗作命名为"新山水诗"，在某种意义上，《长途汽车上的笔记》充分诠释了"新山水诗"的"新"究竟何指。除了像杜甫《咏怀古迹》系列那样，将"山水—游记诗"与"咏史诗""感怀诗"进行类型杂合之外，他的"山水的玄学"很大程度上吸收了现代以来的哲理观念和认识方式。这组长诗对"地理"与"河山"的理解，对"空间"与"地方"的经验，与当代中国的政治、商业、技术和意识形态状况深深地缠绕在一起。在诗中，"地理"作为"地方"的特殊性并不是首要的，相反，那些普遍性的问题，诸如"人与地理的关系""山水变迁与政治和商业的关系""山水与语言的关系"，才是诗人的关切所在。

我们看到，这组长诗是"旅行"或"游历"的产物，大体上每一首都记录了一次旅行。从诗中的若干地名、人名和历史事件的提示来看，诗人经过的地点包括辽宁、河南、四川、湖北、湖南、江西、广东等地，地理空间范围涵盖了中国东北、中部、西南和东南。通常的游记式写法，会每到一地，便大篇幅记录当地的习俗、传说、专有景点和人物，用一些方言、掌故、小吃、土特产等等来作为"地方特色"的填充物。然而，在《长途汽车上的笔记》中，从第一首诗开始，直到最后一首，孙文波似乎是有意识地淡化、削弱对每一地点的"地方特色"的描写。比如，我们在阅读"之一"时，很长时间都不知道他是在哪里旅行，直到第9节出现"文公山"和"阳明山"这样的地名。相似的情形也出现在其他几首诗中。尽管孙文波强调"细节"，但诗中的细节却并非"地方特色"意义上的细节，而是作为"问题"的沉思性的细节：

> 那么细节呢？当耳边传来"总在穿过拥挤的
> 小城镇"。或者传来的是"如果没有那些
> 造型丑陋的房子，路边的山可能好看一些"。
> 我心里的疑问是：它们到底向我们说明了什么？
> ——"之一"第8节

"地理"或"地方"出现在这组长诗中，主要不是作为描写的直接对象，而是作为对"人与地方（世界）的关系"进行认识、沉思的背景或触发点。诗之所以要写"地方"，是因为"它们构成我的生命，包括别人的"（"之八"第1节）。对于孙文波来说，"在哪里旅行"并不那么重要，"某地有哪些特点"也不重要，重要的是这个地方哪些东西引发了对普遍性的历史、人生和语言问题的思索。在"之三"第9节中，孙文波写到了一个在音乐中"发现了其中变化万千的斑斓世界"的人，却没有告知我们这个人或其所在地点的名字（很可能是发明"十二平均律"的明代皇族子孙朱载堉，故居在河南沁阳），而只是借其展开了对寒门、士族与

文化衰微之关系的思考。整组诗中也很少出现对某地的地质状况、地形地貌的描述，外部的地理景观并不能引起诗人的太大兴趣。他真正关心的，是在旅行中与每一地方的历史（作为残骸或遗迹）进行对话，是地理与历史之间的关联：

> 山川逶迤带来精神的盛宴。年轻友人
> 提供的机会让我南行千里。我走着、看着，
> 与一个个地点的对话，在于它是否
> 有遍地的绿色、似锦的繁花，古老的遗址。
> ——"之四"第1节

《长途汽车上的笔记》与当代中国多数诉诸"地方性"的叙事诗的区别还在于，诗人与任何地方之间都不存在"扎根"的关系，而是总在各地借住、漂泊。在三四年的时间中经过这么多地方，这样的旅行或游历并非全然出于爱好，其中很多都有不得已的缘由。诗中的"游"往往并不是"旅游"，更不是道家意义上的"逍遥游"或"游仙"之"游"，而是"飘蓬羁旅"。这样一种与"地方"的关系毋宁是一种"无关的关系"（用孙文波的说法，他的诗只"与无关有关"）。而在失去了与"地方"的关联之后，诗人似乎获得了更具开放性和新鲜感的"空间"：

> 有时我只能用"谁此时没有房屋，就不必建筑"
> 这样的诗安慰自己。不断面对
> 陌生的地方，带来的是新鲜感……
> 脑袋里装满变化的河山；可以反复翻阅的图册。
> ——"之二"第9节

段义孚认为，"空间"和"地方"在人类经验中是一对相互构成又相互对冲的范畴："从地方的安全性及稳定性，我们感觉到空间的开阔和自

由,及空间的恐惧,反之亦然。"① "地方"的安全性来自于其"亲切性",它使人感到心安和温暖。② 但我们又总是在追求自由的空间,在地理的丰富和空间的空旷中寻找"自我的确定"。用德勒兹的术语来说,过于强调人对地方的"扎根"关系,会使人的生命植物化或"树根"化,它固然安全和稳定,但在这种"辖域化"的关系中人会变得过于驯顺和保守。而游历和漂泊,作为一种从"故乡"或"原生共同体"中被动或主动逃逸出来的运动,它是对人的一种"解域",使人能够进入到更为广大的空间之中。不过,这样做是有代价的,空旷、辽阔的空间带来的除了开放性和新鲜感,还有渺小感、恐惧和疼痛。面对空间的巨大和荒凉,诗人不止一次感到"辽阔,同样是绝境"("之六"第6节),或"辽阔,变成无能的同义词"("之六"第8节)。同时,与"故乡"分离是一种撕裂,当人变成"故乡的异乡人"或"陌生的本地人"时("之二"第2节,"之七"第9、10节),归属感的丧失会造成极为矛盾的心理状态:

> 那么,我是不是已就此懂得漂泊的意义?
> 杭州、婺源、北京、鄂尔多斯,所有的居住
> 是借住。无论风景多么秀丽,多么辽阔,
> 带来的感觉彼此矛盾;越是赞美,内心越是疼痛。
>
> 幻想着立锥之地,幻想着安逸、安静和安全。
> 如果说意义,它们就是意义;如果说价值,
> 它们就是价值。我告诉自己,什么是一身彻底轻松,

---

① 段义孚:《经验透视中的空间与地方》,潘桂成译,台北编译馆(台北),1998年,第4页。正如段义孚所说:"人如何去经验世界和理解世界,乃是本书的中心主旨。"而"空间与地方"则是他切入此问题的角度。由于段义孚著作的主题与角度和孙文波此诗具有极大的相通性,其中对若干经验现象的举例和分析,可以作为对《长途汽车上的笔记》许多段落进行诠释的工具。但本文篇幅所限,无法一一展开,只扼要论述。
② 同上书,第129—141页。

也许，这样就是。它让我不必眷念，欲望全无……
——"之二"第9节

就诗歌对"地理"的书写来说，其中出现的当然不只是"自然"意义上的"空间与地方"。无论是途经的各大城市，还是那些已经被旅游业改造过的"山水"景点，它们都不再是原初意义上的自然，而是文明、政治、商业和技术的产物。"地理"中的"地"或许还保留着，但其中的"理"（无论是作为"纹理"，还是作为"道理"和"真理"）却已面目全非或荡然无存。可以说，孙文波的"新山水诗"是对"山水的当代命运"的残酷呈现。它根本不是人们通常所说的"风景诗"，因为其中的认识装置并非现代抒情主体的内在体验方式，而是如同况周颐《蕙风词话》中所说的"吾观风雨，吾览江山，常觉风雨江山之外有万不得已者"的古老感兴经验。"风景"是人对自然的较为晚近和浅表的经验方式，它的成立依靠一种现代主观性：它将"自然"当成"观看对象"的同时，又并不真正关心和具体打量自然，而是沉浸于自身的情调体验之中，将主体内在的情感或情绪赋予这个"在外部"的自然。风景可以是宁静和温暖的，也可以是阴郁和寒冷的，这取决于观看者的主观情绪。正如柄谷行人在《日本现代文学的起源》一书中所说，"风景"作为一种"认识性的装置"，依赖于"内在的人"的出现："风景是和孤独的内心状态紧密联接在一起的，只有在对周围外部的东西没有关心的'内在的人'（inner man）那里，风景才能得以发现。"① 这种作为抒情主体的"内在的人"，可以在中国当代绝大多数"风景诗"中发现。在《长途汽车上的笔记》中，"风景"一词出现了17次，但严格来说，它并未主导整首诗的观看方式。孙文波虽然声称自己要成为"风景的解人"（"之一"第1节）或"宁愿只把风景看作风景"（"之四"第5节），甚至有一处提到"伟大的风景打开了我的抒情之心"（"之八"第1节），然而总体来看，"风景"作为一种仅供观赏和抒情的"美的画面"的意义在诗中并不彰显。很多时候，诗人意识到"风景"

---

① 柄谷行人：《日本现代文学的起源》，赵京华译，生活·读书·新知三联书店，2003年，第15页。

是被制造出来或经过美化的（"之九"第6节）；而且，"风景"在诗中好几次是作为"古人"的喻体而出现（"之一"第9节，"之三"第8节）。诗人甚至发现，对"风景"的热爱，作为一种与现代旅游业配套的意识形态和情感方式，实质上构成了对自然的伤害：

>……在人挤人
>的山道和山顶湖泊，风景改变着人与自然的关系，
>热爱等于破坏。我看着说明文字心生悲悯，
>消失啊消失。我忍不住想做批判者，不原谅任何人。
>
>——"之六"第9节

当"山水"被人为制造的"风景"取代，古老意义上的"自然"就消失或死亡了。"改造山河的说辞"在"谈论家园与花园的关系"，但"越改造越破碎"（"之八"第2节），"蹂躏山河这样的事我们做得太多了"（"之七"第8节），"索取，已经改变山水的性质，使之成为商品"（"之九"第5节），甚至"荒凉也被做成风景，被迫展览强辞（词）夺理的美"（"之七"第8节）。"最终，人成为大地的敌人"——这不仅是指地形地貌受到破坏，而且是指"山水之魂"的消失："曾经的地气已被用尽。今日山水／再也不会滋养出造神之文。"（"之三"第8节）所谓"山水之魂"，是一种与"风景"完全不同的"认识—生存装置"，它诉诸于人与自然之间的感通、兴发和统一性的经验，而不是只把自然当成观赏、抒情和体验的对象。因此，由现代政治和工具理性造成的"自然"或"山水"的死亡，本质上是"一种认识的死亡"。在2007年发表的《谒杜甫草堂得诗二十五句》一诗中，孙文波就以沉痛的口吻说道：

>这一次，我把死亡请到纸上，
>我说：看哪！看哪！不是一条河死亡，
>也不是一座山死亡，而是……一种认识死亡，
>方法却没有复活——怎么可能复活？

这首较早的诗的结论是:"神圣和美已成为乡愁。"而在《长途汽车上的笔记》中,孙文波却执意要使作为"方法"的"山水"复活。在诗中,他想要寻找"山水的真理"("之十"第7节),恢复"与山水为友"的生活方式,并重新获得人与自然、自我与山水之间的原初统一:

> 作为愿望,我不想在我的身体里,我希望
> 可以化身成为山水,可以是一棵树,或一只蝴蝶。
>
> 这样,我看它们,实际上是在看自己。
> 当山水变化,就是我在变化,譬如一条河
> 被污染,就是我被污染。一座山,在大雨中坍塌,
> 就是我在坍塌。我知道,我需要绝对的细节。
>
> ——"之十"第4节

这里包含着张载《西铭》所说的"民胞物与"的感受。在山水的历史变迁中,孙文波试图寻求其中不变的因素,即使他也像赫拉克利特那样意识到"人不能两次踏进同一条河流"("之十"第4节)。他的办法是"把动看作不动",因此在另一处他会说:"没有变化的只有山水/——我看到的,与那些逃亡者看到的是同一条江。"("之四"第8节)这种在"变"中看到"不变"的方式,意味着将"山水"从政治、商业、技术的覆盖和"过度阐释"中重新剥离出来,使之返回到其原本状态:"无论层嶂叠峦,还是肥沃的谷地,都不是政治。"("之四"第6节)这样被去除了意识形态中介的自然,不仅带来"安静的美",抚慰着我们的心灵,而且对我们构成了一种关于尊重的"教育",以此取代近代以来对自然的征服态度:

> 表面上仅仅是自然现象。隐含的难道不是
> 法律问题?法律,不应该是制度的玫瑰。
> 它应该是荆棘吗?也许应该是教育,
> 告诉我们,天空和大地实际上有自己秘密的尊严。

> 肯定不是征服。不是……，而是尊重。
> 我的努力与炼金术士改变物质的结构一样。
> 通过变异的语言，能够在里面
> 看到我和山峦、河流、花草、野兽一起和平。
>
> ——"之一"第 10 节

在这一节里，"自我"与"自然"之间的共同体，是通过"变异的语言"建立起来的。"原本的自然"如果要有意义，就必须处在与人、历史和语言的关系之中。这组长诗对"自然"的主导理解并不是观念论倾向或现代主体主义的，而是受到中国传统影响的、一种更接近于实在论的态度[①]。对诗人来说，"经验的整体性"意味着自然、历史、语言与自我这四个维度是相互指引、包含、缠绕的，每一个维度被其他三个维度所构成，每一个领域都被另一领域所中介，类似于"众镜互照"的映射游戏。因此，对自然的经验中，必定包含着对历史、语言和自我的经验；事实上，离开它们，我们根本不可能经验到"自然"。孙文波忠实地描述了"自然"与其他三重意义领域之间的关系，这种关系才是"作为方法的自然"的实质。就"语言与自然"的关系而言，孙文波有一段非常精彩的比喻：

> 我是在翻阅文件一样阅读大地；
> 一条河是一个逗号。几十公里路可能是省略号，
> 也可能是破折号。如果碰上千年大树，
> 一处陡峭山崖，我将之看作惊叹号，或者警句。
>
> ——"之九"第 10 节

[①] "自然的观念论"认为"没有人的山水，不是山水"，这种主体主义（无论是康德式的还是胡塞尔式的）将自然理解为先验自我的构造物。实在论则认为"没有我，山水还是山水"，而离开山水，"我"却无法存在。从"之十"第 7 节来看，孙文波在这两种态度之间摇摆不定，最后可能还是更偏向于实在论的立场，当然这是一种被中国古典思想中介过的实在论。

在对"大地"的阅读中，贯穿于山水与风物间的透彻之力推动着人对存在的领会。"自然是一本大书"的隐喻又出现了，但在这里，语言与自然的类比所强调的重心是"旅行"的节奏与停顿。如孙文波在另一处所写："观看就是赶路——/从一个地点到另一个地点，地理学的知识/不断被补充，语言的比喻多次被改正——"（"之四"第7节）当孙文波通过这样的方式来更新我们对"自然"的经验时，他是要恢复"自然"与其他三重维度之间的原初关联。在这组诗中，"自然与历史"的关系得到了最多笔墨的书写——以"山水"来观照自然，不可避免地将我们带入对"山水的古今之变"的理解中。

三、历史：古今之变、权力书写与诗的反思

"自然"或"山水"，有其历史。对孙文波来说，这一历史当然不是"生物进化"意义上的自然史，而是自然被文明所改变的历史。在前现代世界，文明带来的自然变迁如同地质变化一样，多数时候是缓慢和几不可见的；但进入现代之后，文明对自然的改造突然提速，山水的变化在短短时间内已经触目惊心。现代性造成的加速度，使得自然本身被越来越深地卷入到人类活动之中，接受"速度之魔"的统治。在这样的古今对照中，历史意识被运用于对"自然"或"山水"的理解。"山水的古今之变"作为一个事实，既是地理或器物层面的改变，又是心性、灵魂层面的改变。不过，"山水"还在另一意义上是历史性的。每一座山、每一条河都曾经是人类历史中某些杰出或平凡人物活动的场所，在其中有前人登临、游历和感叹的遗迹。"山水"之间寓居着古往今来的卓越灵魂，他们的事迹以某种方式成为了山水的一部分（"说到风景，他们永远是"）。因此，真正进入山水，意味着能经验到与前人灵魂的相通性，在怀古之幽思和对未来的眺望之间，感受历史在自然之中的临在。

作为一首"咏史诗"，《长途汽车上的笔记》将这两层意义上的"山水与历史"的关系都纳入到书写中。上文已经谈到工具理性对山水的破

坏，它导致"事物的保存，/在经济增长的计划中面目全非……/家国也是另一个了"（"之八"第9节）。这是对"唯经济增长论"的批判。而诗中更多出现的，是第二层意义上的历史感——在对山水的游历中，去理解往昔的精神和灵魂。无论是对舜、屈原、曹操、周瑜、韩愈、辛弃疾等人的提及，还是对殷墟、郁孤台、故乡家族等地的感受，都具有强烈的怀古意图。《长途汽车上的笔记》大体上延续了"历史的个体化"这条1990年代以来当代诗的主要线索，但它对历史的处理在同代人的诗作中显得更为实在，这是"正面作战"意义上的实在感。它以非常"较真"的方式正面处理了历史的三重面相：地方（包括山水和地方器物）的历史，政治或权力的历史，语言或文学的历史。孙文波没有依靠反讽、戏说和戏谑来打发历史的严肃性，他采取的态度是：观看山水遗迹和器物遗址，批判政治或权力的历史，缅想语言或文学的历史。

孙文波在一首名为"混乱之诗·面对一尊石像"的诗中，曾对"诗歌如何处理历史"有过深入的思索。他说："任何遗址都带有虚妄成分。"当诗人面对这些遗存时，"只有悲凉在心中再次浮出"。但他不是"写黑暗的诗人"，而仍然只是"旁观者"：

> 他会写一草一木，写云的流动，主要是
> 他将写出客观史；过去，也是未来。命运，
> 是没有命运。一切不过是时间的后果，仇恨的结晶。
> ……
> 作为旁观者，他观看的效果是问：
> 谁的手牵引它？而那些端坐在石头内的人，
> 获得了石头的硬质地？
> ……
> 如果恰好有乌云笼罩，能不能看出石头与人的关系？
> 问，不仅是心有疑惑。还因为问是一种仪式。

这段诗中的"石头"乃是一项历史流传物。对历史遗迹和器物的观

看，在本质上是一种追问，而"问是一种仪式"。追问是为了获得对往昔的较为"客观"的理解。诗人必须把历史转换为一系列的问题，这些问题可能暂时得不到确切的回答，但它们会引导他走向深处。"问与答"贯穿于诗的历史意识之中，而诗人的追问不同于历史学家的追问，它是被语言或词牵引的，它对历史中的修辞特别敏感。诗人擅长于从词的歧义、词与物的缝隙开始提问，甚至，诗人会用一个问题来回答另一个问题：

> 回答，其实也是质疑，需要语言转向，
> 成为他的引导。如果它将他带往真，他看到的就是
> 纯粹的风景；如果它把他带往恶，他看到的就是
> 历史的美。但，问题的复杂性在于：他永远走不出
> 自己的身体。所以，他也永远走不进别人的身体。
>
> ——《混乱之诗·面对一尊石像》

诗的结尾似乎又否定了人可能获得历史的客观性。由于自我或身体的局限，有关历史的困惑也许终究是无解的。相似的困惑和问题意识，同样出现在《长途汽车上的笔记》中，许多段落的口吻与《混乱之诗》非常相像。例如，在"之六"第10节中，诗人说："我不可能像剥洋葱一样，/把历史层层剥开寻找事物的真相。"那些神秘的历史真相，或许正因其神秘难解才获得了美感；如果它们不再是疑问，而是大白于天下，那么历史的魅力和纵深就会有所减损。又如，在"之三"第1节中，诗人对甲骨文的奥义进行了提问：

> 复杂性，让我小心谨慎地看，原始的符号
> 说明什么？对将要发生的事，预见的愿望
> 就是把自己交给别人，扭曲的灵魂等待破解。
> 是山川吗，是日月吗？对应之物，已是玄机。
>
> 很残酷。带来无尽幻象：指示天地，

统驭鸟兽虫鱼。不解神秘终究无解。
我惊异工匠们技艺的奇妙由时间放大到壮丽。
越是想还原真相它越是隐匿。这是字的围城。

尽管历史的真相难寻，但有一种"历史"是需要被彻底批判的。那便是由"权力"或"胜利者"书写的"历史"。在历史中，"权力代替了美"（"之三"第3节），那些强人将自己的趣味变成了一个朝代中统治性的趣味。诗中反复提出的，是"历史中的权力与信仰的关系"问题。信仰总是对某种超历史的"普遍正义"或"天理"的信仰，然而，正义或天理又只能通过历史来实现自身，而历史中占据上风的却总是那些具有统治权力的胜利者。一旦信仰者的组织获得了权力，信仰本身就开始形式化和空洞化，从信仰"普遍正义"蜕变为对权力本身的信仰：

　　我能够就此说：权力是信仰的腐蚀剂吗？
　　或者，信仰的确可以成为权力的幌子。
　　它有时候不过是戏子色彩斑斓的戏服，不过是面具。
　　　　　　　　　　　　　　　　——"之五"第7节

孙文波看到，胜利者在书写历史时，把自身的污点、残酷和罪恶全部掩盖和隐藏起来，自封为"天理"的唯一合法和正当的垄断者。这样看来，在历史中每一次都是"胜者即是正义"。"失败者"总是被污名化，他们的事迹被反向地篡改和抹除——"我不能同情失败者。他们，没有信史"（"之四"第5节）。为了从权力对历史的篡改中重新夺回部分真相，人必须学会反思，以获得从语言敏感和人性洞察而来的判断力：

　　当我穿过一间间光线昏暗的屋子，仔细阅读
　　溢美的文字，它们就像在证明否定是一种法则。
　　我必须学习的是：用文字学中的反义认识问题。
　　　　　　　　　　　　　　　　——"之四"第3节

历史中的器物自己是不会说话的，它们需要被诠释和索解。那么，权力书写的历史是否就是唯一能发出声音的历史？当然不是。对于那些信奉"文学自律性"的现代知识分子来说，有两种历史：一种是由权力书写的历史，另一种是由真正的文学或艺术保存下来的历史。当权力笼罩着历史书写时，人们便以诗的方式来质疑和对抗权力。① 这是由于，诗或文学在本质上是对人类生活中那些具体、切身、细节性的真实经验的保存或葆真，而权力总想抽空这些地下水一样的经验，用一些口号和观念符号来覆盖和扭曲生活。诗神（Muses）是记忆女神（Mnemosyne）的女儿，而权力却要将记忆女神从心灵中驱逐出去。孙文波部分地赞同这一"文学自律"的观念，但他不满足于仅从西方现代意义上的"批判知识分子"来理解诗人的身份和姿态，而反身向中国古典传统寻求对权力进行质疑的诗人。对文学史的追溯构成了《长途汽车上的笔记》中"历史意识"的主要场域。如果说，历史意识在本质上是对"连续性"（古今之通）和"断裂性"（古今之异）的双重意识，那么，当代诗人对古代诗人进行理解和追问时，这种"通与异"的感受便最为强烈。而那些曾经参与到历史和政治活动之中的文学家或诗人的事迹，乃是将"诗的历史性"与"历史本身的诗性"结合起来的最佳领域。不过，在中国历史中，屈原、陶渊明、李白、杜甫、韩愈、苏轼和辛弃疾，都不能被认为是对权力进行了严格批判的诗人，而只能被称为想要"导正权力""与权力保持距离"或"蔑视权力"的诗人。这些诗人的写作确实保留了珍贵而真切的生命经验，但他们对权力的态度很难说在今天仍具有充分的效力和启示性。另一方面，"文学自律性"的信念也需要受到反思与质疑，特别

---

① 昆德拉说："人类的历史与小说的历史是不同的事。如果前者不属于人，如果说它作为人在其中无任何把握的外来力量而君临于人，小说的（绘画的，音乐的）历史则产生于人的自由，产生于他的完全个人的创造，和他的选择。一种艺术的历史之意义与历史的意义是对立的。一种艺术的历史，通过其自身的特点，是人对于无个性的人类的历史所作的报复。"这段话是"文学自律性"的经典表述，它可以理解为：人类的历史是受制于权力的，而文学艺术则在自身的历史中质疑权力。见米兰·昆德拉：《被背叛的遗嘱》，孟湄译，上海人民出版社，1995年，第14—15页。

是受到布迪厄式的质疑。在某些段落中，孙文波痛切地感到语言或文学本身也被权力或暴力的阴云所笼罩：

> 那么，屠城也是吟咏，追杀也是安排韵脚。
> 仔细阅读，甚至让我产生这样的错觉：
> 语言的平仄中，一平就是一把刀，一仄犹如一支箭。
> 再不就是，音韵的转换隐含了杀戮——死亡的变数。
>
> 如此一来所谓的思乡、怀友、吟咏河山，
> 需要另外的解读——"浪淘尽千古风流人物"。
> 真的淘尽了么？民族的潜意识，到底
> 存在着什么？作为问题，是不是由这样的东西灌注？

为了理解现实，诗人觉得"我必须读史"（"之七"第7节）。但在另一些时刻，面对权力和暴力在历史中占上风的事实，孙文波却试图以自然的永恒性或"安静的美"来调校自己的注意力，通过"沉浸于自然"来抵制权力带来的心理压迫和心理暗示。这是"自然与历史"之间的又一层关系——用自然来平衡或避开历史。在这些时刻，自然或山水让人休息，让人恢复人性（而权力主宰的历史让人失去人性）。例如，在某位大人物曾待过的书院，人们一般对这位大人物的事迹更感兴趣，而诗人却只赞赏"这里的山势，面水而开阔，有自然的大气韵"（"之五"第3节）。只关心自然的人似乎可以无视历史及历史中的权力，因为自然是永恒的，而时代和权力总是短暂的。① 在中国古典传统中，自然与历史的这一层关系，常被表述为"青山"与"青史"的关系。自然的恒定、久远与历史的变动不居相比，似乎更加优胜，故有"青山依旧在，几度夕阳红"之叹。不过，在中国传统中还有另一种理解：历史是正义或天理在

---

① 参考汉娜·阿伦特《历史概念》一文对"历史与自然"之关系的论述，载于汉娜·阿伦特：《过去与未来之间》，王寅丽、张立立译，译林出版社，2011年，第36—44页。

其中得以实践的唯一可能的场域,自然本身不关心正义,因此作为"天理"之显现的"青史"似乎又凌驾于与道德无涉的"青山"之上,生命的死亡和自然的流转都不能取消"青史"的永恒正义法则。这样看来,自然与历史之间具有一种对"不朽"的竞争关系,如刘大绅的诗所言:"青山青史谁千古,输与渔樵话未休。"(《新居口号》)不过,我们也要看到,自然与历史的竞争或张力,只在诗("渔樵闲话")中才得以显形:历史需要作为"故事"或"传说"的诗来承载,否则历史无法被记忆,而自然本身也需要历史故事的衬托才能显示出其古老悠远;进一步说,历史在故事化的同时似乎变成了自然的一部分,故有"浪淘尽千古风流人物"的说法。青山与青史、自然与历史的张力,构成了中国古典"渔樵诗学"的重要主题。① 当然,这里也包含着一些困境:一方面,历史真的是正义或天理实现自身的场所吗?(至少列维纳斯不这么看)我们之所以要避开历史,难道不正因为历史被权力、暴力、阴谋、罪恶和苦难所占据?另一方面,寄情于"山水之间"当真能平息历史给人造成的痛苦和焦虑?姑且不论山水已经被毁灭得差不多(看到残山剩水更让人痛苦),即使自然还完好地保存着,它对人来说也主要是一种消极的安慰,它并不引发改善世界的行动。无论这些问题的答案如何,我们可以确认的是,诗的语言是自然与历史的关联被保存下来的唯一场所——即使人要用自然来对抗历史,他也只能采取诗的方式。

四、语言:"道路""汽车"与"家园"

诗的经验,是一种在语言之中并通过语言来显示的经验。正如本文第一部分所说,《长途汽车上的笔记》既是以诗的方式对"世界中的旅行"的记录,本身又构成"纸上的语言的旅程";它既是一首处理世界

---

① 参考张文江:《渔樵象释》,《古典学术讲要》,上海古籍出版社,2010年,第186页。另参见殷学国:《青山青史:渔樵诗学经典命题个案研究》,《文艺理论研究》2011年第2期。

和事物的"及物诗",又是一首对写作自身、对"词的命运"进行反省的"元诗"。在前文中我们已经看到,孙文波是如何将自然经验和历史经验同对语言自身的经验相联结的。"词与物"的关系在这组长诗中非常微妙:很多时候貌似在讨论物的状况和心灵的状况,但问题的症结却归结为语言或词的状况。诗人发现,人的不安其实来自"语言的不安":"很多词,当它们失去了/指涉的事物,譬如泰山,也就失去了真正的力量。"("之一"第6节)"词与物的脱节"是我们时代的典型病症,"名不符实"或"新瓶装旧酒"的问题古已有之,而我们时代更常见的症状则是"名字还是旧的,但事物早已被掏空或面目全非"——这类似于斯宾格勒在讨论阿拉伯文化时所借用的地质学上的"假晶"现象(貌似甲种岩石,实际上包裹的却是乙种岩石)[①]。文教传统的断裂,使得以往的"礼仪之邦"现在被"我们"这些不肖子孙占据:

> 家国也是另一个了。如果我们还假装自己
> 是一个古老民族的后人,身体内还携带着很多
> 过去;它的骄傲,它的优雅。已经成为
> 死亡的文字——书写,不过是与痛哭一样的行为。
> ——"之八"第9节

尽管写作是像"痛哭一样的行为",但写仍是必要的,因为只有在写作中才能承担起对文明和母语的责任,才能弥合词与物、名与实之间的裂伤。"国家的伤口,需要语言之盐彻底清洗。"("之六"第9节)就当代诗的历史处境来说,要有效地承担这一责任,诗的语言就必须一方

[①] 斯宾格勒:《西方的没落》(上册)第七章"阿拉伯文化诸问题",齐世荣等译,商务印书馆,2001年,第330—331页。斯宾格勒用"历史上的假晶现象"来指称"一种比较古老的外来文化在某个地区是如此强而有力,以致土生土长的年青(轻)文化被压迫得喘不过气来"的情形,这与当代中国的情况并不相同。当代中国的问题,可能是既没有真正吸收现代文明的精神和创造力,又失掉了自己古老传统中最好的部分,因而作为"现代中国人","我们"既不"现代"也不"中国"。

面具备处理复杂现实的活力和丰富性，另一方面能够向着词语自身的源头回溯，从词的历史、词的原初经验中汲取其深层力量。前一方面涉及"语言与现实"的关系，后一方面涉及"语言与文明传统"的关系。《长途汽车上的笔记》的"芜杂经验主义"，主要体现为它的语言方式刚好与复杂、混乱的现实相匹配，这种语言在一种高度的精确性和反思性中理解着现实：

> 我同情他在针尖上的舞蹈。我庆幸自己
> 一直置身在混乱的现实中。什么是危险？
> 肯定不是山上偶尔滚下的石头，而是
> 超员的长途车上与人挤在一起，恶臭挤满了肺。
>
> 赢得身体的健康，失去的是能够分析
> 的生活；恶，带来了善，语言的丰盈。
> 如果有什么需要感谢，我要感谢的是：
> 社会的紊乱。太紊乱了，每个词都落到了实处。
>
> ——"之一"第6节

"语言的丰盈"来自"社会的紊乱"，这"紊乱"正是词的活力从中生长的土壤。"太紊乱了，每个词都落到了实处"——这一精警的诗句，将语言与现实之间的关系表述得非常清晰和到位。它不只是在主张以某种意义上的"语言之乱"（暗含控制力）来与"现实之乱"相对称、呼应，它真正的重心落在"实"字上。"实"意味着诚实、平实、充实和结实，意味着词语首先应该是及物的和描述性的，它必须以一种高速和高精准度抵达现象：

> ……
> 对于我，语言与现象的关系，
> 就像高速公路与逆向行驶的汽车的关系。

我恰好看到这一情景。

——"之四"第9节

这个比喻是从"长途汽车"的运动带来的视像中获得喻体的。"旅行"的速度、节奏与纷乱感，是这组长诗的语言特质的起源。"我的语言需要在运动中找到自我与事物的联系"（"之十"第1节），而这恰好也是语言与现实发生关联的方式。诗的语言不止于描述现实，它在某种层面上还引导着我们以特殊的方式去看现实，它作为"道路"或"光"规定了我们究竟能抵达何处、看到什么——而且，现实的某些层面只能被"语言自身的看"（臧棣语）所看到。不过，在让语言"自动导航"时，人也不能在"车"上睡着，他必须反观自己的语言，洞悉其弱点和困境。在《混乱之诗·面对一尊石像》中，孙文波借想象一位古代诗人的境况，对"语言"问题进行了反思：

他看到语言的懦弱了吗？多少词名不符实。
漂浮成为现实，使得移动的不是身体而是灵魂。
他看见了吗？黑暗之上的黑暗。怕，像飓风来袭，
自语，不过是想自救，向光明处寻找，
用词建造一个居所。词，成为家园，
疑问，仍然在时间的巨大深渊中，他已经明白。

为了使语言不再"懦弱"，诗人必须用坚实的词建造一个"居所"或"家园"。《长途汽车上的笔记》中也有相似的表述："那些失去故乡的人们，只有在语言中营造家国。"（"之四"第2节）这是何种类型的"家园"或"家国"？对孙文波来说，它显然不是浪漫主义和象征主义者们所寻求的那种"家园"。这个"语言的家园"，严格来说是像"长途汽车"一样的场所，汇聚了形形色色的人的口音，汇聚了生活的诸种气息（包括"恶臭"）、背景、传统和它们共同组成的"紊乱"。只有这样的"语言之家"，才能使每个词真正"落到实处"。从孙文波的诗中，我们可以

提出"当代诗的语言立场"这一问题。当代诗作为"现代汉语"最丰富、最具活力的形式，他对"现代汉语"的构想或理念，并不只是对其进行"纯化"（被广泛引用的艾略特名句"去纯洁部族的方言"），而是不断提升其丰富性、灵敏度和处理能力。当代诗将"现代汉语"作为一种类似于"安卓系统"的开放语言系统，将所有曾经出现过的局部语言方式作为 APP 吸纳和兼容到自身之中。这些作为 APP 的语言方式包括：古代汉语（不同历史时期的），古白话，现代白话，各学科的专业语言，方言，网络语言，社论语体，翻译体汉语，甚至外语词汇本身等。当代诗所要建构的"现代汉语"不是一种单一性的语言，而是在自身中兼容着无数异质性的语言方式的开放系统。这种语言，是比任何一种单一的"雅言"或"古典语言"更高级、更具综合潜能的语言；要理解这种语言，并为这种语言做出贡献，要求当代诗人比那些仅仅从事"古典研究"、仅仅热爱古典语言的精英具有更深广的感受力和心智。

值得注意的是孙文波对古汉语或古诗句式的化用，在全篇中作为一种总体修辞策略而存在，以实现对诸古典诗体进行"杂合"的意图。兹举一例表明：

悠悠湘水，平缓而宽阔兮，千里奔流。
古贤在此漂泊，究天地之神秘兮，然终无收获。
我没有那样的奇志，只是过路的游人，
登上高大的防洪堤坝，免不了太息水之浩荡。

——"之五"第 1 节

这一段的前两行显然是对《楚辞》句式的模拟，古汉语叹词"兮"出现在气息中犹如江水的一次停顿和蓄力。后两行回到了现代白话，类似于在歌唱开头用古调先唱了两句再转回今天的调式；但"太息"一词仍源于屈原，相当于唱段的结尾又出现了一个古调式的泛音，与开头相照映。以这样的方式来记述湘地的游历，当然是在向古楚文化致敬。在征用和转化古代语式时，重要的是如何做到恰当和有分寸，这要求充分考虑语境之间的置换和对接问题。另一种在当代诗与汉语文明传统之间建立关联的方式，是采用互文或引语。《长途汽车上的笔记》中出现了大量的引语，它们类似于一个房间的众多窗口，每一窗口都通向不同的作品、人、世界和传统。通过引语的间离效应，诗打了一个作为"自身中的他者"的异托邦，并使得诗与其他的文本、现实和想象相连通，为经验和语言的空间添加着褶皱与生面。这些引语中，有一些是作者自己的想象或虚拟对话（如"之一"第8节，"之六"第2节），有一些是外国作家或哲人的话语（如对艾略特、凯鲁亚克、里尔克等人的引用），但出现得最多的，是汉语诗人和哲人的言说。像"郁孤台下清江水""逝者如斯夫""一将功成万骨枯""鸡犬之声相闻，老死不相往来"这些句子，出现在诗中时不仅带来了历史或怀古之感，而且体现出诗人自觉地将自己归属于这一文明传统的姿态。这组诗对不同历史时期的汉语句式（诗经的、楚辞的、唐诗的、宋词的、明清小说的、民国的）都有所吸收，证明了诗人确实是在"汉语的历史"中穿行、游历；同时，他用一种现代的修辞策略和句法粘连方式，将它们转换为与现代白话兼容的语式。

　　从语言形式上看，这组长诗的一个明显特征是全诗采用了较为严整的制式。每首诗十节，每节16行，四行一段，这样的体例贯彻于诗的始终。如果我们将这一制式与诗的意图（作为一首处理复杂现实的"混乱之诗"）相关联进行考虑，就可以看到其中的张力和得失。"混乱之诗"与诗的整饬感虽然存在着一定的紧张，却并不完全矛盾——我们可以说，"混乱之诗"恰好是要将混合、混杂、混沌的经验熔铸为一个严整的语言秩序。但是，整组诗都采用同一体例，加上"四行一段"这一形式的摇曳感和内部变速方式不够丰富，仍然影响了整组诗的节奏和气息，使之稍显呆板和单调。诗的形态固然应以整齐为主，但内在节奏的变化和摇曳也是不可或缺的；诗歌形式的总体控制，并不意味着必须将所有语句都纳入到一个统一的语言模具之中（这会带来削足适履的强制感）。一个可供参考的方案是，每首诗内部采用统一的制式（保持诗形的整饬），但这一首与那一首之间最好采用不同的制式（比如第一首用四行一段体，第二首用五行一段体，第三首用不分段体，等等）。

语言问题从来都是诗人首先和最终需要面对的问题。对孙文波来说，语言既是一段"旅程"，一条由文明史和文学史构成的漫长道路；但语言同时又是诗人搭载的"长途汽车"，诗人只能依靠它进行对世界、对道路的穿行；最后，语言又是"家园"或"祖国"，是所有漂泊最终朝向的目的地和归宿。如此一来，诗，便是以语言的方式穿越语言以抵达语言的努力——第一个"语言"是诗人的个体语言，第二个"语言"是母语的历史和文明传统，第三个"语言"是作为诗的至高之境的理想语言。《长途汽车上的笔记》对语言内部的这三个层面都有涉及。由于这首诗的主导经验是一种"在路上"（"之八"第1节，"之九"第10节）的经验，因而"长途汽车"带来的"穿过"或"穿越"的隐喻，就成为了其中对语言的主要理解方式，正如这组诗的结尾所言：

> 但是，结束也是开始。我知道我
> 还会在语言中浪迹一生。有时候一个词是一堵墙，
> 有时候一句话是一条河，有时候一首诗
> 是一座山。我必须面对它们，或者，穿过它们。
>
> ——"之十"第10节

五、自我：旁观者、参与者与共属者

在诗的经验中，与自然、历史、语言相面对和遭遇的，是"自我"。尽管在哲学上，"自我"的实体性和明证性遭到质疑（休谟、康德和萨特），其同一性受到指责（列维纳斯）或被"他者"所中介（保罗·利科），其主体性被视为一种历史、权力的建构物（福柯），但是，任何一首包含"我"这个词的诗歌仍然将自身建立在"自我"这一极点之上。即使是那些"忘我"或"无我"的经验，也只能在"自我"的事后回忆和反思中被清晰地理解。在《长途汽车上的笔记》中，第一首的第一行和最后一首的最后一行都出现了"我"这个词——"我"是初，也是终。整首诗的全部

感受、反思和言说，都是从"我"之中产生的。"从自我出发，用自我丈量与山水的关系"（"之十"第7节），其实何止于"与山水的关系"，与历史、与语言的关系亦如是。然而，我们并不能由此就将这首诗的隐含立场理解为一种"观念论"或"现象学"的主体主义（"自我的现象学"在诗中只是局部运用），相反，整首诗的最终立场更接近于实在论。这是由于，"经验主义诗歌"的必要性和成立根据，便是"现实"或"实在"以某种方式独立于观念和主观性，是承认"自我"不能单独地构造或构成世界，"自我"是有限的和有条件的，它最终是被自然、历史、语言和他者所构成。经验主义诗歌试图与那些陌生的、新鲜的、溢出了"我"之同一性的经验相遇，这意味着，"我"的主动性以被动性为条件。

在这一意义上，当代诗所要求的"经验主义诗学"，与当代哲学中的"实在论"有深刻的相通性。不过，中国当代的多数经验主义诗人虽然试图用经验细节来增加诗歌的客观性或"实证性"，以此反对或限制诗歌中的主观主义（抒情、情绪化的倾向），但我们看到的许多经验主义诗歌仍然是主观主义的。在这些诗中，观察或知觉性的经验细节，仍然没有摆脱印象或观看时的"自我"的统摄——这个"观察—印象"式的自我，作为主体仍君临着诗歌中的所有物象与事件。很多诗人的"经验主义"更接近于感觉主义和印象主义，这使得他们难以实现经验主义诗歌方法的初衷——朝向世界和客观性。

要真正走出"诗歌的主观主义"，光依靠观察性的经验细节是不够的，而必须依赖于对现实—世界的深度理解。只有触及真正意义上的"现实"，诗歌才能获得客观性。真正的现实，存在于那独立于或不依赖于主体的结构性层面之中。这个"结构"是坚硬和稳固的，位于一切世相的底层或深处。诗歌如果能抵达现实的深层结构，就可能获得一种更稳定的、源于"世界之超越性"的品质。这意味着，诗歌的想象力和理解力必须深入到经济、政治、历史、地理、语言和文化的坚硬地层之中，将"长时段"意义上的结构保持在诗的视野里。在现代诗中，庞德的《诗章》是这种写作方式的范例，而庞德的写法又在很大程度上影响到了《长途汽车上的笔记》。

要建立起一种在诗学上有效的"自我与世界"的关系,其前提是对"自我在世界中的位置"有清醒的自觉。在《长途汽车上的笔记》中,孙文波对这一位置的自我理解,首先是"旁观者"。"旁观者"一词在诗中出现了四次,其中三次都用于对自身位置的确认:"我就站在边缘的边缘——我只是旁观者"("之二"第8节);"而我,则把自己定位成旁观者"("之三"第9节);"作为旁观者,现象学意义上的社会闲人"("之四"第5节)。诗人之所以会有这样一种自我理解,不仅因为其"旅行者"的身份,而且具有社会学和诗学的双重原因。一个人主动成为世界的旁观者,其前提是从劳动、工作和行动等事务中摆脱出来,进入到一种有闲暇的沉思或审美的状态;而如果一个人是被迫或被动地成为世界的旁观者,则是由于他失去了工作和其他事务,或者从共同体中被放逐出来成为了"孤魂野鬼"。在这一层面,孙文波成为旁观者,既有主动的原因,也有被动的原因(比如,与家族和故乡的疏离)。而从诗学上说,诗人采取"旁观者"的位置意味着他的诗既不是介入性的,也不以伦理性的情感为内核。诗人成为"词的所有者",他以"语言"作为自己仅有的国度,只观察现实,却不参与和改变现实。

将"旁观者"的位置当成诗歌的视点,其实是当代不少诗人不约而同采取的姿态,萧开愚、钟鸣、欧阳江河等人都有过类似的表述或诗歌实践。这一现象有其诗歌史上的因缘。在中国古典世界中,多数诗人并不把自己视为"旁观者"。例如,孙文波提到的屈原、杜甫、韩愈和辛弃疾等人,他们都将自己理解为"家国"或"天下"秩序的参与者和维护者,他们的贵族、士大夫、将军的身份规定了其使命是要扶起那正在倾圮的大厦。道家倾向的诗人们天然具有一个旁观的视角,但他们对自然、玄理和养生更感兴趣,对"浑浊的人世"缺乏深入理解的热情,因此也无法成为好的旁观者。早期新诗中的浪漫主义沉迷于自我抒情和革命狂热,要么对现实世界中的具体经验缺乏兴趣,要么只是在鼓动人们"变革世界",它们都不是旁观性质的。"旁观者"这一位置真正进入汉语诗歌,是在新诗的现代主义运动中发生的,它主要是对英语现代诗歌(奥登、艾略特和庞德等人)进行吸收的结果。它在诗学上得以成立的条件有二：一是诗人对世界和现实中的具体事物、事件有理解的兴趣，想要"理解一切"；二是诗人的生存姿态必须是消极的，对现实变好的可能性感到怀疑、失望，旁观者几乎都是怀疑主义者和反讽主义者。由于启蒙、革命和救亡行动对20世纪上半叶中国历史的主导影响，早期新诗中只有极少数诗人把自己放在"旁观者"的位置上。这样的情形一直持续到1980年代末期，由于启蒙和社会运动受挫，创伤导致的失望和怀疑开始成为许多诗人的共同心态。他们一方面对现实仍保持着关注和理解的热情，但另一方面，他们不再相信现实可能会朝好的方向变化。于是，"旁观者"的诗学姿态，在1990年代新诗中开始大规模登场，一度与"批判性的知识分子"或"时代见证者"的诗学姿态相重合；而在社会变革或改良的热情进一步受挫后，"旁观者"姿态中的道德承担成分开始削弱，在不少诗人那里变成了极端的怀疑主义或虚无主义。

站在经验主义诗学的立场上，"旁观者"的姿态是一个非常"方便好用"的姿态，它就像一个能接收到很多信息的电台频道。然而，这一姿态既有其优势，又具有内在的局限性。"旁观者"与世界的接触面非常广泛，这是其优势所在。它不进入到任何具体的位置之中，是一个"无位置"或"非位置"，或一个动荡中的、游移不定的位置。这一"无位置的位置"拥有的所有物，是理解本身，以及语言或词。这一位置不像其他位置那样生产任何商品、行动，而是只生产语言、思想或诗。但是，这样一个位置对于"理解"和"语言"来说又是成问题的：不进入任何位置，会造成理解本身的外在性，从认识论上说，没有真正经历过某个位置，是难以深入理解这一位置上发生的事情的；同时，由于诗人拥有一套特殊的语言和修辞，会导致语言上的外在性，不能很好地进入"现实自身的语言"之中（尽管诗人可以采取混合性的语言立场，来模拟和吸收现实中的语言）。不进入共同体，没有其他所有物（共同体、财产和工作是人与世界之间的稳固联系），人与现实的关系就是脆弱的、不稳定的，"自我"随时可以从现实回撤到"内在世界"或语言自身中。这样，词与物的关联就不够牢固有力。因此，经验主义的诗歌，如果采取一个"旁观者"的立场，会遇到自身的限度：看上去是在"描述现实"，但并没有真正"进入现实",而只是在现实的表层和外围。

尽管孙文波在《长途汽车上的笔记》中主要把自己视为一个"旁观者",但其实并不完全如此。他在诗中提出的许多问题和困境,都不是一个旁观者所能够提出的,而是被深深卷入到现实世界复杂纠葛中的人才会提出的。例如,旁观者就不会问"哪里才是我能够找到的归宿?"("之二"第2节)这样的问题,因为"归宿"意味着重新进入"家园"和"共同体"。而"血缘的纠葛,仍然使我的心如乱麻缠住"("之二"第6节),这是伦理关系中的人才会有的情绪。自我与他人、自我与世界之间的纽带,仍深深地藏在表面的冷漠或旁观态度之下,这一点在《长途汽车上的笔记》"之七"中显示得最为清楚:

我不得不因此想象转向;千里外的成都。
国运交换时期父亲被迫的逃亡,改变了他的一生。
虽然口音一直没变,但是动荡的经历
已使他成为另一个他——自己家族变化的旁观者。

没有他就没有我。这种事实的内在含义是什么
(我,其实是逃亡的产物)?归属感,
必须落实的观念,成为不断纠缠我的观念。
认祖归宗的过程,变成感受边缘化的过程。可怕吗?

可怕⋯⋯。越是具体的面对具体的土地,
越是体会与之距离的遥远。对于我,不论是叔叔,
还是堂兄,接触的越深入精神越是疏远。
我不喜欢这样的感受,它们的出现的确相当残酷。

来,就是为了离开?这是无所归依的永久的逃亡。
我能否如此理解?旧井,巷子拐角的石头,
它们的旧貌也是新颜;也是偏离。我了解到的

情况是，自己似乎已经丧失了精神上回家的可能性。

——"之七"第 9 节

诗人在这一节追溯了"自我"的来历：父亲是一位逃亡者，因此"我，其实是逃亡的产物"。诗人一方面述说着自己与家族疏离、不断"边缘化"的事实（在某种意义上，"我"继承了父亲曾经的位置："家族变化的旁观者"）；另一方面，他又为此苦恼和感到残酷。他想要有一种"归属感"，但却"似乎已经丧失了精神上回家的可能"。这样的心态，表明诗人仍然置身于对联系、对参与某种共同生活的渴望之中，只有这样的人，才会被"归属感"的问题所纠缠。

由此，我们可以在这组长诗中看到诗人的"三重自我"。第一重是作为"旁观者"和"孤独者"的自我，这个自我在世界的"边缘的边缘"，不进入到任何关系中，只"与无关有关"。第二重是作为"参与者"或"被卷入者"的"伦理之我"，它处于与家族、父母、地方和他人的关系中。诗人看到，自我"在社会中，属于社会"（"之二"第 7 节），被"地理、环境、社会"所构建（"之七"第 10 节），而且"我可能还会 / 因为别人改变自己"（"之二"第 10 节）；那两首分别为阿西和张尔而作的诗也表明，诗人并非完全孤独的存在，友爱的关联构成了诗的动机之一。第二重自我虽不像"旁观者"的姿态那么显眼，却仍然隐藏在诗的某些部分。第三重自我，则是作为"共属者"的"文明之我"。这重自我构成了诗的最内核、最深层的部分，它是指那个被深深浸没在由自然、历史与语言共同构成的文明体中的"自我"。诗人写诗，就对这一文明体负有责任，也就是对山水、对母语及其历史传统具有责任。个体固然是有限的、渺小的（"之十"第 10 节："一个人，终归不是一群人"），但如果他是严肃诚恳地活着，就必定有一个巨大而深厚的东西在他身上活着并滋养他、使他成长。他活在它之中，它也活在他之中。凭借这一"无名之物"，一个人可以说"我就是一个民族"（"之五"第 9 节）。当诗人声称，自己的努力像"炼金术士改变物质的结构"一样，是"通过变异的语言，能够在里面 / 看到我和山峦、河流、花草、野兽一起和平"（"之一"第 10 节）时，就是在言说自我与自然、语言之间的共属关系。语言并不是任何人的私有物，而是历史中文明体的共有之物；即使诗人的语言具有个体性，但这种个体性的语言仍然以文明共同体的存在为条件和依托。写诗的人，不可能真正做到与一切无关而只成为世界的旁观者，因为他已经在语言中与祖先、与他人和未生的后来者同在了。因此，"文明之我"是与自然、历史和语言建立起了共属关系的自我，"我"将自然看成道场，将历史视为玄机，将语言当作家园。诗之经验的整体性，端系于诗人身上这个"文明之我"是否强健有力。因此，经验主义诗歌要"像树那样稳稳站立"（敬文东评孙文波语），就不能只停留在第一重自我和第二重自我的范围内，而要深入到第三重自我之中，从文明的溥博渊泉中汲取诗的力量。

六、结语：作为"认同"的诗

在上文中，我们看到了《长途汽车上的笔记》是如何植根于对自然、历史、语言和自我的领会，并从这四重维度的统一或共属关系中获得经验的整体性的。从诗的言说来看，孙文波在寻求"认识"或"理解"的同时，也具有一种对"归宿"或"归属感"的冀望。诗中的"旅行"，作为一种在世间和在语言中的漂泊、浪迹，最终仍然是为了寻求归宿。这一"归宿"并不是任何确定的地方，也不是任何人、家族或家宅，而是某种肯定性的认同。在诗中，这种认同的踪迹若隐若现，潜藏于自我对山水的热爱、对历史的同感、对语言之命运的珍视之中。最终，这一认同是对自然、历史和语言之统一体的归属，也就是对我们所在的文明的归属。由于诗人是通过写作来确认这一归属性，因此，他会更强调这一认同的语言性质。"在共同的语言中，才能找到归宿感。"（"之六"第9节）可以认为，"语言民族主义"或对一个"语言性的祖国"的爱，构成了《长途汽车上的笔记》的隐秘意图。

孙文波诗中隐含的这样一种认同，可能会引起两种误解。第一种是将其误解为"文化保守主义"的某种形态。《长途汽车上的笔记》中出现了大量的怀古之思和对古汉语诗文的征引，其中确实有作者对文明传统的深刻感情；而诗中对现代工具理性（商业和旅游业）毁灭"山水"的批判，也确实体现了作者对"现代性"的部分态度。然而，这些并不就等同于"文化保守主义"。在孙文波对历史中的权力和暴力进行反思时，他所依据的，显然是现代文明中的人道主义理念；而诗中透露出来的"当代诗的语言立场"，也是对现代文明中的异质性、想象力和创造精神的肯定。孙文波主张"语言的变异"，在现代汉语的系统中吸纳、转化古典语言和其他语言方式，而这是"文化保守主义者"不可能接受的。这样看来，孙文波所认同的，是一个不断自我更新、朝更丰富和开阔的境地演变的文明，它虽然永远携带着自身的历史和传统，但更重要的却是它的未来——这是一个"正在到来的现代中国"。事实上，正如文明的生命在于其自我更新的能力一样，"汉语—祖国"在今天主要显形为作为兼容性的开放系统的"现代汉语"，显形为由现代汉语塑造和构成的当代中国人的生活。这一"祖国"的生命，就体现为我们的生活是否有自由和德性，体现为现代汉语是否有活力（可能性空间）和定力（实在感）。对这一"祖国"的认同，意味着努力去拓展当代中国人的生活空间和现代汉语的可能性空间，赋予它们更多的自由和德性。无需刻意保守，只要我们是严肃诚恳地活着，只要我们爱惜我们的母语并忠实于自己的切身经验，文明传统中那些最好的东西就自然而然地在我们身上活着，它们从未、也永不会死去。而"文化保守主义"由于过于刻意地保存传统，反而窒息、妨碍了那些"活的传统"在我们身上的自然生长和更新，他们对德性的片面强调可能会压制我们的活力与自由空间。

第二种误解，是将对"汉语—祖国"的认同，误解为某种"国家主义诗学"的立场。近年来，有诗人提出所谓的"大国写作"概念，声称"中国是一个古已有之的诗歌文明体，中国的诗歌写作是'大国写作'，而不是那种小格局的、小语种国家的写作"[①]。看起来，"大国写作"强调

---

① 欧阳江河：《当代诗歌应恢复"大国写作"传统》，《南方日报》2016年4月19日。另见网址：http://www.chinawriter.com.cn/talk/2016/2016-04-20/270385.html。

的也是对文明的认同。然而,其中对"小格局、小语种国家"的轻蔑口吻却显然是以"我们的国家—文明多么伟大强盛"自居,并以"伟大强盛"作为国家认同的依据。这种自恃"伟大强盛"的文明心态,在《长途汽车上的笔记》中是完全没有的。我们在孙文波诗中看到的,有对已消失的美好之物的痛惜和怜悯,有对权力和暴力的指控,有对文明去向的忧患和困惑,唯独没有对"伟大强盛"的炫耀。在某种意义上,孙文波所写的,是"文明的残骸"——我们的现实是历史的残骸,我们所拥有的词是语言的残骸。历史和语言本身不再是"现象",而只是遗迹,是剩余的、残存的骨骸或废墟。我们通过观看和理解"残骸",来理解我们自身的历史性。这就是为什么孙文波要说写作是"与痛哭一样的行为"。

孙文波对历史的理解和对文明或"汉语—祖国"的认同,与西蒙娜·薇依在《扎根》中提出的"纯洁的爱国主义"非常接近。在薇依看来:"历史是一件卑鄙与残暴的织体,只有少数辉煌纯洁的亮点,彼此隔得很远。……要爱法兰西,就必须感受到它有一段过去,但绝不能去爱这段历史的外表,而必须去爱其静默、无名、佚失的那一部分。"[①] 所谓"历史的外表",在薇依看来就是一个国家表面上的"伟大强盛",基于这一点而来的"爱国主义"试图通过蔑视、轻侮和征服其他国家来确立自己的优越感,这是一种"对国家的偶像崇拜"。但还有一种"纯洁的爱国主义",它是对文明—民族过去和现在的苦难的深切怜悯。面对着美好之物在历史中脆弱易逝这一事实,我们会由于她的柔弱和苦难而产生一种爱,这种"对某种美好、珍贵、脆弱且易朽之物所抱有的令人肝肠欲断的柔情",比对民族"伟大强盛"的感情要更强烈、更持久、更纯净。"这样一种爱也会正视这一国度之过去、现在以及野心中所包含的不义、暴行、恐怖、谎言、罪行、耻辱,既不掩饰也不缄口,而它自身也不会衰减;只是这种爱会变得更加痛苦。"[②] 由此,薇依认为,"纯洁的爱国主义"应该将目光从"伟大强盛"上移开,投射到对文明史中的苦难、特别是那

---

① 西蒙娜·薇依:《扎根》,徐卫翔译,生活·读书·新知三联书店,2003年,第201页。
② 同上书,第147—148页。

些纯洁之人经历的忧患之上。从孙文波对"山水之毁灭""历史中的谎言和暴力",以及汉语命运的态度中,我们不难发现这一意义上的对"柔弱祖国"的深情。

另一方面,从诗学的角度来讲,如果"大国写作"是在强调写作应该具有某种"格局和气象"的话,那么孙文波会认为,诗歌首先应该忠实于我们自身的经验。我们不能为了显示"格局"而罔顾自己的真实生存感受,去写那些看上去很"大气""高端"的诗,这很可能只是些虚浮空洞的文化姿态罢了。"格局和气象"只能通过写作来伴随性地显现,它永远不应成为写作的预先追求目标。① 而且,"格局和气象"多数时候只是一种"风格—效果"的显示,它与"经验的整体性"不是一回事。如本文第一部分所说,经验的整体性主要并不在于空间或时间格局的"大",而在于语言—反思层级的综合性,以及对一种共属性质的"肯定之物"的确切领会。

《长途汽车上的笔记》并非那种精雕细刻、字斟句酌的作品,也没有事先谋划好的通向某种"宏大格局和气象"的野心。它对语言控制力的运用,其目的在于使每个词真正"落到实处",而不在于修辞和语感上的精致;它的视野与空间上的辽阔性,是在游历过程中与世界、与自然和历史相遭遇的结果,并且这"辽阔"其实对诗人构成了一种困境,因为它提醒着他永远处于漂泊、"在路上"的状态。这"辽阔"毋宁是一种"辽阔的困境",它既是生存的困境,也是写作的困境。但"辽阔"仍需要被肯定,因为在辽阔中,我们身上的"文明之我"才能被找到和显现。这是通向"经验整体性"时必定会遇到的困境。诗歌,作为一种认同活动,其实质是对"经验整体性"的追求。正是在这一追求中,《长途汽车上的笔记》遭遇和确认了当代诗的困境,也确立起自身诚恳、结实的品质。

(2017 年 7 月于昆明)

---

① 这些关于"大国写作"的观点来自笔者和诗人谭毅的共同讨论,参考《访谈:自由与跳荡》中谭毅的发言,载于张尔主编:《飞地·自由与跳荡》,海天出版社,2016 年,第 64 页。

远游风景的叙事之维

—— 孙文波与新诗的山水纪游传统

朱钦运

孙文波是"90年代诗歌"风潮的一位标志性人物,他和他的同道在创作与理论构建两个方面为此阶段留下的关键词是"叙事(性)"——与此同时,另一些人则标举"口语"作为区别。作为对80年代(文化启蒙式的、陈旧的"浪漫主义"的或布尔乔亚风情的)诗风的反拨,在为汉语诗歌打开一条通幽曲径的同时,也赋予了它以一种前所未有的复杂性。有论者充分辨析过这种诗学路径转向的本质,认为它旨在"修正诗与现实的传统性关系",而使诗人们能"把自己毕生的思想激情和想象力交给真正的而非虚假的写作生涯";基于这种判断,对叙事性的强调便"不只是一种技巧的转变,而实际上是文化态度、眼光、心情、知识的转变,或者说是人生态度的转变"[①]。孙文波在当时及此后20年里的身体力行,是这番阐释的最佳脚注——哪怕于此期间他在具体操作上的态度、视角乃至方法上有所调整,所料理的材料或有偏移,但经由强调"叙事(性)"而重构现实关系、刷新认知,依然是他在诗歌创作与诗学理念两个方面"吾道一以贯之"的生动体现。

以《孙文波的诗》(2001)的出版为分界,借助于"跨世纪"的由头,诗人的创作生涯可以人为地划分成新与旧的两个阶段。作为"蓝星诗库"丛书的一种,象征着孙文波旧阶段创作成果的这部诗集,以"被

---

① 程光炜:《不知所终的旅行——90年代诗歌综论》,《山花》1997年第11期。

经典化"的特殊方式,①得以"提前"进入总结阶段,而时代也委实眷顾这代诗人,让他们甫在壮年即纷纷获得了某种来自文学史的应许。不过,千禧年主义的幽灵一直盘桓在新时代的上空:对于文学家族的败家子而言,末日狂欢的世纪来临了;对于孙文波这类诗人来说,除了既往积累的经验外,现成的业绩或应许都不足以供人挥霍,一切将重新认定,在永恒面前接受最苛刻的判衡。而本文拟探讨的,就是他新世纪以来的诗歌创作,尤其是进入新世纪第二个十年以后,冠以"新山水诗"名目或带有"纪游"色彩的那批作品。这些诗呈现出他与自己旧世纪写作的差异,同时又有一种依稀可辨的延续性。这些作品被收录在了他于新世纪出版的三部诗集内;②对自己在旧世纪创作的总结和对新世纪创作的想象,关于他人和自身的谈论,则结集为文论集《与无关有关》于2010年出版。

　　本文欲从汉语新诗可能存在的山水纪游诗传统③入手,谈论百年来此路线内几位不同诗人的贡献。经过比较分析,拟将孙文波视为此"传统"中一位富有贡献的成员,并在接下来的部分里,试图探讨他为这个"传统"增添了怎样的维度,又何以将自己区别于既有传统,得与那个高扬"叙事性"的"旧我"自洽共融。他在新世纪以"纪游"(或者称之为

---

① 不能忽略"蓝星诗库"之于新时期汉语诗歌的意义。事实上,自1998年首次推出以来,这套"以新时期涌现的优质诗人的诗歌作品为结集目标"的诗歌丛书,已然在当代诗的经典化进程中承担了一个重要角色。

② 即孙文波:《与无关有关》,重庆大学出版社,2011年;《新山水诗》,人民文学出版社,2012年;《马峦山望:孙文波诗选》,秀威资讯科技(台北),2015年。此外,尚有几种非正式的诗册/出版物面世,如由蒋浩刊行的《六十年代的自行车》(《新诗》丛刊,2002年);与张曙光、肖开愚、黄灿然、臧棣共同刊印的《诗合集》(自印,2004年);由张曙光刊行的《简单的赞美》(剃须刀诗丛,2005年);由张尔刊行的《马峦山望:诗37首》(飞地书局,2014年)等,但其中的作品事后皆被囊括在了以上三部正式出版的诗集之内。

③ 本文中的"纪游"亦可写成"记游"。这是经强行预设而成为讨论前提的权宜说法。事实上,新诗是否存在(或可以被梳理出)能够类比于古典纪游诗的这样一个"传统",是需要谨慎认定的。本文将大体涉及这个问题,相关讨论亦可参考茱萸:《言辞的幽潭,或坎普美学——论张尔的新记游诗〈壮游图〉》,《新诗》丛刊(张尔专辑),由蒋浩刊行,2015年。

"新山水诗",或者将诗书写的对象称之为"风景""风物"均视为可通约的提法)形态/由头写就的诗歌文本,将被认为是一种以纪游为名而展开的叙事,这种论点的提出即意味着:一方面,孙文波在既有的"叙事"诗学轨道上,已另拓新境、增添新材料;另一方面,对于新诗中的那个山水纪游传统而言,孙文波在新世纪的尝试,同时意味着一种被丰富的可能性。

"新山水诗"的路径与反思

现在的问题是,新诗里存在一个"山水纪游"的传统吗?尽管孙文波声称,不希望读者将《新山水诗》(2012)中收录的诗视为某种(题材上的)类型化写作,更不愿意让它们与古典传统中的山水(田园)诗有任何暧昧的勾连,[①] 但这不妨碍它们事后被纳入到某个得以串联起共同经验的"小传统"里去。先不论新诗史上是否有足够的材料支撑它来确立一个纪游(记录沿途人事、山水或风景)的传统,至少,在新诗的幼年期,胡适在评论康白情(康洪章)的《草儿在前集》时,甚至将其中的纪游诗的好坏视为新诗成功的一个关键:

> 白情的《草儿在前集》在中国文学史上的最大贡献,在于他的纪游诗。中国旧诗最不适宜作纪游诗,故纪游诗好的极少。白情这部诗集里,纪游诗差不多占去十分之七八的篇幅。这是用新诗体来纪游的第一次大试验,这个试验可算是大成功了。[②]

经历近百年的新观念或审美范式的洗礼之后,新诗的读者以现在的

[①] 孙文波:《新山水诗·后记》,《新山水诗》,人民文学出版社,2012年。
[②] 康洪章:《草儿在前集·三版修正序》中转引胡适评语,亚东图书馆(上海),1929年,第7—8页。下同。

判断力，回过头去读康白情的《庐山纪游》，或许并不会有什么激动的表现——这样的作品有什么理由能让胡适如此欢欣鼓舞呢？看胡适激动地宣称"庐山纪游三十七首，自然是中国诗史上一件很伟大的作物"，不免觉得有些为友人鼓吹、又为扶植新诗而过于卖力的味道。他对中国旧诗里"纪游诗好的极少"以及"最不适宜作纪游诗"的判断也值得商榷，这样的武断使得它看上去太像是一个临时性的和策略性的结论。何况就事论事的话，他对康白情"纪游诗"的赞美的理由也委实苍白，不过是"这里面有行程的记述，有景色的描写，有长篇的谈话；但全篇只是一大篇《庐山纪游》"——然而，相比于以精炼、浓缩为能事的古典诗来说，这样具有混杂性内容的新体"纪游诗"，或许还真算是一大优势？废名并不认可这种"优势"，甚至毫不客气地将或可视为新诗纪游传统之象征性开端的《庐山纪游》开除出"诗"的行列：

> 要写纪游诗如果用旧诗写还可以写的是诗，康白情则是滥用写白话文的自由，因此这些纪游诗完全失败了。……我们现在只须说明中国旧诗适宜于做纪游诗，中国的白话新诗则不适宜于做纪游诗，这个事实又有关于新诗的发展。康白情的《庐山纪游》只是占的篇幅多，犹如一个旅行的学生做了许多日记，见其蓬蓬勃勃的生气，尚未成功为一种文章，更谈不上诗了。①

否认康白情的《庐山纪游》倒还罢了，为何还说"中国旧诗适宜于做纪游诗"而基本否定了新诗朝纪游题材敞开的可能性？这大概要从废名于《新诗问答》和《谈新诗》等处表达的基本诗观——新诗是散文的形式，诗的内容；旧诗是散文的内容，诗的形式——出发，② 才能理解他否定的其实是"纪游诗"的"散文"特性，也即拉杂写来、近乎"旅行的学生做了许多日记"的那种"松垮"与缺少提纯。纪游题材涉及的山

---

① 废名、朱英诞：《新诗讲稿》，北京大学出版社，2008年，第93页。
② 废名的这个著名观点细谈起来相当复杂，因与本文的主体内容关联较少，故不展开。

水、风景与对它们的观察，那种浏览式的或感悟式的主体对外部世界的介入，天然地不具备他所认定的"诗的内容"即强调"当下完全"[①]与天然完整，反而是一种缺乏计划与提摄的破坏。

废名对康白情这组诗的质疑是成立的，哪怕不从他的角度说，以新的诗歌眼光来看，《庐山纪游》也是一组非常平常的作品。同时，他这个判断背后所含的诗观确实"有关于新诗的发展"，就事实来论，在新诗史此后的很多年里，尽管流派纷呈、世风日变，确乎也没有像点模样的成规模的纪游/山水诗出现——或者要么没有类似的名目，要么纪游之诗只采作为记录的"纪"之功能，无关于"游"和与之有关的山水、风景。山水纪游传统在新诗的早期昙花一现，由于它整体上的幼稚，甚至没来得及建立起一种有说服力的开端。实际上，废名否定它的理由并不是"致命一击"，因为顺着他的思路来论，孔孚（1925—1997）凭借他在几十年后的理论构建（遗憾的是，以经历了近40年当代诗技术与观念革新后的后见之明来看，他的创作实践虽然局部践行了自身理念，作品本身却不足以丰富和富有开创性到足够"开门户"[②]的地步；至于唐晓渡拈出的"旨趣悖谬"问题，[③] 同样是孔孚式的"新山水诗"没有足够持续的说服力的另一种原因），至少能够暂时性地回应/解决废名的质疑。这位诗人在1980年代于新诗潮崛起之外，以标举一种"新山水诗"的方式，试图建立起新诗内部或堪自足的美学小体系，这个体系的重心在对山水/自然题材的着意书写。

废名对康白情作品及胡适论断的批评，在根本性的层面否定了新诗领域内山水纪游诗成立的合法性，后来者孔孚则意识到了"山水诗"在新文学传统中长久的缺席的事实："我们的山水诗，却似乎从五四新文学

[①] 冯文炳（废名）：《谈新诗》，人民文学出版社，1984年，第6、135页。
[②] 据说此三字是钱钟书对孔孚山水诗写作的期许。间接的说法出自张盛斌：《聆听山水之音——纪念孔孚老友诞辰90周年》，《大众日报》2015年4月10日。
[③] 唐晓渡：《孔孚山水诗中的旨趣悖谬》，《孔孚山水诗研究论集》，冯中一主编，山东文艺出版社，1991年，第269—294页。

运动起就断了线！"① 他当然也注意到了康白情的《庐山纪游》以及胡适不遗余力的推崇，对它们的态度也与废名差不多（连说辞都近似），称为"个别地方稍有诗味""拉杂而且随便，怕是散文也算不上"。② 但与废名不同的地方在于，孔孚对这种类型的诗未能忘情，试图从理论上提出解决方案。以他的判断，新诗里头没有建立起一种扎实有效的纪游/山水诗传统，主要因为它赖之以奠基的文学革命/白话文运动将"古典诗学之美"排斥在外；而"以美为特征"的山水诗，缺乏古典诗画的精魂，单靠平直浅露的白话，是难以处理好这个题材的。③ 他提供的操作路径，分为五个方面：求隐（情思隐于意象之内）；求"纯"（少现实人事的书写而专注于山水风物本身，他称之为"视觉和弦"）；求"异"（强调山水的异趣与神秘）；"简"出（虚写、概括与留白等等）；淡出（表面质朴与内蕴深厚之统一）。④ 由此来看，这套"新山水诗"的审美体系不惟从古典诗与绘画中得甚多灵感，还尽量剔除山水诗通常存在的"纪游"成分以及它对现实人事的囊括，作者要从"风景"中退出来，抹去"纪游"的痕迹，让"山水"成为真正的主角。

问题绕了一圈，似乎回到了起点——孔孚的解决方案不正呼应了废名"中国旧诗适宜于做纪游诗"的变相脚注么？只不过这种纪游诗更"纯"，让人从"风景"中退出，更接近于王孟诗派的山水田园美学。然而，这里头的根本性区别在于，废名提供的是一个消极的方案：以旧诗来做纪游诗，哪怕是"散文的内容"，它还依然有诗的形式，而新诗在处理这个题材时常常不易保证拥有"诗的内容"；孔孚提供的则是一个积极的方案：在保留新诗特性（譬如语言表达，譬如看待世界的眼光）的前提下，征用（而不是袭用）古典诗以及绘画的美学范式和资源，排除掉山水纪游中人事的因素，让自然风景成为一个纯然独立的书写对象。这个

---

① 孔孚：《我与山水诗》，《山水清音》，重庆出版社，1984年，"代序"部分，第5页。
② 同上书，第7—8页。
③ 孔孚用了一个比喻来表达这个问题："由于新砌的炉子泥太湿，自然难以很快把菜烧熟。"同上书，第9—10页。
④ 同上书，第14—30页。

方案的积极性还在于，孔孚明确地了解现代人书写山水题材时候的身份，他将"自然"分成三种：第一自然——古典心灵所面对的，纯然自足的农业文明的自然；第二自然——经由现代人的改造而被赋予某种时代气息的自然；第三自然——经"苦心经营"而升华为"艺术"的自然，或者可以认为是经由想象力改造的"自然"。孔氏的"新山水诗"要致力于的，自然是对第二、第三自然的书写。这种对古典因素的征用，自觉地将自身尝试与传统山水纪游诗区别开来的努力，以及因此呈现出的凝练、天然与完整，倒也能够间接地回应废名当初对新诗的山水纪游题材的质疑——哪怕孔孚本想极力抽掉"纪游"的成分。

本来，人的主观性参与到风景／山水当中，而成为风景／山水的一部分内容，这对于传统的山水诗来说，并不算什么新鲜的路数。不过，传统的山水诗观念或许认为，这种主观性的参与存在着一种尺度，即须以不干扰风景／山水本身的自为、自在为界限，让主观性对客观性的介入保持在一定的阈值之内。孔孚提供的方案更加极端一些，哪怕主观性一直以后台程序般的方式在运作，但他想要的是，在诗所直接书写的画面之内，要使人看不到"我"的存在。孙文波在新世纪的尝试，却有意远远越过这种界限，换句话说，他根本不在乎风景／山水的客观性向度，最重要的是使它作为一个媒介，能够为刺激主观性的膨胀或延展提供由头。在《与无关有关》（2011）中，诗集的第四部分（以及其中的一首诗）被命名为"反风景"；而在《辛卯年三月断章》这个系列的作品中，则有一首以"反客观诗"为题，诗的开头毫不避讳地对这种用心进行了自我揭示："不客观，语言成为主观的利器，／就是认识的开始。"这种对主观的强调，与脱胎自传统山水诗审美体系的孔孚山水诗观相比，不只没有血缘关系，简直就是"背道而驰"。

在《冬日登黄山有感》中的几行诗，或可视为他在这类"纪游诗"上的诗学宣言："万物就是万物，／从来只属于他们自己。／我们爱它们只是枉然。"这两句诗初看上去，似乎与孔孚那种隐藏风景中人类主观性的立场颇为接近，更偏重于自然山水的客观色彩。但孔氏"主观"运行于客观的"后台"，依然对风景"未能忘情"；而孙文波的这种对万物的决绝，一方面意识到在万物（包括自然）面前人的微不足道，又隐然有将主观性独立出来、并不依傍于与自然山水的交融便足以"游目骋怀"——登山路上的风景或者抵达绝顶后目睹的万物，纯然自足，诗人提及了它们，但它们并不需要与人产生联系。天地不仁，太上忘情，剩下的只是人的主观性的畅游，自然山水只作为"背景"出现在诗中。

更进一步来说，孙文波的"新山水诗"本质上是反山水的，或者说，是一种"幻化的山水"。他的主要表达方式——絮叨与联想/引申，早已背离了传统山水诗（以及孔孚式的山水诗）对山水本身的重视，背离了因"山水"而至于"心声"的秘响旁通式的美学追求。山水只是他议论的"起兴"，是前奏与背景，而绝不是内容。所以，他的"新山水诗"写作也绝不属于从"大小谢"到王维、孟浩然、韦应物，乃至延伸到孔孚的那个谱系。然而，峰回路转的是，孔孚的诗学主张和实际效果之间的崩裂，以及固然自足却偏于保守、缺乏美学革新的状况，在书写另一种"新山水诗"的孙文波这里，却得到了解决。解决之道，并不是孙文波沿着孔孚的道路更进了一步，而是他在90年代大力推动的汉语诗歌叙事性的主张，以及相应的诗学趣味和书写方式，既洗去了康白情式的稚嫩，匡正了孔孚式的弊端，又救济了古典美学内部的"山水"所隐含的惯有美学所带来的席卷之力。

叙事：无边光景一时新

在汉语古典传统中，抒情一直是诗歌这种文体最主流的功能。广义的诗歌——或者说韵文，包括诗、词、曲、辞和赋等体裁等——最核心的任务依然是"抒情"，以及基于声音或旋律的咏叹。因为类似于欧洲的史诗传统的缺乏，甚至可以说，汉语中的古典诗歌传统，即是一个关于抒情诗的传统。现代诗这种诗体，在伴随欧风美雨舶来这片大陆的初期，它所呈现的形态，不是伤感幼稚、类似于小令的白话咏叹，就是狂飙突入、极具激进色彩的激昂抒情。无论创造社、新月派或湖畔诗人，除个别诗人旁通法国象征主义外,主要还是得益于欧美浪漫主义的影响。30年代起,自《现代》诗群至"中国新诗"诸子,汉语诗始有新的光景,获得了较为纯正的现代品格。可惜这个进程为动荡时局所打断,复又为"新时代"所席卷,以至于使这个传统几乎"中道崩殂"。[①] 嗣后,虽有地火崩腾般的"潜在写作"聊以续命,复又迎来文化启蒙、诗歌大热的"80年代",但时移世易,汉语新诗的面目始终为一种青春期热病式的迷狂所印染,而现代主义所具有的诸多硬朗品质,一直为诗中本已强大的抒情特质所笼罩。这种状况,直到90年代才有所改观。为推动此种改观所做出的观念与创作上的双重努力,正见诸于孙文波等诗人的创作,以及他们提倡的叙事(性)之中。

叙事维度的加入,使得汉语新诗获得了新的契机。相较于诗中固有的叙述因素,90年代语境中所谓的叙事,自然有更加丰富的维度。孙文波本人是这样定义"叙事"的:

> 一、对具体性的强调;二、对结构的要求;三、对主题的选择。……是对诗歌功能的重新认识,譬如对"抒情性""音乐性",以及"美"……诗歌……成为了对人类综合经验——情感、道德、语言,甚至是人类对于诗歌本体的技术合理性的结构性落实。……宁愿将"叙事"看作是过程,是对一种方法,以及诗人的综合能力的强调。……对"叙事"的选择实际上迎接了更大的挑战,包括对甄别能力和指责的挑战。[②]

在孙氏的诗学谱系里,我们能够看到,"叙事"以一种本体论的形

[①] 余光中在为袁可嘉纪念文集撰写的序言中,简洁地道出了这个事实:"处于过渡的动荡时期,未能尽展才情,为要面对新时代,不得不'改弦',却未能'更张'……政治无情,磨尽了他们的壮年。"参见方向明主编:《斯人可嘉:袁可嘉先生纪念文集》,浙江文艺出版社,2014年。

[②] 孙文波:《我理解的90年代:个人写作、叙事及其他》,《在相对性中写作》,北京大学出版社,2010年,第133页。

式,被推到写作与理解诗歌的前台。另外,"叙事"还是一种诗的方法论,它监控着写作行为的行进,事关诗人的创造与综合能力。他似乎试图将"叙事"视为解决汉语诗歌既有弊端的一揽子方案,并将之塑造成当代诗的基本面。在这个基本面中,激情消褪,情怀隐匿,诗人的嗓音不再是慷慨激昂的,也罕见咏叹调式的表达;看待世界的方式不再是普通意义上的"诗意",而代之以冷峻与沉思的面貌。这是现代主义的特质,一种属于中年(而不再是青春期)的、成熟的诗歌(参照90年代诗歌的另一个关键词"中年写作")。这不只是现代诗内在的要求,还是我们所处的这个时代给诗人提出的挑战。早在40年代,这个要求就已被明确意识到:

> 现代诗人从事创作所遭遇的第一个难题,是如何在种种艺术媒剂的先天限制中,恰当而有效地传达最大量的经验活动;过去如此丰富,眼前如此复杂,将来又奇异地充满可能;历史,记忆,智慧,宗教,对于现实的感觉思维,众生苦乐,个人爱憎,无不要想在一个新的综合里透露些许消息……[①]

现代社会充斥着"最大量的经验活动",是诗人必须要面对的新现实。既然"过去如此丰富,眼前如此复杂,将来又奇异地充满可能",这样的"新的综合",自然吁求诗人在创作的时候具备相应的综合能力。那么,与农业文明和古典时代相匹配的抒情能力,哪怕曾经如此多样化到以至于繁复的程度,技艺本身的极限也会迫使新诗人们做出相应的调整。基于这个前提,叙事作为一种综合能力和技艺,就自然被援引到新的诗与诗学中来。孙文波的同道、诗人批评家臧棣,曾一针见血地揭橥出了90年代"叙事"维度的核心意义:

[①] 袁可嘉:《新诗戏剧化》,《诗创造》第12期,星群出版社(上海),1948年6月,第1—6页,收录于《论新诗现代化》,生活·读书·新知三联书店,1988年,第23—24页。

> 在90年代，诗人对叙事性的运用，特别是在一些优秀的诗人那里……，主要不是把它作为一种表现手法来运用，而是把它作为一种新的想象力来运用的。……叙事性，在一些优秀的诗人那里，它显形为一种新的诗歌的审美经验，一种从诗歌的内部去重新整合诗人对现实的观察的方法。从文体上看，它给当代诗歌带来了新的经验结构。它的意义绝非仅仅限于一种单纯的表现手法。①

臧棣接下来总结了叙事性在六个方面为90年代诗歌所带来的新异之处，比如用现实景观和大量的细节对80年代诗歌中的乌托邦情结进行清洗，譬如以客观视角来修正主观尖锐的语调，以新句法反拨陈旧的修辞能力，以陈述性风格矫正对意象的推崇，拓展现场感并反思原有的回应历史的模式，改造诗歌的想象力使之适应复杂的现代经验，等等。孙文波新世纪以来的诗作，除了在"新句法"方面的拓展有所不足外，其余几点几乎都做到了。他的山水纪游诗，正是凭借叙事新维度的加入，才得以突破既有的纪游诗的格局，摆脱古典时代形成的以山水为观照物的审美传统——山水只是叙事的"起兴"，是叙事过程中的背景、道具与经验传达的中介物，而不是诗的核心内容或本体。换句话说，孙文波对叙事性的运用，使他能够获得"一种从诗歌的内部去重新整合诗人对现实的观察的方法"，山水或远游之途带给他的审美经验已然是为现代性所刷新、为想象力所修正的复杂经验了。

在诗中，孙文波对山水的观察是在行走中完成的，而他的行走，则是在叙述和议论（相对于抒情而言，议论无疑是一种广义的叙事）中完成的。语义转换一下的话，他的"游"其实有好几个层次：行走是"足游"，观察是"目游"，由此衍生出的叙述和议论，则可以称之为"心游"。就"心游"而论，孙文波的此类诗或可上接魏晋玄言诗的传统。虽

---

① 臧棣：《记忆的诗歌叙事学》，《激情与责任：中国诗歌评论》，人民文学出版社，2002年，第344页。

然旨趣有所近似，但他诗中充斥着的细节——描摹、议论或絮叨——并不是玄言诗的长处。在《临时的诗歌观之八》中："现实无王道，吾心已远游。"堪称一语道破此间玄机。而《过湘西记》里的"……看山看水，不是 / 看到它们自然。是充满异见……"则是绝佳的补充说明——"充满异见"指的不就是心智对山水光景的强行介入和塑造么？它们属于"自然"的面向是无关紧要的，正如他宣称"现实无王道"一样，风物光景具体如何其实根本不重要，由此及彼、将肉身搬运到山水间的行程也不重要，重要的是心智在其间起的作用，是因心智作用而幻化出的那片精神性的山水。

散落于三部诗集中的众多诗句都能为这种判断提供佐证，虽然这些诗在大多数时候都像极了一般意义上的风景速写，或者漫无目的式的流水账记录。因为有叙事维度的加入，它们摆脱了山水诗固有的情调 / 情境，呈现为一种综合了观察、联想、议论与絮叨的综合：①

　　自然的泼墨，此时淡，彼时浓，都是绝景。
　　……
　　迎接的是抚面轻风，
　　肉体松弛如云絮。哦，什么暮年？处处天涯，
　　处处家。现在亦是永恒。凝望一次，即永恒。

——《洞背一日记》

洞背是诗人隐居的地方。在这里，日常替代了远行，但山水如影随形，以"绝景"的形式出场。然而，它并不以自然的形态呈现，而是浓淡有时的"泼墨"，由心智所施。经由大片的铺排后，诗行折入一种肉身

---

① 值得注意的是，孙文波长篇系列诗《长途汽车上的笔记》的副标题："咏史、感怀、山水诗之杂合体"，这可以体现作者在诗中兼容观察（山水）、联想（感怀）与议论（咏史）等因素是相当自觉的行为。正因这类诗的兼容 / 杂食特点，又呈现为一种绵长与细碎兼而有之的语调，或可称之为"絮叨"。

体验：清风抚面，肉体云絮般松弛。诗人由山水光景的观察者转变为环境的参与者。这里的感受性的加入，并不是抒情，是叙事，因为接下来，诗行又折入议论与沉思，一种对感受性的升华当中。这种推进，使得我们很清楚地知道，"凝望即永恒"指的并不是眼前的自然景象，乃是因自然景象被心智重塑而成就的新世界。

> 而说到风景，山是必然要谈到的，
> 也要谈到水，还要谈到花朵的姹紫嫣红，
> 谈到周末到山里来徒步锻炼的人。
>
> ——《诗艺》

　　为什么说到风景，就必须谈到山、水、花朵与人呢？这并不是感官正常的体验（正常的体验应该是看到、听到、闻到和感受到什么，就呈现为什么），而是思虑和联想的结果。《诗艺》中这样的叙事，与其说是风景的观察报告，毋宁说是内心波澜生出的风景——正如诗题暗示的那样，山—水—花朵—人，这个联想链条是心智的稳定结构，是内嵌在理性里头，随时为诗艺所催生，而激活/还原为新鲜风景的过程。以我的理解，心智对山水（或者其他事物）孳生出的综合的整合能力，心灵与现实之间的互动，正是"诗艺"的内涵所在。

> 拜谒，并想象过去的生活。
> 这些，其实是诗的策略。关键是
> 当你循着路标经过众多地名，每一个都能
> 引来想象。
> ……
>
> ——《旅行随记》

> 语言的想象奔驰着……
>
> ——《咏古诗：忆江南》

《旅行随记》呈现了孙文波山水纪游诗的基本样式——随记。没有结构方面精心刻意的安排，缺乏对风景的工笔般细腻的描绘，主要展示为一种"观察—联想—议论"的模式。在这段旅途（甚至他所有的旅途）中，"拜谒"是人亲近山水或人文风物的方式，"想象过去的生活"则是与它们的对话，并重建与"历史"的信任。诗人称为"诗的策略"，这并不是一个贬抑性的说法，而是这类诗的基础推进力。地名引来想象，想象复又为之刷新地名，而借此以重建"过去的生活"。这就是孙氏"旅行"的"关键"。不过，这种想象不完全是诗人精神的漫游，它还是"语言的想象"——略似古典诗的"文生情"模式，语言带来刺激，而不只是具体的风物光景。譬如"忆江南"，忆的是现实的江南，还是语言中的江南呢？

> 语言的山水不同于自然的山水，
> 在一段陡坡上你种植了世界观
> ——《登首象山诗札记之一》

孙文波登上首象山，肉身体验或许沉浸在这段"自然的山水"中，但心智无疑漫游于那古老的"语言的山水"。这两种山水并不是二元结构，而是共融结构——"一段陡坡"很可能是首象山上有具体对应的"陡坡"，"种植了世界观"则只能在语言和精神层面操作。问题是，在一般的诗人那里，"语言的山水"是现实山水的投射物，止步于应景式的"联想"；在孙文波的诗歌谱系中，被塑造出的语言/心智山水，或许才是"真实"的：

> 诗的真实应该是指想象的真实，一是指它与事物的外形的一致。存在一个导向问题，即对于事物的实质的建构，不是指我们能够用语言把事物描摹得多么像，是指我们能够在多大程度上使事物既是它自身，又超越了自身。[①]

---

① 孙文波：《我的诗歌观》，《在相对性中写作》，北京大学出版社，2010年，第200页。

然而，这种"事物既是它自身，又超越了自身"的状况又是如何来实现的？在看上去并不是山水纪游诗的作品《读〈论语〉有感》中，我们能意外地发现诗人自己做出了应答：

> 语言的狂欢掀翻大树。
> 这是想象吗？在信仰的转弯处，
> 你制造的风景让我感动。
> ……在未知的路上寻找奇异的风景。
> 哎静默，在冥思中看到纷乱幻象。

首先是想象，然后是冥思，对未知的期许，对静默的保持。接着，是语言的狂欢，是在语言的狂欢中窥见的幻象。"风景"是奇异的，而且是受造之物，一如我们的想象力。或许还要依赖于信仰——它可以是宗教意义上的，也可以是诗学意义上的——的坚定不移。正是借助于夹杂了观察、联想、议论与絮叨的叙事模式，孙文波的"山水纪游诗"才能够在新诗山水纪游一脉的既有方案中窥见新机遇，得以"无边光景一时新"（朱熹）。

日常性的豹变与"虚无"

值得强调的一点是，孙文波的"山水纪游诗"虽然多数创作于旅途，但并不是一种走马观花式的产物，换句话说，它们不是那种可以被戏称为"观光诗"或"旅游诗"的作品。对于远游之旅的所见所思，并非"景观"般的临时存在，而是再日常不过的切身经验。肉身远游，可以视为孙文波诗中日常性得以豹变的契机；精神漫游，则让记忆中的山川、河流、景物以及人事被整合起来，旅途经验在日常性的反思中得到了沉淀。

> ……虚构淡雅山水:空空无人,只有鸟语。
> 但不是陶潜境界,只是一幅无色的图
> ——我想干的事情是填充这一图景;
> 走进去,我可能成为新传奇
> ……我的确看到了,在白云悠悠的天地间,什么都是
> 身外之物,唯有精神指引人。从飞鸟、草木、
> 河流中,去看世界的伦理——我因此想到,
> 无论涂资本的胭脂,或穿主义的外衣,
> 当一切等同于物质,我已既是时间的过客,
> 也超越时间,以飞矢不动的姿态,迎接
> 每一个早晨,并从中发现生活的新意义。
>
> ——《十一月十一日宿于林木家中而作》

无需结合更多的背景,只看诗题也能得知,这首诗并不产生于旅途,而产生于旅途中的停顿。这种停顿带来了更多的内省与联想,呈现为一种基于风景、复又诞育风景的思虑。更有意思的是,诗中的"风景"并非惯常的"山水诗"所触及的内容,而是为现代心灵所"虚构"的"淡雅山水"——"空空无人,只有鸟语",是"一幅无色的画"——诗人要做的也并非如传统的山水田园诗人那样(诗中提到的,一个符号化了的"陶潜"?)让景观在自然中恬然自为,而是试图"填充这一图景;/走进去,我可能成为新传奇"。人与自然山水的关系不再是古典式的和谐共处,"相看两不厌"(李白),而是更多的介入、取消、打扰与借助。譬如,诗人要"从飞鸟、草木、/河流中,去看世界的伦理",要用精神强加于那些"身外之物",穿越"涂资本的胭脂,或穿主义的外衣"这样的物质迷障,寻找"生活的新意义"。在这个意义上来说,孙氏的"山水纪游诗"还真是一种新的诗歌类型,是诗人日常思虑在旅途的延伸,是旅途纪游在精神领域的长时间停顿,是灵魂而非肉眼的观看,是"新传奇"。

这种"灵魂而非肉眼的观看",不惟见诸于那些具有明显纪游色彩的诗中,甚至遍布于孙文波新世纪以来的绝大多数诗作。当这种"观看"遭遇了旅途山水风物,呈现出来的就是有叙事维度加入的"新山水诗";当它们结合了对日常的审视与反思时,则体现为对风景的冥想与幻化,是心智塑造了新的风景,而不是风景感染了心智。

譬如,在《与无关有关》这部诗集中,孙文波常以沉思者的面目出现,尤其在《我看见》或《零碎集》里,冥想与思辨是他对世界的主要体认方式(因此这几组被视为诗的作品,或许更应该被重新定义成"哲思型短札"),只不过,诗人将这种体认冠以"看"的名义——以类似于"灵魂视力"的方式,他用精神性的"看见"替代了肉身性的"看见"。在这类作品里头,诗人以其静思和议论,构建起了一个所谓的"幻想乌托邦"(《存在主义诗稿》)。在《新山水诗》以及《马峦山望》这两部诗集中,"静思"固然一如既往,"行走"的维度却得到了空前强化。换句话说,孙文波将沉思的现场从书斋挪到了更为广阔的世界,使之成为前文所述的"日常思虑在旅途的延伸",从而激活了外在之眼的视力,为内在之眼不断输送来自外部的新鲜经验,从而打开丰沛的感官,使之匹配于头脑的高速运转。

这种"匹配",通常以抽象、具象相结合的方式进行。孙文波新世纪诗作涉及的主题大多抽象,关键词里常见"反对"或"虚无/空无/虚空"等字眼。在《冬日赋》里,孙文波写道,"我是在反对岁月";而在《在南方之六》与《灵隐笔记》中,"反对"的姿态并非纯理念的驳难,而是在山水话语的框架中达致对此姿态的落实——

> 昨天我赞美一座山、一条河,
> 今天我反对另一座山,另一条河。
>
> ——《在南方之六》

> 反对主观和客观,世界不过是我的镜像。
> 反对,当我在路上反对路。当我在山上

>   反对山，当然我也反对水。只是我更加
>   反对自己成为人。
>
>   ——《灵隐笔记》

至于"虚无/空无/虚空"，更是遍布于《从"花朵"一词开始的诗》《朝向空无》《辛卯年十月断章·金浮图》《没有》《关于沙漠》《食肉者语录》《奥依塔克纪事》《长途汽车上的笔记补遗》《旅行记（为王敖而作）》等诗作，这些诗大多创作于旅途或旅途间的停顿之中，旅途的山水风光，日常的起居所见，最终都不是孙文波在诗中首要关心的问题。他更在乎隐藏在旅途或日常背面的精神景物："我心中已经有一个虚空""从身体内抽出痛，想把/它甩给虚无，无法办到。""我想写没有，写空无""我的心里再一次升起/虚无之念——对于它我存在吗？""我赠送你虚无。"……它们出现的频率如此之高，以至于完全可以视为孙文波近年写作的核心词汇。事实上，他对"虚无"的书写，内嵌在日常性之中，而又关联了旅途经验、远游之思和对山水风物的审美。在《马峦山望》一书的后记中，作者这样谈到"虚无"对于诗学建构的意义，并将之关联于某种"审美性的自足"：

>   我致力的是通过写作完成自己对生命的虚无有所理解。……我们必须首先解决的不是对虚无本身有什么认识，而是怎么能够使在写作中谈论它变成带有积极意义的行为，同时使诗获得审美性的自足。[①]

将精神上的虚无之感置入山水风物的场景当中，就是孙文波使之"积极化"的方式，这有别于传统山水诗里观看者与被观看者之间的和谐关系——时常体现为对山水的赞美与融入——而呈现为一种紧张关系，一种辩难的、批评的、絮叨的、混杂着观察与联想的思虑整体。正如他

---

① 孙文波：《马峦山望：孙文波诗选》，秀威资讯科技（台北），2015 年，第 253 页。

在《在南方之六》的结尾点名的那样:"山水里有政治。山水里／有宗教。我很瞧不起简单的赞美之辞。"山水不是自然风物,而是人文景观,是心智对"虚无"的集中塑造、呈现、否定与理解,而能为黑格尔所谓的正—反—合结构所容纳与升华。因此,孙文波对"虚无"主题的反复书写,不惟是自我省视的纯然流露,而且在等待一个机会,一个"虚无"能够经由观察、联想、议论与絮叨而被固定于纪游语境的机会。机会一旦来临,充斥于心灵的"虚无"的日常性便获得了被再次塑形和看待的可能,而实现它的豹变。

……
世界因此敞开它
的另一面——痛苦,转变为美;在我的
心里筑起一座临水的瞭望台。我要说你
是青山绿水,但不仅是青山绿水;当我
进入林荫、涌泉,怜惜之心升起,促使
我把凝视哲学化,再一次向无神论告别
把所有的注意力朝向物质的细节
……
实际上我是反对时间的人;这里,众人
在斑剥灰墙上寻找失去的往昔:
……
就像一直以来,我建造语言的空中楼阁
虽然已经很多年,可是它仍然没有变成
一间卧室,仅仅是客厅;在那里,我已
成为孤独地创造孤独幻象的人
……
但我庆幸的是在这里
你已经有了化身山水的能力
……

> 你让我思无邪，重新看到与自然的关系
> 让我在沧海翻卷，把我带向缥缈。
> ……
> 或者，我也可能只是
> 保持沉默，内心想到再绝对、武断一些
> 只描绘花鸟流水，从而虚构出斑斓图景
> 典雅、静止。只为了自我教诲——山水
> 就是大道；一步步，我正努力进入其中。①

　　孙文波"山水纪游诗"的终极旨趣，关于他对自然、虚无、日常性与审美的态度，集中呈现于这首《新山水诗》。虽然，它的副标题是"向华滋华斯致敬"；并且，将自然视为一种"典雅、静止"的"斑斓图景"，以"山水"为"大道"并从中来理解人与自然的关系，甚至是"化身山水"或者"虚构"——这些表达以及所依托的自然观念，都流露出非常浓厚的浪漫主义色彩，但这并不表明孙文波的"山水纪游诗"从属于华滋（兹）华斯这位英国浪漫主义代表诗人所在的传统，更可能的理解是，经由"叙事"淬炼的孙文波，正以"反对"的方式来达成他的"致敬"。在"临水的瞭望台"上，经由"把凝视哲学化"的过程，所见的"青山绿水"已然不是置诸于自然环境中的普通山水，而是人造之物——"语言的空中楼阁""孤独幻象"甚或"化身"。诗人进入这样的山水，即是进入"自我教诲"的流程，进入一种带有叙事维度的自我审视当中。整首诗（甚至可以说他的这一类诗）的基本立场，并不是古典山水审美的立场（因此也就幸免于康白情式的幼稚和孔孚式的断裂），也不是华滋（兹）华斯式的19世纪浪漫主义的立场，而是一种更加新颖的复合立场——受惠于经由现代主义修正的浪漫主义，对心智塑造现实的能力强调到无以复加的地步；而接下来，在这种被塑造的现实当中，叙事的维度又得以被引入，让被塑造的现实（以及对它的审视）更加完满自足。

---

① 原诗篇幅太长，本文只能节录。诗中着重号为引者所加。

再深入一点来考虑，可以发现，在对山水纪游诗的既有审美模式的"反对"中，不惟"风景"成为了一种"叙事"，诗人本人甚至也成为了一道会"叙事"的"风景"——这略近于卞之琳《断章》所揭橥的悖谬与奇妙。孙文波在多首诗中这样自我界定道：

> 我已决定，在风景中成为风景
> ……
> 我正在用我的语言，一遍遍把它写新。
> ——《在南方之二》

> 坐在别人的阳台上，我就是别人的风景。
> ——《在南方之五》

> 一个人眼睛看到的事物也是另外的人
> 看到的幻影。
> ——《临时的诗歌观之四》

这些诗依然关乎"风景"，而且它们大多出自旅途的刺激，由心智在精神上诞育出一个完整的格局。甚至，诗人自身亦被陷嵌入这道风景当中，他的根本使命不是观看，不是古老的"摹仿"，而是"用我的语言""一遍遍把它写新"。但是，仅仅依赖于"语言"就能把"风景"写新吗？孙文波依赖的路径并不是通常意义上的"语言"（修辞）更新，而是"话语"层面的更新——"叙事"这种新话语的引入。这种引入之于"山水纪游诗"的意义，如今或许并未显豁，尚待进一步的探讨。不过，通过基本的试探，我们也能看出自新诗诞生以来，在这条道路上，经由不同的诗人们在观念和实践上的努力已经走出了多远的距离。

单从语言风格上来说，孙文波的句子写得绵密、缠绕而不免沉闷，此种"缠绕"又不同于臧棣式的、富有论辩激情的"饶舌"，以前文提及的"絮叨"一词来形容更合适。但问题是，在90年代诗歌的谱系里，

"絮叨"作为叙事性的特殊体现形式，曾是对"滥情"与高亢激辩式启蒙话语的有效矫正，当它进入新世纪，进入业已经历新的诗歌革命洗礼的语境，80年代造就的抒情性早已不构成当代诗的主流气质之时，孙文波曾得益于、甚至借此取得阶段性"革命果实"的策略性"絮叨"，到底该具有怎样的边界或底线，才不至于使之变成一种真正的絮叨？至于新世纪以来孙文波的创作所涉及的另外一些话题，譬如当代诗与古典传统的问题，其实也是值得深入探讨的内容。基于此，本文原拟将他的《守灵夜》与陶渊明的《拟挽歌辞》进行对读，将《汕尾捕鱼记》与杜甫的《观打鱼歌》《又观打鱼》进行对读，试图解读出某种应和的轨迹；然而考虑到重点所在，另文探讨或是更合理的方式。

（2017年4月）

"在风景中成为风景":旅途中的自我身份认同
——以孙文波《长途汽车上的笔记》为例

纪 梅

孙文波的《长途汽车上的笔记》由写作时间(2010—2013)和主题(旅途之作)相近的十首长诗(下文所及简称"之X")汇聚而成。这部体量庞大内容庞杂的作品,既涉及旅途风景的显现,地方历史人文的传说和演绎,更关乎诗人对旅途生成的语言和自我进行认知和解释的实践。可以说,这场长途汽车上的旅行至少包含三重风景的显现:其一,旅途中的原风景;其二,对之描述所产生的语言风景——即"纸上的语言的旅程"("之二"第10节);其三,对旅途风景、地方历史、传统以及语言和自我进行思辨的认知风景。

风景、语言和自我,混杂共融于《长途汽车上的笔记》中,彼此交叠,互相渗透,"这就像看到满山的竹子,它们一根根／独立摇曳,根却扎入地下,紧紧地纠缠在一起"("之二"第6节)。阅读这部长诗,也是观察风景在语言中的显现或被遮蔽,自我在风景中的消失或被修正。

一、旅途和语言中的风景

不断地妥协,我把腰丢了,还他一个青春。
在夏日,我说话是吞雾,思想万里之外的
河山。其实我走着,只是自我的狂诞。

> 不靠谱中年，早已心存混乱，用放肆恶心情感。
>
> ——"之一"第 1 节

这是《长途汽车上的笔记》的开章首节，写作者表现为一副深陷时间乱流中的中年人形象：有些颓唐，也不乏清醒自知。他已经过长时间的反抗（故有"不断地妥协"），认识到在时间（"不靠谱中年"）或想象的空间（"万里之外的河山"）中沉溺或显露的，是"自我"的质地和内容。

基于这一出发点和写作基调，《长途汽车上的笔记》涉及风景的观察是冷峻的，对旅途表象是存疑的："表象代替真相，考验着我的耐心"（"之一"第 1 节）。纵然出现有关风景的描述和"记录"，也常常被引入到对"自我"和语言问题的认知中：

> 观察水。我是智者？铅云、浊水，被裹胁的
> 枯枝卡在桥墩上。这样的记录有什么用？
> "你看到的那道闪电，带来的灵魂的
> 惊悚，让我问道"。我追寻的，正是我的疑惑。
>
> ——"之一"第 6 节

诗人对风景的观察方式与自身的生存经验之间往往是互相投射的。在"不靠谱中年"，进入诗人眼中的风景是"铅云、浊水，被裹胁的／枯枝"，这副迟暮破败同时也是诗人心中之相。试比较 20 多年前，在年轻的诗人眼里，自然和语言犹如（构想中的）"纯粹的女人"："无论什么角落都能抵达的语言／最终也是在我们的心里／代表了纯粹的女人，精致的花园／玻璃和明净的火焰的生动力量。"（《从熟悉的文字中……》）这些缀满纯净幻美花朵的诗句，来自"一位旧时代的绅士"（《秋日写景》）参考了书本知识后的想象。刨除了负面和异质经验的杂草，诗人"精致的花园"与真实自然几无干系。这种以虚构修辞虚构的"话语消费"式的写作，不仅容易使描述对象从美学化、风格化的景观意象群中逃逸，还

容易形成波德里亚所说的"一堆无法降解的能指废料"①。与之相比,《长途汽车上的笔记》中的风景描述,既遵从诗歌的逻辑,更符合现实经验的感知。诗中景象既是个人所见,也为同时代人的共属经验。

从"精致的花园"到"铅云、浊水"并非朝夕之变。作于1990年的《还乡》中,诗人已意识到"完整的一幕幕情景被打乱"。衰亡的气息侵入摇晃的生活之轨:"在晃动的火车上,我坐在窄小的乘务室;/它不比一个墓穴小,也不比一个墓穴大";丧失感和恐惧困扰着诗人:"褐色的,绿斑纹的蛇,它迅速运动的躯体/它嘶叫着使空气颤动的事实,是什么?/在没有了告诫善存的苹果树的现在,/它会给我带来什么?家园?还是一个/比家园更隐秘和虚幻的居住地/'你们必须永远从这里离开!'"

与理想的"家园"一起消失的还有自然。在唯物主义和消费潮流的夹击下,自然被进一步商品化,其权威性和秩序的规定性内涵几乎消失殆尽。更准确地说,自然在消失这一发生了数十年的事实,此时开始被诗人注意到了。纠正了对自然世界田园化、牧歌化的浪漫表达,诗人直面一个"钢铁的时代,水泥和众多规则的时代",以及其中以"新"为标签的各类景观:"两台拖拉机""两层小楼房"……与诗人的理想"生活"相对立,现实中人追求基本的物欲与"渺小和粗鄙的快乐"(托克维尔)。失落和不满的诗人保留了书写的形而上地位,将"书"视作故乡,作为堕落现实的补偿:"是什么使但丁放弃了佛洛伦萨与尘世/仅仅是贝雅德利齐?是一册书。书即故乡。"

这种对立观念在1990年代的若干诗歌中留下了痕迹,如《飞翔》将里尔克的"何处,呵,何处才是居处"作为题词;《搬家》援引米沃什的诗"多年来我无法接受/我在的地方,我/觉得我应该在别的地方"作为题词;在《在无名小镇上》将兰波的"生活在别处"作为题词……看上去,诗人虽直面生活真相,却也强调此现实非"生活"的应有之义:"经年累月,当你终于学会忍耐的窍门,/某一天你会说:现实,不过是梦幻的影子。"(《在无名小镇上》)这与诗人对消费时代的工具理性以及从

---

① 让·波德里亚:《象征交换与死亡》,车槿山译,译林出版社,2012年,第279页。

中生发的平庸粗鄙的生活模式的厌弃有关,此外,或也源于诗人对想象中的"田园牧歌""迟到的热爱"(保罗·瓦莱里)以及"对词语的依赖"(《搬家》)。此二者又是互相转化和互相强化的。面对真理经验存在的微弱化,自然的商品化,经验的碎片化、平面化和去历史化,诗人将自我安置于"词语的房屋",也可理解为主体在情绪受挫后的自我防御机制:"于是,他夸大着纸上的人生。在纸上／建筑自己的家园。"(《十二圣咏》)

在某种意义上,写作与旅行颇有相似之处:既携带着从来之地的经验和记忆,又幻想着新场域提供的自由和新奇。旅游的兴起与生活在别处的自由愿望——暂时逃离此时此地,融入更高更圆满的实在——得到了更便捷满足的机会颇有关系。沉浸在别处景观中的惊叹和迷醉,打断重复性的时间之链,使人们逸出有限的本土性经验和惯常场景,进入渴慕中的崇高、辽阔、神秘和轻盈。书写行为亦是如此,于现实世界遭遇的挫败越深重,越可能驱使诗人脱离感知经验,并赋予书写以神秘化和乌托邦化的光谱。

在同样作于90年代的《在路上(为冷霜而作)》《在电车上想到埃兹拉·庞德》等诗中,审美的基础不再是对日常经验的拒绝。穿行于"艳俗的银行营业大楼""鳄鱼嘴似的五星级饭店"以及"旁边女人浓重的狐臭气味"中,诗人的观看和写作不再是怀着宏伟抱负"编排历史",而是"挤公共汽车"似的遭遇:"街道两旁的景物一点一点进入我的眼睑"。这一表述既是进行时态的经验,又是一个寓言式的表达:无论是主动还是被动,诗人业已意识到,语言的有效性和主体性的生成,需参照历时性的生活境遇,并从社会领域里的日常经验汲取意义。

日常生活成为审美经验的主要来源,使诗人将现象世界视作认知的途径:"对于我来说,／能了解的世界永远不过是现象的世界"(《读保罗·策兰后作》,2009)。对现象世界的强调一度造成"风景"的消失:"现在,对于我哪里都不是风景,／包括那座传说中非常神秘的塔。"(《西湖苏堤纪事》,2004)诗人警觉到审美表象("风景")和审美语言("传说")对作为现象世界的"塔"的遮蔽,同时推崇语言最基本的复制—绘制功能:"在旅行的终途,／它明白了一首诗的成形并不需要复杂的像高等数学，/只要记下见到的就行。"(《反风景》，2004)在《中秋散步》(2008)中，诗人有意强调写作主体的退场，以使语言与"现象"保持同质、同步和同形："我宁愿此时的语言如被惊扰的鸟，/在纸上乱飞，或者是巢穴被破坏的蚂蚁，/向四面八方散开，放眼看去一片片狼藉。"

不过，语言的模态化能使现象显形吗？对经验进行自然化复制便是遵从本真性伦理的写作吗？正如胡塞尔所说的，"只承认物理的东西是实在的（wirklich）"的"自然主义"最终将导致自我的击溃。因为，"经验本身不能回答有关经验的最重要的问题，因而必须在这样一种认识理论中寻求答案……"① 且不论诗人写作观念本身所包含的认知背景，仅就对物的观察和描述而言，诗人所见的"山水"属于现象和经验，山水的"变化"和"一再被政治过度阐释"（"之四"第6节）更是语言和其他领域的普遍现象。

譬如面对无数代人称赞的山水，虽然山还是山，
水还是水，我看到变化已经发生——
索取，已经改变山水的性质，使之成为商品。

——"之十"第5节

在《长途汽车上的笔记》中，诗人已不再信奉对现象进行纯自然的观看，而是对所见持审慎和思辨的认知态度："表面上仅仅是自然现象。隐含的难道不是/法律问题？"（"之一"第10节）"入目所见，/无论是琼楼玉宇、卧虎坐狮、舞妓乐工，/还是黄金面具、玛瑙凤冠、经文碑刻，都是/权力的隐喻。"（"之三"第3节）诗人对语言复制性的记录也持怀疑态度："这样的记录有什么用？"（"之一"第6节）观看和书写的出发点，变成对"现实后面的隐现实"（"之二"第8节）的认知和勘察。

---

① E. 胡塞尔:《现象学与哲学的危机·导言》，吕祥译，国际文化出版公司，1988年，第9—10页。

二、自我"脱嵌"的危机

《长途汽车上的笔记》"之七"再次写到朝向故乡的旅程。将"返乡"纳入这部以旅行为主题的长诗本身就值得玩味。在古典社会,还乡和行旅意味着截然相反的方向:前者是向内的回归,后者是向外的出行。所以古代行旅诗往往与出征、出塞或出仕、流贬等离乡之行相关。今天的故乡却因为对新异和进步的追逐而模糊了游子归途的道路:

扩张使尘土遮天蔽日。新街道呈现旧面貌。
如果不是导航仪,我们会找不到进入村庄的路。
——"之七"第1节

返乡之路被"扩张"的"尘土"遮蔽,既发生在诗人和更多人的现实经验中,也在隐喻意义上指向现代性的困境和隐忧。在工具理性指引下,故乡的风景化、商品化和"信仰的物质化"相伴相生:"还在作为目标的不是逍遥游,也不是终南山隐,/而是把信仰物质化;靠山吃山,靠水吃水。/以至于荒凉也被做成风景,被迫展览强辞(词)夺理的美//和单向度的前途。"(第8节)村庄在过度扩张中混同于其他任何一地的城镇化建设,故乡已无故可寻:"在我身后,一座古城已经消失,仅留下/十几丈坍塌的城堞——蒿草在裂罅处茂盛生长。"(第2节)不仅记忆的物质形象凋敝衰亡,故乡的精神象征——由血缘建构的亲情和社会关系——也由于人们对物质的追逐而危如累卵:"他对我讲家族的分裂;田、墓园、宅基地/的争夺,使亲情彻底消失,没出五服的亲戚们,/如今已'鸡犬之声相闻,老死不相往来'。/而供奉祖先的祠堂,已近坍塌,却没人出面修葺。"(第3节)故乡的核心内涵——以血缘组织的亲属关系,曾是宗法制度的根基,也是"自我"在物理层面的根源。这一确定性来源目前已摇摇欲坠,就像祖宗的姓氏"逊"在"走"中丢掉了自己的"走之":

> 自我纪念和血脉的保存是困难的。
> 当我的叔叔说,"逊"和"孙",不断地迁徙
> 改变一切,意谓着,在走中迷失了自我。
> 我说,这重要么——重要的,不是意义,是真相。
>
> ——"之七"第 7 节

风景的"祛魅"(马克斯·韦伯)和宗法道德的溃坏加速了故乡与其象征性内涵的分离。故乡作为存在和社会关系的出发点和源头地位的丧失,加剧了自我"脱嵌"(查尔斯·泰勒)后的边缘感和迷失感:"归属感,/必须落实的观念,成为不断纠缠我的观念。/认祖归宗的过程,变成感受边缘化的过程。"(第 9 节)不论是实体还是精神层面,诗人都意识到还乡的不可能:"我了解到的/情况是,自己似乎已经丧失了精神上回家的可能性。"(第 9 节)

自我的"脱嵌"一方面造成了现代性的存在危机,也为主体走向成熟的"内在自我"并实现自治提供了契机。换句话说,从社会秩序和结构中解放,既可让主体获得现代性的自由:"我甚至觉得,这样的老家,/回不回去没有关系"(第 10 节),也容易使人转向其他的或假设的"源头"和存在之链,以填补自我对同一性的渴求,如 20 年前《还乡》的诗人将词语和书写视作"故乡"和"乌托邦"。在今天,这座精神"房屋"也面临流动的现代性经验的销蚀和砥砺:

> 我知道,最终我会
> 成为汉语的孤魂野鬼。我知道,当我走出家门,
> 并没有另一个家门向我敞开。我知道,
> 我只能与时间打交道。而时间正在如涛流逝。
>
> ——"之二"第 3 节

在现代性的世界,不再有一个稳定的意义源头和持续敞开的"家门"等候着诗人。被流逝的时间冲击上岸的残留物是破碎的记忆图景、混乱

"在风景中成为风景":旅途中的自我身份认同

的经验和感知,如旅途中的拼贴画般闪现又快速消失的景物。这也是旅行与写作的另一相似之处:处理经验的流动性、破碎性和偶然性。旅行者和写作者是时代快车的乘客,与时代的混融为一,又是时代的局外人,其观察既投向旅途风景也指向内部环境。车辆的飞驰使时间和景物加速流逝,主体感知越发破碎、分裂和混乱。这种状况强化了旅行者/写作者通过建构一种具有统一性的叙述以实现身份认同的迫切和压力,也带来了同样多的困难和陷阱。

围绕自我"脱嵌"造成的困境和契机,《长途汽车上的笔记》"之二"集中展现了主体复杂和矛盾的感受:既有对此命运的接纳:"我不想模仿晚年的杜甫。但我很可能/必须像他一样,不停地从一地漂泊到另一地,/不得不接受'青山处处埋忠骨'的宿命之命"(第8节),也有对自我内在化的要求:"我需要的是在内心/建设自己的堡垒,就像泥瓦匠用砖和水泥砌出房子"(第5节)。但在总体上,诗人对此境遇的接受是被动性的和不情愿的:"有时我只能用'谁此时没有房屋,就不必建筑'/这样的诗安慰自己。不断面对/陌生的地方,带来的是新鲜感"(第9节)。陌生的"新鲜感"慰藉着也提醒着主体身无所依的处境:

> 那么,我是不是已就此懂得漂泊的意义?
> 杭州、婺源、北京、鄂尔多斯,所有的居住
> 是借住。无论风景多么秀丽,多么辽阔,
> 带来的感觉彼此矛盾;越是赞美,内心越是疼痛。
>
> ——"之二"第9节

"漂泊"和"借住"的动荡经验和内心的"疼痛"使诗人渴望一处个人性的归属空间,以获得某种"自足":

> 幻想着立锥之地,幻想着安逸、安静和安全。
> 如果说意义,它们就是意义;如果说价值,
> 它们就是价值。我告诉自己,什么是一身彻底轻松,

也许，这样就是。它让我不必眷念，欲望全无……

——"之二"第9节

"脱嵌"主体对自我的看顾和怜惜有其合理性，也不乏自我中心化的危险。其"一身彻底轻松"的愿望和查尔斯·泰勒所言的"解脱式的自我理想"存在着异曲同工之处。伴随着现代科学世界观的发展，人们形成了一种新的"理性"，"不仅能够把周围世界客体化，而且能够把他自己的情绪和个性、恐惧和压抑客体化，从而获得了某种距离和自制，使他能够'合理地'行动"[①]。漠视外部世界，将自我封闭于"安逸、安静和安全"的"立锥之地"，或许能令人获得超脱的面相（"不必眷念，欲望全无"）和看似确定性的意义来源和判断力（"如果说意义，它们就是意义；如果说价值，/它们就是价值"），但是，对此种"自由"和"自足"的追求，何尝不是受制于现代性的工具理性呢？稍显悲观地说，将"一身彻底轻松"作为目标的旅途，不但只能止于"幻想"（像诗人所说的那样）和自我告慰（需要主体不断地"告诉自己"以获得确认），同时还可能南辕北辙背离主体的初衷并导致其生活陷于狭隘化和逸乐化。

当"时间正在如涛流逝""我是不是已就此懂得漂泊的意义？"成为我们所有现代人需要进行自我追问的问题。说到底，外在世界秩序感的丧失，需要主体在自我和流动性经验之间建立更强烈的联系感来修补，自我的确认也需要被引入到具体的经验和语言中去考证。

三、经验和语言中的自我身份认同

自我身份认同的焦虑是伴随着启蒙理性和怀疑主义而出现的现代性产物。在古典时代，自我被嵌在相对稳固的自然秩序和社会秩序之中。身在旅途的诗人，其愁绪悲苦可对应性地比拟于月、舟、孤鸿、乌啼、

[①] 查尔斯·泰勒：《自我的根源：现代认同的形成》，韩震等译，译林出版社，2012年，第33页。

古道、西风等公用的意象资源。进入当代以来，不论是上世纪五六十年代"换防"式的旅行（如闻捷《河西走廊行》、贺敬之《桂林山水歌》、郭小川《西出阳关》《昆仑行》、邵燕祥《在夜晚的公路上》《走敦煌》等），还是80年代由词语虚构的文化性和观念性行走，写作者也不存在自我身份认同的困难。穿行于"青纱帐""甘蔗林"和"荔枝林"的诗人，是"我们"的代言人，享有权力分配的行走和言说的权威性和合法性，也在语言层面暧昧地分享了对自然物象的控制权和驾驭权；想象"一棵杉树变成森林"（孙文波《秋日写景》）的诗人，则内在性地自我派生和假设了"我是谁"的答案。当然，相对来说，后者因缺乏权力的膜镀而更多地裸露于历史、现实和自我感受之间，其自我认同也需面临更多的考验。一转眼，飞翔的姿态和歌唱的声音，不得不陨落至充满幻灭感的疑惑："孤单的桤树，你能代表什么？"（《还乡》）

从"一棵杉树变成森林"（自我的放大和中心化）退回到"孤单的桤树"（个体的原子化），源于写作者在词语虚构的文化主体幻象破产后对自我身份的追问。主体的式微或主体的分化激发了诗人对日常经验的关注，以及对叙事的强化。因为相对于脱离实际经验的抒情，具体的细节描述本身就暗含着对确定性的寻求，暗含着认识论的立场，以及书写主体重建自我身份认同的动机："透过双层玻璃窗，我看见大地像一册书/一样翻动；地名、历史，一切都显得/缺乏真实。我问到：我置身在其中吗？"（《还乡》）对自我存在的怀疑，导致诗人将实际经验中的"大地""地名"和"历史"也看作"缺乏真实"的。这种主体性投射意味着诗人尚未改变主客结构的视觉思维。

我们也可以从关键词的使用频率考察主体自我意识的变化。在80年代的诗歌中，"我"是孙文波使用最多的主语（间或出现"我们"），肯定性的陈述句则是其惯用的句式。在我的阅读视野中，"自我"一词在孙文波诗歌中的出现要迟至90年代，而且只有不多的几次：如《上苑短歌集》中"我打开酒瓶，微醉中自我祝福"，《向后退》中"我怎么也无法在他皱纹密布的脸上读出自我的隐喻"……这种出现要么是无意识的，要么只是一种语言游戏："我需要自我安慰（手淫）吗？"（《南樱桃园纪事》)。"自我"大量且有意识地出现是在2009年。如《十一月十一日宿于林木家中而作》中"不是占有,不是改变。是自我消失";《静夜吟,空洞无物的诗》中"反对,不过是反对自我的盲目"等。在《长途汽车上的笔记》中,"自我"出现多达24次。从某种意义上说,这部长诗是诗人在风景、历史和语言中建构自我身份的旅程:"我实际是呆在河边,从流水寻找'自我的确定'"("之一"第5节);"我的语言需要在运动中找到自我与事物的联系"("之十"第1节)……从独一性的"我"到反身性的"自我",不仅意味着主体性的分裂和弥散,也说明诗人对自我的追寻从90年代初主体衰落的情绪反弹,到接受经验的不确定性和自我的有限性,并进而重新在诗歌书写中探究自我与历史现实的复杂关系。

在查尔斯·泰勒的概念中,"自我"这一术语意味着"身份(或正努力发现一种)"和"有必要深度和复杂性的存在"。泰勒说:"我们只是在进入某种问题空间的范围内,……我们才是自我。"①《长途汽车上的笔记》所形成的问题包括但不限于:今天还存在"原风景"意义上的自然吗?处于审美和认知之间的风景,与自我构成了怎样的关系?认同的界限在何处?

> 我们懂得的不过是小人物的政治。把新闻
> 从电视和报纸上吞进嘴里,再吐出来,
> 好像有了自己的见解。但真的有吗?
> 从语言上讲,我们懂得的仅是"政治"这个词。
>
> 我们是在修辞的"螺丝壳做道场"的人。
> 祭坛上,放不进国家、阴谋、人事变更。
> 甚至也放不进股票、石油,和房价。
> 激情澎湃,拳头打棉花,才是现象之秘密。
>
> ——"之一"第7节

---

① 查尔斯·泰勒:《自我的根源:现代认同的形成》,韩震等译,译林出版社,2012年,第46、49页。

整体性的破碎强化了旅行者/写作者实现自我同一性的急迫,也制造了同样多的障碍。对视野有限的"小人物"来说,"新闻"和曾经的政治大词和宗教圣词一样,提供了一种整体性的视觉和认知经验,也提供了一种放大的自我认同。进一步说,像"新闻"一样进入传播渠道的"经验"和知识,以及权力结构等,又在形塑或限制着我们的认知能力和想象力。杰拉德·德兰蒂(Gerard Delanty)曾言:"关于自我的典型现代话语也是基于对局限和可能性的承认。"①对局限性的承认能使诗人更多依靠经验的深化,而非依赖先入为主的、甚至是被"新闻"所影响的观念:"所以凝视,而不是凭吊;思考,而非赞美"("之五"第8节)。回到经验语境中的现代诗瞩目于"现象之秘密","诗人"则是将自身的有限性转化为可能性的人,是在修辞的"螺丝壳做道场"的人。换句话说,在理想的"花园""故乡"和"词语"的乌托邦想象幻灭之后,诗人唯有通过混杂的、复合的感知和想象,创造性地理解自我认知与现实经验的关系,在不存在终点的旅途中建构自我身份的认同。

虽然依旧可以邂逅古典性的赞美时刻:"我真正注意到的是一簇野花,/几只蜜蜂——它们,在我的眼前呈现出安静的美。//向我暗示来到这里的意义。修正我在坑洼的/乡村公路上颠簸出的怨气。"但浪漫化的抒情就如"安静的美"一样只是短暂地获得持存。在自然之道丧失了经典意义之后,"采菊东篱下,悠然见南山"或"相看两不厌,唯有敬亭山"已属于一去不复返的古典世界,"一簇野花"和"几只蜜蜂"在今天已不能一劳永逸地作为自我的外在对等物。转瞬间诗人内心深处的认知焦虑再次泛起,溢出优美风景的视界:"——哦,我来了,我看见。/这真的重要么?对它们的了解,/真的会彻底让我知道,自己从哪里来,又到哪里去?"("之五"第6节)

在一段相对封闭而又对开放性经验保持接纳的旅途中,诗人的观看和兴趣,表露的是主体的认知能力和智识深度。旅行如同书写,"既是一

---

① 杰拉德·德兰蒂:《现代性与后现代性》,李瑞华译,商务印书馆,2012年,第3页。

个选择过程，又是一个组织过程"①。

虽然观看即意味着主体在自我与风景之间形成了某种关联，但在不同的欣赏者那里，关联是否有效仍值得深究。诗人对外部世界的认识包含着对自我的理解，游客对"古人"的"表面敬慕"也暗含着建构自我认同的努力——虽然是一种注定失败和无效的摹仿式行为："我看见的来者表面敬慕古人，/不过是把古人当作风景"（"之三"第8节）。在与风景的关系中，"自我"是丧失还是被确正，取决于风景是作为对话的一方，甚至启蒙和教化的来源，还是作为主体臆想的客体化投映。游客式的观赏容易导向现代化的自恋，在收获可疑的自我感动之时为地方和商家贡献了GDP："不过我一直私底下猜测，创立书院的人/并不是心志于此。……/……可惜的是，它作为/建筑保存下来；仅仅是建筑，成为旅游目的地。"（"之五"第3节）"自我"的消失往往就发生在这一刻："朝圣般的拥挤，一再把我们往荒诞之境中推。/自我的消失，总是在这一刻发生。"（"之八"第9节）

诗人在旅行中考察着旅行，在风景中反观风景，在书写中质疑语言，谨慎地绘制着自我的地貌，为高度分化与弥散的自我寻求着一个防御性的定义。在更积极的意义上说，对风景的观看能够将"自我"改写，成为理想中的"另一个人"。基于此，"风景"的成立，并不必然见于"长途汽车上"，也可以虚构于纸页之间："对于我，一次旅行或许真实，或许，仅仅是虚构。"（"之五"第10节）而最终进入诗人认同的"风景"，不止山河，更是一些人：

> 回过头……，重新审视，我反复看到杏坛，
> 看到文公山和阳明山。在两河夹着的山顶，
> 心性的宽阔，无处不在。我欣赏把战士
> 和书生集于一生的人。说到风景，他们永远是。
>
> ——"之一"第9节

---

① 乔治·H.米德（George H. Mead）：《心灵、自我与社会》，赵月瑟译，上海译文出版社，1997年，第22页。

对"风景"的最终界定，显示了"长途汽车上"的诗人将人的心智状况作为社会秩序的基础，将宽阔的心性视为生命意义的资源。对"文公山和阳明山"反复而心向往之的凝视，意味着对认知局限的克服，对历史的深度进行透视的努力，以及将自我与历史上伟大的"风景"模式之间建立启蒙和教化关联的愿望。这一审视也是失去灵魂家园和故乡的诗人回望精神性起源的象征性行为。

　　似乎回到了青年时代，推崇"心念才是原则"（"之三"第6节）的诗人感慨到："彻底的唯物主义者，到后来却依靠唯心主义救场。"（"之四"第8节）在经历了漫长的旅途之后，诗人对"心"的推崇，并非简单地意味着将自我撤回到主体的中心化，或将自然作为自我的客体投射和规划物。对风景的"凝视"和"思考"，意味着自我的反省、深化和完善，意味着主体和风景之间交往性的动态对话。诗人的理想——"我已决定，在风景中成为风景"（《在南方之二》，2010）——暗含着浪漫主义的风景主题在现代社会的变形：在破碎的、流逝的时间和不确定的经验中，激活主体内部的善和成长的可能性，与化身风景的灵魂共鸣，在历时性的空间里建构一种新的精神秩序。

问题与事件

铁做的月亮

——《我的诗篇》英文版和同名纪录片的书评兼影评

柯 雷（Maghiel van Crevel）

张雅秋 译

一边打工，一边写诗

诗歌作为一种文学体裁，随处可见。家庭生活，节日庆典，爱人相赠，舞台表演，或为祈愿，或为抗诉，上至庙堂，下至工厂，人们处处会写诗、诵诗、读诗、听诗。在中国，诗歌与工厂、与体力劳动之间的关联，总体来说，实在是自然而然。人们都还记得，"大跃进"时期与"大炼钢铁"齐头并进的那场"诗歌生产"运动（"生产"这个词用在此处再恰当不过，这里且不论诗歌产品和钢铁产品的质量如何）。在1949年之后至"文革"结束之前，虽然并非总如"大跃进"期间那般狂热，但诗歌与劳动间的关联更为深入持久，这一时期，诗人笔下的工厂——如石油钻探工地、建筑工地等——是一片欣欣向荣之地。但时至今日，"诗歌 + 工厂 + 中国"却组成了另一幅殊异的图景。在这幅图景里，人们想到的不再是"无产阶级"，而是"殆危阶级"（precariat）；不再是荣光，而是悲凉。

在过去 20 年左右，中国大陆出现了一批常被称为"打工诗歌"的诗歌作品。至今，其英文译法有"labor poetry" "workers poetry" "migrant worker poetry"等。这些诗歌，出自中国底层移民①之手。自 1980 年代以来，他们从农村蜂拥至各个城市。这些移民有数亿之多，他们怀抱着闯荡城市、改善生活的梦想，或者说，是为了告别失业、贫穷，摆脱农村生活的诸多狭隘约束。

在全球资本消费和中国中产阶级崛起的驱动下，中国经济迅猛发展，在此过程中，这些从农村来的底层移民的劳动，构成了整个社会运转的基础。制造业、建筑业、服务业，上至做办公室文员，下至卖淫求生，只要有出卖体力"为老板干活"（working for the boss）的地方，就有他们的身影。孙皖宁在他的著作中，对"打工"一词就其起源和常用含义做出了恰当注解。②"他们清扫街道，在随处可见的建筑工地上干活，并且吃住都在工地，他们开着大卡车把货物运进城市，在公司和餐馆里擦地"③，顾爱玲（Eleanor Goodman）写道。顾爱玲是秦晓宇《铁做的月亮：中国打工诗选》（Iron Moon: An Anthology of Chinese Migrant Worker Poetry）一书的译者，同时也是秦晓宇和吴飞跃导演的纪录片电影《铁做的月亮》（Iron Moon）之字幕的译者。本文讨论的就是这本书和这部电影。

这些移民中的许多人的工作条件都相当恶劣。工时过长；难以想象的健康和安全风险；被迫就地膳宿限制了活动自由；社会关系断裂（家庭关系，村落共同体关系），个人发展中断（性方面的境遇，父母子女关系）；收入低微；不牢靠甚或虐待性的工作契约；几乎无力维护合法权益；其中最显著的是不能转成城市户口，因此不能享有低价的医保和教育权利等。

就是在这些人中，有人写诗。1990 年代，打工诗歌多出现在一些非

---

① "移民"，是柯雷教授在本文中所使用的一个概念，用来指称中国从农村向城市流动的农民（工）这一特定群体。为了体现柯雷使用这一概念的原始意涵，编者在此保留"移民"一词的表述，不做改动。特此说明。

② 孙皖宁：*Subaltern China: Rural Migrants, Media and Cultural Practices*（《底层中国：农民工、媒体和文化实践》），Lanham, MD: Rowman and Littlefield，2014 年，第 160 页。

③ Eleanor Goodman：*Iron Moon*，第 199 页。

正式、不定期的印刷物，如企业内刊上，或在诗歌朗诵会上传播。大约从 2000 年开始，互联网开始促进打工诗歌的散播：通过网站、博客及其他社交媒介，打工诗人和读者之间的联系日益密切，群体意识逐渐形成。从 21 世纪前十年的中期开始，打工诗歌开始以印刷或网络形式出现在主流文学期刊、个人诗集和多人诗集中。打工生活的诸多困苦和遭受的社会不公——从上文所言的那些恶劣工作条件，到被城市排斥的处境、恋乡之情、存在主义式的异乡感——是打工诗歌的突出主题。

总体来说，打工诗歌在中国国内已经很受关注，起初是在文学和学术圈内，后来蔓延到主流媒体。近几年来，它也成为国际上的学术研究对象，比如在英语范围内就有孙皖宁、杨爽（Justyna Jaguścik）、殷海洁（Heather Inwood）和龚浩敏撰写的诸多文章；① 它也引起了国外劳工维权组织、记者和文化中介的注意。2014 年 9 月富士康工人许立志的自杀，进一步引发人们对打工诗歌的关注。深圳富士康早已以其在工人管理制度上的冷酷而恶名昭著，许多起工人自杀事件都与之相关。许立志的故事强调并突显了他工人兼诗人的身份，因此在中国国内与国际上激起一阵关注热潮。仅就英语世界而言，从劳工维权平台《中国劳工通讯》（China Labour Bulletin）、《自由共产主义》（Libertarian Communism），到主流媒体《时代周刊》（Time）和阳春白雪的《伦敦书评》（London Review of Books），都发表过相关文章。②

---

① 见孙皖宁：Subaltern China: Rural Migrants, Media and Cultural Practices, Lanham, MD: Rowman and Littlefield, 2014 年；杨爽："Representation of Dagongmei in Contemporary China", in DEP 17, 2011 年，第 121—138 页，以及 Literary Body Discourses: Body, Gender and Class in Contemporary Chinese Female-Authored Literature, PhD diss., Chapter 5, 苏黎世大学, 2014 年；殷海洁："Between License and Responsibility: Reexamining the Role of the Poet in Twenty-First-Century Chinese Society", Chinese Literature Today 2, no. 1, 2011 年，第 49—55 页；龚浩敏："Toward a New Leftist Ecocriticism in Postsocialist China: Reading the 'Poetry of Migrant Workers' as Ecopoetry", in Wang Ban and Liu Jie, eds, China and the New Left: Political and Cultural Interventions, Lanham; Lexington, 2012 年，第 139—157 页。

② 见网址：tinyurl.com/zeqczbc、tinyurl.com/otogpme、time.com/chinapoet/、tinyurl.com/jqq8let。

《铁做的月亮》是打工诗歌被译成英语的第一次大规模的尝试。书中收录了31位作者的作品。此书的编者将诗作本身的质量放在首位,而非将其视作承载人世冷暖或做社会科学研究的原始资料(当然这两种做法也无可厚非)。因此,对于学生、学者、劳工维权人士和大众而言,这本书都既新颖又厚重。

命名问题

"打工"一词很难从字面直译。就语域而言,"打工"是个非正式、口语化的词汇。除了"为老板干活",它还经常意味着繁重的、底层的体力劳动。关键是,许多打工者与东家之间只有短期、临时的契约关系,或干脆契约缺失,经常被动地更换工作。他们居无定所,前途渺茫——不知明年、下个月甚至不知明天会怎样。这让他们无论在原生家庭里还是在其他方面都很难具备建构及维持社会关系的能力。

英语中的"labor poetry"(劳动诗歌)、"workers poetry"(工人诗歌)、"migrant worker poetry"(民工诗歌)都不能全面表达上述含义。总体上看,"打工"一词,出自口语的、非正式的语域,上述三种译法都不能全面表述。而且,在共和国文学的语境中,"labor poetry"和"workers poetry"这两种翻译回响着像革命现实主义、革命浪漫主义这类诗学观念,往好里说是不够准确,往糟里说是误导。再者,"migrant worker poetry"更像是阐释而非翻译。再换一种表达,为了投学术研究和维权人士所好,我们可能会想到"precariat poetry";或与被描述的对象更切近些——"sloggers poetry";或强调在制造业和建筑业中机器的冷血——"grindstone poetry"(但"grindstone poetry"一定程度上失于小巧,有点儿耍小聪明);或"working-for-the-boss poetry",这个很接近,但又太饶舌。

说到《铁做的月亮》,顾爱玲称此书是一部"民工诗歌选",这很有道理。这也与该书主编秦晓宇的想法一致。与许多人一样,秦晓宇也认为,在汉语里,"打工诗歌"这个概念问题重重。他们辩称,首先,"打工"一词的通常含义远超过它与民工之间的特定关联，用在民工身上时有些贬义。其次，这里所讨论的一些打工诗人已经不再抒写或从未专门只写打工生活。再次，有相当数量的打工诗人都受过水平不等的正式教育，或有一技之长，因此与（传统意义上的）打工形象不符。也许这些诗人起初做过流水线工人或混凝土搅拌工，但如今早就坐进办公室，或在打工之外闯出了自己的一番天地。说到这个，总是要提到郑小琼（1980— ），她是知名度最高的打工诗人之一。郑小琼来自四川，在家乡上过卫校。2001 年，她来到民工诗人的早期温床之地——广东东莞，一度辗转在多家工厂做工（模具厂、玩具厂、磁带厂、家具厂、五金厂、塑胶厂）。21 世纪前十年的后期，她逐渐以诗人知名，之后在广州一家有影响的期刊《作品》找到了一份做编辑的稳定工作。

  以上诸论都颇具道理，但恐怕"打工诗歌"这一名称很可能在未来也依然会难以被取代。早从 21 世纪初，打工诗界的多位主倡者们如柳冬妩、杨宏海就已使用这一名词，不仅我们讨论的这些诗人大都认可这一名称，而且，在公众话语中，它也是被最广泛使用、根基颇深的名词术语。鉴于"诗歌＋打工"足以激起诸多想象，而且这个名词自身也乐意被浪漫化、娱乐化，因此它深入人心并不奇怪：民工是"被诅咒的诗人"（poète maudit）在 21 世纪中国的化身，只不过与他们在法国 19 世纪晚期的前辈相比，这诅咒来自其他权势。

  同时，我们也能理解，秦晓宇和其他人为何更愿意把被译进《铁做的月亮》一书中的那些作品贴上"农民工诗歌"的标签。有趣的是，2015 年出版的体量厚重的中文版诗选《我的诗篇：当代工人诗典》（《铁做的月亮》即节选自此书）所涵括的范围更广，用的是"工人诗歌"一词。其书名可译为"My Poetry: A Canon of Contemporary Workers Poetry"。① 从不惹争议的"农民工"，到略显政治不正确的缩称"民工"，再到政治很不正确的"盲流"，在中国，定义移民工人的术语是个"敏感词"（这里，政治正确与否取决于政府的规范）。很明显，《铁做的月亮》中的民工诗歌

---

① 秦晓宇选编：《我的诗篇：当代工人诗典》，作家出版社，2015 年。

也是其母本《我的诗篇》的核心内容。《我的诗篇》将民工诗歌划归更大范畴的工人诗歌,或许是规避审查的良策。秦晓宇为《我的诗篇》所写的长篇导言表明,他对中国国内文学批评的政治了然于心。在这个声称代表劳动大众、移民等群体的政体下,秦晓宇的这篇导言提出了一些棘手而尖锐的问题,但他同时也一再提到马克思,因此整体行文显得稳熟得当。

《铁做的月亮:中国打工诗选》

这就说到了《铁做的月亮》一书的核心问题。这部诗选是恰巧以民工为书写对象的诗歌呢,还是恰巧以诗歌形式表达的民工宣言?当然,这是一种简略的表述问题的方式,为了辩论的方便起见。读《铁做的月亮》这本书——或看《铁做的月亮》这部电影,这个下文我们将会讲到——很难让人做出如此二元对立的选择。确实,秦晓宇的导言和顾爱玲的后记中,都是讨论民工比讨论诗歌要多。但为什么一部诗选不可以是受社会政治激发的结果?主编及译者又为什么不能爽然说出这一点呢?就诗歌本身而论,这部诗选中所容纳的声音的多元、那种直白与当下性,及表述的个体性,都令人印象颇佳,是对人们平常会看到的、阐述意味浓厚的NGO出版物的有意义的补充。

比如,谢湘南(湖南人,1974—)的《一起工伤事故的调查报告》以一种刻板单调的"调查报告"的语言——一种几乎是"随手捡起的诗"(found poetry)或"现成的"(ready-made)艺术品——讲述一个手指被模切机切断的工厂女工的故事,诗中充满苦涩的反讽。她的名字、她的工号和其他细节都被切合形式地写出,"报告"后面还附带一些有个人色彩的反省,其中流露出诗中言说者茫然不知所措的情绪(在这部诗选的大多数作品中,读者都完全有理由将诗中言说者与诗的作者画等号,虽然两者的个人经历细节未必完全吻合,但最起码其人生经验范围和总体走向是一样的)。但诗选中也有庄严的、毫无反讽之意的、发出感人呼吁的作品，如李笙歌（四川人，1970—　）写道："兄弟们，姐妹们，让我们醒来，暂时远离工业和疾病，远离沾满汗水和精血的钢、铁、铜、铅、银，远离机器、喧嚣、订单、惩罚、失业和冷眼，流着眼泪，在荔枝花盛开的山冈，远离故乡。"

或如李祚福（江西人，1979—　）看着他的同伴阿文"用自己的身体当了升降机。／这是一次向下降落，那电梯的新居成了阿文的坟地"时，难掩绝望之情。但诗选中也有郑小琼的《产品叙事》，表达了同样的痛苦，但具更多反抗意识。这首诗切实写出了民工的处境：他们自身就是庞大的、没人性的工厂机器的产品，被持续不紊地损耗掉身体健康与精神尊严。面对同样冷酷无情的机器设备，另一位诗人邬霞（四川人，1984—　）却以完全不同的语调表达出难以想象的乐观。她的工作是在深圳一家血汗工厂熨烫成衣，繁重的劳动却在她心中酿出对某一"陌生的姑娘"的爱的宣言：诗中的姑娘在"某个时尚的店面"买了一件吊带裙，穿着它走在"林荫道上"，然后"让你在湖边　或者草坪上／等待风吹……像花儿一样"。

或如阿鲁（河南人，1980—　）在题为"斗地主"的诗中，以讽刺手法，将戏剧性场面与漠然的麻木、个人与政治随意不驯地并置："孩子们在家里哭妈妈／我们没事就摸牌牌。"还有与之类似但所含情绪又很不同的许立志（广东人，1990—2014）的作品。许立志对民工的困境有清晰的描述，其中混杂着异质而熟悉的物质意象，如赋予这部诗选以书名的这首诗：①

> I swallowed an iron moon
> 我咽下一枚铁做的月亮
> they called it a screw
> 他们把它叫做螺丝

---

① 分别见 Eleanor Goodman: *Iron Moon* 的第 76、65—67、103、117—118、165、104、198 页。

I swallowed industrial wastewater and unemployment forms
我咽下这工业的废水，失业的订单
bent over machines，our youth died young
那些低于机台的青春早早夭亡

I swallowed labor，I swallowed poverty
我咽下奔波，咽下流离失所
swallowed pedestrian bridges，swallowed this rusted-out life
咽下人行天桥，咽下长满水锈的生活

I can't swallow any more
我再咽不下了
everything I've swallowed roils up in my throat
所有我曾经咽下的现在都从喉咙汹涌而出

I spread across my country
在祖国的领土上铺成一首
a poem of shame
耻辱的诗
　　　　　——"I Swallowed an Iron Moon"（我咽下一枚铁做的月亮）

在《铁做的月亮》所收的31位诗人中（《我的诗篇》中收入了36位诗人的作品），只有四位是女性作者。性别上的不平衡是意料中事，在世界范围内的文化生产领域皆是如此，在这一点上，中国民工诗歌与其他媒介或文类相差无几，也一样令人头大。一如秦晓宇在中英两个版本的导言中所说的，据估计，在民工中有大约三分之一、在制造业中有大约一半的工人是女性。而且，恶劣的工作环境对女工困扰尤甚：女性生理期问题、生育问题、性骚扰、被解雇后更难找到新工作等等。秦晓宇说，如果说迄今为止在民工诗人中女性甚少，其原因应在于，在中国农村，父权意识依然视女性为低等性别，要求女性寡言少论。① 家族父权统治依旧存留，世界各地都有此现象，但观者在中国民工的语境下所感触到的个中辛酸并不会因此而稍减（近期的一个与中国农村有天壤之别但又同质同构的例证，出自 *Billboard* 杂志对全球音乐工业领域中排名前 100 的权势人物的人口统计数字）。②

《我咽下一枚铁做的月亮》是诗选中翻译有问题的数首诗作之一。第四行（低于机台……）中，"低于"的本义应是"lower than"，而非"bent over"。还有，在许立志的博客上，这首诗的最后四行是独立成段的，③ 如下：

> 我再咽不下了
> 所有我曾经咽下的现在都从喉咙汹涌而出
> 在祖国的领土上铺成一首
> 耻辱的诗

这最后一段被分成两段，应该是编者所为，关于这一变动，秦晓宇在他所编辑的许立志遗诗集《新的一天》的编后记中有所提及。④ 这个改动在作为《铁做的月亮》母本的《我的诗篇》中依然保留。可能就是因为这个，顾爱玲在该诗英译的倒数第二行用了"I"作为最后一句的主语。但不管最后一段是否被分成两段，因为原文倒数第二行中没有"我"，还因为"铺成"的"成"，译文最后四行都应是表达如下意思："I can't swallow any more / everything I've swallowed roils up in my throat/ (/)

---

① Eleanor Goodman：*Iron Moon*，第 26—27 页。
② 见网址 tinyurl.com/gqa2uwr。
③ 见网址 tinyurl.com/zfn4qpw。博客首页请见网址 tinyurl.com/jpxys42。
④ 许立志著，秦晓宇编：《新的一天》，作家出版社，2014年。秦晓宇的相关解释见本书第 238 页。这首诗的原文，请见许立志著，秦晓宇编：《新的一天》，作家出版社，2014年，第 204 页；秦晓宇选编：《我的诗篇：当代工人诗典》，作家出版社，2015年，第 360 页。

and spreads across my country / a poem of disgrace."

在孙海涛（湖南人，1978—　）的诗《工卡》的英译版本 "Employment ID" 中，短语"时光凝固"和"时光流逝"被译成 "The light affixes" 和 "The light passes"，而意思应为 "Time congeals" 和 "Time passes"。在谢湘南《一起工伤事故的调查报告》的英译版本 "Work Accident Joint Investigative Report" 中，"一起……报告"意思是 "a report"，而非 "joint report"，"起"在这里是量词。① 书中还有其他多处翻译显得粗率，本该定稿前彻底校订。

之所以有这些瑕疵，部分原因可能是由于秦晓宇和他同事在近几年做的这个综合性的项目涉猎太广，虽能量十足，但毕竟难以事无巨细都把控得当。《我的诗篇：当代工人诗典》厚达500页左右（自2014年3月正式开始编订）②，想必是个大工程，更不必说秦晓宇和吴飞跃共同执导的与诗选同名的纪录片（2014年5月正式开始）③ 了。之后，2014年9月间，书和电影都正在顺利进行中，许立志——这位将成为电影的中心人物之一——自杀了，一夜之间登上国内国际各大媒体的头条；于是秦晓宇又着手编订许立志遗作《新的一天》。2015年2月，秦晓宇在北京召集了中国"工人诗歌"创作研讨会及朗诵会，这次会议也为诗选增添了不少文字，为电影增添了若干片段。《新的一天》在3月出版。《我的诗篇》在8月出版（封面书名的副标题是英文 "The Verse of Us"）——电影的中国版和国际版在2015年11月的电影节上首映（电影的国际版原名为 "The Verse of Us"，后来更名为 "Iron Moon"）。2016年这部电影在国内放映了约1000场次。④ 2015年末在台北和阿姆斯特丹放映后，又于2016年11月在美国的几座城市放映过，放映地点包括大学和劳工

---

① Eleanor Goodman: *Iron Moon*，第93页；秦晓宇选编：《我的诗篇：当代工人诗典》，作家出版社，2015年，第243页。Eleanor Goodman: *Iron Moon*，第76页；秦晓宇选编：《我的诗篇：当代工人诗典》，作家出版社，2015年，第360页。

② 笔者与秦晓宇间的私人通信（2017年2月12日）。

③ 同上。

④ 参见新浪新闻和 Cinephilia。

维权场所。① 陈年喜（陕西人，1970—)，诗选的作者之一和电影中的人物之一，与秦晓宇和吴飞跃一起参与了这段巡映。

如此一来，诗选英文版的正式筹备大约是在 2016 年某时，秦晓宇和他同事大概也一直在催促该书的英译工作尽快完成，以便尽量密切与电影的媒体报道相配合（电影在中国国内的首次公映计划在 2017 年初）。如果真如此，那在整体安排上，留给翻译的时间是很少的，这一点也可以在一定程度上解释书中何以会有那些翻译错误，以及出版者本应注意到的一些排印错误；忽略这些错误来看，这是一本好看的书。秦晓宇为诗选英文版所写的导言也可能有同样的时间压力。看起来，这篇导言是对诗选中文版的那个长篇导言的改写。如果他的改写能够更准确地适应外国读者的需求，就会很值得。

上述的翻译错误令人遗憾，但就风格而言，顾爱玲在书中多处对民工诗作的特殊性的处理很是妥当，这点值得称赞。总体来说，与职业写作相比，这部诗选中的文字适宜少作修饰。比如，该书在语域和语调、诗行的长度、节奏等方面显得多变或不衡稳。这里涉及一个老问题，就是译者是否有"提升原作"的自由，以及译者所为是否就是提升这个问题又由什么决定。除文本和语言问题外，这也涉及对文化差异的反省，以及在一定的语境中还会涉及更加直接的政治考量，即译者希望"翻译"在广大社会中是什么、想要"翻译"做什么等——民工诗歌、监狱写作等文类是其中两例。总的看来，在这方面，顾爱玲的翻译卓有成效，尤其她晓得什么时候该尊重字面意思，什么时候又该避开。从大多数译文来看，她在尊重原作和保证译文的流畅之间寻得了良好结合，让读者能最大限度地流畅阅读并获得文本包含的信息（message）。毕竟，这本书总体来说在翻译上忠实可靠。

因此，《铁做的月亮》中的作品大多是恰巧以诗的形式表达的民工宣言，也有些是恰巧以民工为书写对象的诗歌。上文已说过，读者面对此书，无需做出如此二元对立的选择，对其中个别诗作的解读当然也是如

---

① 参见 *La Times* 和 *New York Times* 上的书评，以及旧金山的 Laborfest 宣言。

此。虽然此书在编辑方面再细致些会更好，但依然不失为一本突破性的诗选，在学术研究（中国/亚洲研究、文学文化研究、移民研究、社会学和人类学等）、劳工维权等领域将有广泛读者，所有图书馆都该收藏一本，有中文收藏的图书馆还应该收入它的母本。本书定价16美元，应该有不少读者个人也买得起。

电影《铁做的月亮》

诗歌在电影《铁做的月亮》中的呈现方式与其在中英文诗选中的呈现方式完全不同。这是自然的，因为就文本而言，书面文字不适合直接放进电影——真要是那样，电影不就变成书了吗？而这里，两类媒介之间的区别尤其明显，因为两部作品的核心都是诗歌，而诗歌这一文类刚好又是要让人想到它是不可阐释的。电影中时常出现的书面或口头的诗歌时刻，为其增添了灵感氛围。然而，电影主要表现的是五位个体的生活，以及他们的生活所隶属的那个更大的历史叙述，而非这五位个体写了些什么；尽管在某些场景里，影片对他们为何写作这一问题很有一些思考。

老井（安徽人，1968—　），一名矿工，一直生活在安徽，有一份多少还算稳定的工作。这点也许能说明为什么电影的五位主角中，只有老井的作品没有被收进这部民工诗选。老井是为了记录和见证而写作。当他写到令他27位矿友丢了性命，也令煤矿工业因而声名狼藉的那场残酷矿难时，记忆化为幸存者的负罪感。就其在电影中扮演的角色（《铁做的月亮》虽是纪录片，但也涉及角色扮演；下文我们将论及）而言，老井写诗一定程度上是天性使然。与其他四位主角相比，他更像"正规的"、老一派的工人，但并未因此而幸免于陷入经济困境。在电影结尾，我们得知，他在挖了25年矿之后，面临着是下岗还是工资减半的选择。他选了后者。

乌鸟鸟（广东人，1981—　）再次证明了传统意义上的诗歌写作与日常生活亦即正常生活的相互排斥。这发生在招聘会上，当他把自己的诗作当作一项长处拿出来时，所遭遇的不解与嘲讽；他的妻子也宽厚地认为他不太务实。他从一家工厂辞了职，因为晓得一旦厂主知道他又当了父亲，肯定也会辞掉他——电影里有许多这样的情节，清晰地呈现了令人困扰而挫败的资本主义丛林法则。他很难找到新工作，但对世间依然怀着缥缈遥想，也得了个诗歌奖。另外身为人父也让他心存希望。

邬霞，上文写吊带裙的那位诗人，独具魅力，似乎血汗工厂的工作并未影响她保持快乐的能力。她33岁，已经工作了19年，不仅写诗，也写小说和散文，时有发表。感觉是写作让她变得强大，并赋予了她一种平和有力之感，虽然所处境况的客观事实会令人觉得她很无助。邬霞喜欢穿漂亮衣服，喜欢照镜子，但很难做到，因为她的住处没有私密性。电影中，她漫不经心地说起，有时夜间加班到很晚就可以悄悄对着窗上的玻璃自赏一番，因为凌晨时别人都在睡觉，没人用盥洗室。

可以理解为何这部电影的导演们又在筹划下一部电影，关于陈年喜的。2016年末，这位诗人一路参与了《铁做的月亮》在美国的上映宣传工作。陈年喜温文尔雅，时尚自信，声音洪亮，尽管在电影中他面对的是一场让观众几乎崩溃的苦难。他父亲瘫痪在床已久，母亲又被诊断为咽癌晚期。陈是一家煤矿的爆破工。跟老井一样，陈也经历过很多次矿友罹难。因为工作，他只能离开自己在陕西农村的老家。在一首诗里，他对儿子说："我想让你绕过书本看看人间／又怕你真的看清。"

然后就是许立志，"铁做的月亮"的"制造者"。"诗歌+工厂"是个很有感染力的组合，"诗歌+自杀"也是。这在中国跟在其他地方一样，甚至更甚。这里所说的工厂是富士康，这里所说的诗人是数以亿计的社会地位低下的民工之一；或者，这里所说的民工是"殆危阶级"中最具天分的诗人之一。其结果是，"诗歌+工厂+自杀"造成了一种近乎绝对同质的意象，纯善面对纯恶。电影里只出现了许立志的声音，是一个记者录的，在录音里，他说他没告诉家人自己写诗，因为常写"一些苦的东西"；另外就是几秒钟的在深圳一栋建筑物里被监控摄像拍下的镜头，记录下他从17层楼跳下前的瞬间。他走出电梯，走向建筑的中间。

电梯门又关上了，视线里没有别人时，他转身回来，朝窗户走去。

电影的视觉效果很好，技术上也打磨得当，风格很主流，体现了吴飞跃在商业影视领域的丰富经验。叙事节奏合宜。电影主角们的故事很有深度，对中国民工的大叙事也同样如此，但每个场景都给了充分的时间来呈现和表达，因而整体并不显得匆促。在叙事次序上，公共空间和私人空间彼此平衡。比如，我们看到，乌鸟鸟扛着旅行袋走在广州火车站前，陈年喜在家里为瘫痪在床的父亲温情地修剪须发。当然，介于公共空间和私人空间之间的是工厂、矿井、建筑工地等地方，这为电影提供了另一些颇为触目的材料——一个不断加速的片段中，机器人一样的工人们正在传输带前干活，背景音乐有些像《谍影重重3》；在矿井升降机里拍摄向地球深处下沉的过程；等等。

导演机敏地交错讲述了五位主角的生活，彼此间隔有度。作为背景信息的新闻播报和诗歌朗诵都用字幕给出了标题，其他话语都出自主角和偶尔的对话者比如其家人之口。同时，观众难免好奇，这些独白、对话和动作在多大程度上是经过编排的，或是既有脚本也有编排，而非演员的自发行为（当然，当被拍者知道摄像机的存在时，"自发"只是一个相对概念）。

有些片段有明显的编排痕迹，如许鸿志用动作演出他弟弟许立志的一首描述自己死后房间如何被清空的诗作时，阳台上晾着的衬衫，正好像是网上广为流传的那几幅著名的照片上他穿着的那件。镜头还在两本关于诗歌的书上停留良久，一本是惠特曼的《草叶集》，一本是刘春写的关于顾城和海子这两位同样也是自杀了的当代中国最著名的诗人的书。这个场景完全是戏剧的。类似的场景还有一群民工聚集在北京一处地下通道里，他们用整齐划一的声音讨要拖欠的薪水，场面有序排列成一组群像。他们还用动作演出了邬霞在上述2015年2月的"工人诗歌"会议上朗诵的诗歌，与诗人在舞台上的镜头相交错。

也有些地方，是编排还是自发，不那么清楚。当陈年喜的父亲以极其微弱的、残存的气力激烈声讨地方官，之后对儿子说"把这些东西写写，发到网上"时，镜头恰到好处地捕捉到了他的爆发。我们又看到，招聘会上,乌鸟鸟给招聘者朗诵自己的诗,无论你想象力多么丰富,都不会相信招聘者能有一丝兴趣;果然,几位招聘者都拒绝了他,有的客气些,有的干脆直截了当——他们的反应刚好完美地切合于这个故事。诗人作为精神先驱被逐出了物质世界,其失败者形象困惑且复杂地揭示着成功者可悲、狭隘的世界观和道德缺失。

纪录片有不同种类,从纯客观观察(虽然从哲学和实践上说,这个概念是站不住脚的),到导向性叙事,再到记录与虚构混杂(docufiction)。《铁做的月亮》属导向性叙事。其核心内容是(移民)工人生活艰难多舛,承受着社会不公,同时他们又是一个有尊严的、坚韧的群体,其困境值得关注并应对之有所作为。虽然总体说来,这个电影有角色扮演、叙事导向——也可能包括脚本撰写和镜头设计——的成分,但这一切都并不影响其核心内容的可靠性、重要性和有效性。

作为导演,秦晓宇和吴飞跃的强势叙事也体现在其他方面。纪录片团队想必是花了好大力气才拿到许立志自杀前的那一段监控录像。他们貌似极为切近主角们的生活和家庭。他们拍到了乌鸟鸟给新生儿剪脐带,也跟着许鸿志一起乘坐一艘雇来的小船,把他弟弟的骨灰撒到海里,并用水下摄影设备拍摄骨灰落到水中。这里就提出了一个大家熟悉的问题:是要保护隐私还是要电影效果。生死问题恐怕有隐私的一面,但同时,也存在另一种说法:这些场景的设计也是为了激发观众与主角、与主角所在的阶层之间的共情,有助于促进这桩良心事业。

这部电影在美学上也会存在类似问题。无论是放在中国还是在别处,它都远非一部"纯"记录的、少加工的、条理清晰的纪录片。它时时站在道德制高点上;以专业眼光看,有些片段也浮华不实、情绪过泛,比如为追求最佳效果而配上的音量过大的小提琴、戏剧性的用光等等。但关键是,这部电影想要受众群更大更广,这一目标目前正在实现中。2015—2016年间,它在国内的公映都是众筹的,2017年初起,开始在全国院线放映。

跟诗选一样,一旦这部电影在国际上发行,所有图书馆都应该收藏。

宏观图景

围绕《我的诗篇》/《铁做的月亮》，秦晓宇和他同事已经构造了一个小型产业链：中文诗选，中文纪录片，英文诗选，面向国际的纪录片，一个微信公众号，以及中文和英文的在线预告片①，电影放映，其他文化活动，商品，机构和个人赞助，一波又一波的宣传，等等。他们看似毫未松懈，如为了宣传，2017年1月10—11日，恰逢院线公映之前，秦晓宇又制作了一个24小时马拉松式的现场直播访谈——访谈中他身穿"我的诗篇"T恤。②

关于这本书和这部电影，中国诗歌圈内言论纷纭，赞扬有之，抨击有之，中间各种立场亦有之。抨击者的典型说法是秦晓宇投靠官方文化，借他口口声声将其利益放在心上的民工为自己沽名钓"利"。宽泛地看，对这部电影的"真实性"与否的讨论，会让人想到一个有争议性的权力关系问题，即如何再现底层社会文化生产。在这个大问题上，一些不那么赞同的观点的主要指摘是，虽初衷良善，但也常常会表现出文化精英对社会底层的虚假慰藉、屈身俯就——终究还是一种纡尊降贵。杨爽对此有深刻分析，尤为重要的是她的分析中包含了一种性别视角。③

对秦晓宇和他同事这一项目的抨击言论既复杂又有趣，贯穿其中的是对当下中国社会中诗歌"边缘化"、诗歌不愿或无力参与社会问题的哀叹。秦的马拉松式访谈即以宣称"诗歌生存挑战"为卖点。这么做也许有些过火，但不光是民工诗歌本身很值得关注，这种关注也绝对有助于反省作为整体的当下中国诗界。比如，"先锋"诗歌作为一种类别划分还有用吗？是哪些人在写？写了什么？又是为谁而写？

---

① 微信公众号ID: Verse2015。预告片之前通常有一系列商业运作，并会发布在多个平台上，其中包括优酷。
② 笔者是秦晓宇的访谈搭档之一。
③ 杨爽："Representation of *Dagongmei* in Contemporary China"，in *DEP 17*, 2011年。

对秦晓宇或其抨击者们之动机的揣测推断，恐怕也不会催生什么特别有意思的说法。《我的诗篇》/《铁做的月亮》对民工诗歌话语贡献良多，总体来说是又激发了诸多对诗坛的反思，有助于突显社会不公，让国内国际都有更多的人加入进来，思考、谈论、赞扬、诉告，来一番广义上的折腾。这是好事。

本文英文原文原载于 MCLC resource center（中国现代文学文化资源中心），http://u.osu.edu/mclc/book-reviews/vancrevel4/，2017 年 2 月

两岸诗的视野

翻译的政治：
冷战初期台湾和香港对现代诗的译介及其差异[①]

刘 奎

引 言

台湾与香港在1950年代几乎同时生成现代诗潮，彼此之间也有着频繁的交往与互动，分享着近似的诗学理念。从源流而言，台湾现代主义延续了中国三四十年代的现代主义传统，也部分地发扬了本土的现代传统，这就是所谓的"两个根球"说[②]，香港也大致如此；但在注重"横的移植"的时代，两地诗人直接译介了大量的西方现代主义作品。本文试图从两地诗人对现代主义诗歌的翻译出发，既对二者的现代主义源流略作补充，同时考察两地现代主义在译介西方现代主义诗歌时的异同。

中国现代主义诗歌作为西方现代主义的衍生，翻译从一开始就扮演着极为关键的角色，冷战初期的台湾与香港诗坛也是如此。不过，翻译并非就是被动接受，译介的过程也是一个解释、接受或改写的过程。从接受理论的视角而言，接受主体对译介对象的选择、理论的诠释等，都对现代主义在接受地的具体形态有着直接影响。除了接受理论外，本文也参考萨义德所提出的"旅行中的理论"的概念。在萨义德看来，理论

[①] 本论文为福建省社会规划项目《冷战时期台港文坛互动与交流研究》（批准号 FJ2017C098）阶段性成果。
[②] 桓夫（陈千武）：《台湾现代诗的历史和诗人们》，《笠》1970年12月。

或观念在向新环境运动的过程中"绝不是畅行无阻的","它势必要涉及不同于源点(point of origin)的表征和体制化过程",而这个过程大致需要经历三四个步骤:"第一,需要有一个源点或类似源点的东西,即观念赖以在其中生发并进入话语的一系列发轫的情况。第二,当观念从以前某一点移向它将在其中重新凸显的另一时空时,需要有异端横向距离(distance transversed),一条穿过形形色色语境压力的途径。第三,需要具备一系列条件——姑且可以把它们称之为接受(acceptance)条件,或者,作为接受的必然部分,把它们称之为各种抵抗条件——然后,这一系列条件再去面对这种移植过来的理论或观念,使之可能引起或者得到容忍,而无论它看起来可能多么的不相容。第四,现在全部(或者部分)得到容纳(或者融合)的观念,就在一个新的时空里由它的新途径、新位置使之发生某种程度的改变了。"① 也就是说,理论或观念从一种文化语境向另一种文化语境的旅行,会受到传播路径、接受条件的影响,并与目的地文化产生抗争或融合。这虽然是针对理论或观念而言,但对于研究现代主义诗歌在两地的译介和传播也颇有启示,它提示我们关注现代主义传播到两地的路径、两地本土文化语境的迎拒情况以及现代主义在地生成的新形态。

一、一个现代主义诗人在台港的遭遇

1957年,覃子豪发表《新诗向何处去》一文,引起台湾诗坛的关于现代主义诗歌的第一次论争。该文中他对纪弦所提出的现代派"六大信条"提出质疑,尤其反对其中的"横的移植"一说。纪弦在阐释六大信条的时候,曾说"横的移植,而非纵的继承"是"一个总的看法,一个基本的出发点"②;覃子豪对此十分不以为然,在他看来对西方理论和诗歌

---

① 萨义德:《旅行中的理论》,《理论·文本·批评家》,李自修译,生活·读书·新知三联书店,2009年,第400、401页。

② 纪弦:《现代派信条释义》,《现代诗》第13期(1956年2月)。

流派的介绍,"应以自己为主","若全部为'横的移植',自己将植根于何处？外来的影响只能作为部分之营养,经吸收和消化之后变为自己的新的血液。新诗目前极需外来的影响,但不是原封不动的移植,而是蜕变,一种崭新的蜕变"。因而,他主张"中国新诗之向西洋诗摄取营养,乃为表现技巧之借镜,非抄袭其整个的创作观,亦非追随其踪迹",因为"技巧之借镜,无时空的限制,无流派的规范。其目的在求新诗的有正常之进步与发展"[1]。较之纪弦的激进主张,覃子豪这种类似"中学为体、西学为用"的态度更为强调接受者的文化主体性。

覃子豪之所以对西方现代主义持批判态度,部分是基于他对现代主义的整体判断,在他看来西方现代主义是已"死去的""没落了的",而他判断的一大理据来源于一位西方现代主义者:"正当中国诗坛有人提倡现代主义运动之际,而英国现代主义诗人司梯芬·史班德（Stephen Spender）在《现代主义派运动寿终正寝》（The Modernist Movement is Dead）一文中却宣布了现代主义的死亡,中国的现代主义者,欲得进步之名,反得落伍之实,这是多么残酷的讽刺。"在覃子豪看来,既然西方现代主义者自己都宣称现代主义已没落,中国诗人再以现代主义为发展目标便难免"捡拾余唾之讥"。除了从整体上反对移植现代主义外,他对现代主义的手法也颇有异议,这主要体现在两方面,一是现代主义诗歌形式不足取,二是现代主义忽略了时代性。而这也同样是以史班德的论述为依据的:"史班德曾加指摘:现代主义较愚蠢的一些现象,便是意图把诗化为图形,化为报纸碎片所贴成的画,以及化为工厂汽笛所鸣出的交响的旋律,可是,这些东西只不过是现代主义深一层目标的歪曲表现罢了。同时史班德认为:未来派、抽象派、超现实主义派过于理论化,同时忽视了时代的外貌。"[2]

纪弦的回应文章就自由诗和"横的移植"问题作了辨析,认为他们"是主动的创造而决不是被动的模仿",并强调其对现代主义接受的选择

---

[1] 覃子豪:《新诗向何处去》,《蓝星诗选》1957年狮子星座号。

[2] 同上。

性,"去其病的而发展其健康的,扬弃其消极的而取其积极的"①。实际上是接受了覃子豪的批评,作了折中处理。此外,纪弦花了很多的笔墨谈论覃子豪所援引的史班德的文章。纪弦对覃子豪的釜底抽薪的战略颇有会心:"要攻击现代派,最好的战略就是攻击现代主义;而要攻击现代主义,则最好的战术就是走进现代主义的阵营里去挑选一种最有利的武器:以子之矛,攻子之盾。那么,什么是拿在覃子豪先生手中最有利的武器呢?那就是发表在《文艺新潮》第二期上云夫先生所译史班德的一篇《现代主义派运动的消沉》。(是'消沉'而不是'寿终正寝'!)"②从一开始就指出覃子豪对该文题目理解上的偏差,进而指出覃子豪对史班德的误读与选择性挪用,尤其是覃子豪对史班德文章主旨的回避。

在纪弦看来,史班德该文的主旨不仅不是反对现代主义,反而是批评现代主义因走向妥协而不够现代。"史班德的论文,对现代派的目标及其运动消沉的原因有独到的见解。他说'现代主义有两个原动力':一个是兰保的训示:'非绝对现代化不可!'另一个是'对社会及其一切制度采取一种敌对的态度'。但是前者'已失去了它的力量';后者'已被倒了转来'","他是站在一个自觉的正统的现代主义者的立场上来说话的",因而,"史班德在他的论文里,不但没有如像'宣布了现代主义的死亡'这样的字句,而且也没有这样的意思,他只是惋惜这一个运动的消沉而已,一部分人走岔了,一部分人妥协屈服,这才是使他克服不住其悲哀的原因"③。至于史班德所批评的未来派和超现实主义等流派对时代的忽略,纪弦则认为现代派是后期现代主义,与史班德所批评的对象无关,而且现代派的六大信条最后一条是"爱国。反共。拥护自由与民主",这充分证明了现代派对时代精神的重视。在对史班德原文主旨的理解上,纪弦比覃子豪更贴近原意。不过纪弦将史班德对现代主义消沉的批判,引申到现代派的新诗再革命理念,主张"革那些不新的新诗的命",提倡

---

① 纪弦:《从现代主义到新现代主义——对覃子豪先生〈新诗向何处去〉一文之答覆上》,《现代诗》第19期(1957年8月31日)。
② 同上。
③ 同上。按,引文中的兰保现通译为兰波,法国现代主义诗人。

"革新了的,健康的,积极的新现代主义"①。这实际上也将史班德的诗学观窄化为一种唯"新"主义和排斥现代主义颓废消极面的诗学功利论。

正如纪弦所指出的,史班德该文的中译首先发表于香港《文艺新潮》杂志第二期,主旨也如纪弦所指出的,是对现代主义的消沉作了批判与反思,但其标准并非是一味趋新或主张积极与健康的一面,而是要求现代主义者保持其艺术家的先锋姿态,这包括兰波式的"要无情地现代化",即对现代工业文明也要保持足够的敏感,其次是对制度和机构的批判,但现状却是现代主义成了学院讲授的对象,从先锋试验走向了理论化和程式化,现代主义成了它自身所反对的东西,并再度表明"自己将永远不会完全向这种不可避免的事实屈服"②,重申其反抗的先锋姿态。马朗对该文也是作如是观,在史班德诗歌的译后记中他曾提及该文,并指出"他更是毫不退缩的现代前卫作家"③;而反观纪弦的解读,则将其理解为一种文学进化论式的求新,以及一种社会学式的积极力量,这种误读和偏差,表明纪弦所处的台湾语境,如当时对战斗文学的提倡,以及冷战背景中对自由的强调等,影响了他对史班德的理解。

《文艺新潮》刊载史班德的文章并非偶然,史班德是此时香港现代主义诗人较为关注的对象,如李英豪的诗论就常提及此人,马朗曾翻译过他的诗作,《现代诗》第14期就曾刊载马朗翻译的《史宾德诗二章》,《文艺新潮》第八期也有他翻译的《城之陷落》《给一位西班牙诗人》等三首诗作。马朗本人深受史班德影响,他在后来的回忆中曾经提及:"那时候有几本书对我很重要……这本书可能是我来了香港以后才看的,是英国现代派诗人,最初参加共产党,后来脱离的,叫 Stephen Spender,我译过他的诗,他编的一本杂志,叫 Encounter,在 Encounter 之中,他固然提到那本书,他也讲过自己是如何脱离共产党的一些经历。现在我

---

① 纪弦:《从现代主义到新现代主义——对覃子豪先生〈新诗向何处去〉一文之答覆上》,《现代诗》第19期(1957年8月31日)。
② 史班德著,云夫译:《现代主义派运动的消沉》,《文艺新潮》第1卷第2期(1956年4月18日)。
③ 马朗译:《英美现代诗特辑(下)英国部分:史班德》,《文艺新潮》第8期(1957年1月15日),第59页。

已不记得那本书是在大陆时看的，还是在香港看的，书名 The God That Failed。"① 新中国成立之初，马朗曾以华侨身份留在上海工作，后来因政治选择不同而离开内地，到香港从事文化工作。但史班德对现代主义的鞭策，居然被覃子豪误解为宣判现代主义死刑，并成为现代派与蓝星诗群论战的一个因由，这可能是出乎马朗意料的。为了向台湾诗坛展示史班德的原文，纪弦本打算在《现代诗》上转载《现代主义派运动的消沉》一文②，不过《蓝星诗选》第二辑已刊载余光中的翻译，因而作罢。此外，《创世纪》后来也较为重视史班德，如该刊第 16 期封面就大段引述斯班德（即史班德）的话，开头便是"写诗只是今天生命还活着的一种表示"，这几段引文虽未注明出处，但应该是出自其《反抗中的诗人》一文，40 年代袁水拍曾经翻译介绍过。

　　史班德之所以引起两地现代主义诗人的广泛兴趣，很大程度上是基于史班德的经历。史班德为英国人，生于 1909 年，曾参加西班牙抵抗者组织，后加入共产党，不过如纪德一般，二战后转向对共产主义和苏联的批判，他的《30 年代及其后：诗歌、政治与人民（1933—1975）》(The Thirties and After: Poetry, Politics, People [1933 – 75]) 一书回顾了自己入党又脱党的历程，对于为何离开组织，他写道："我真正在意的是个人的自由，我不可能接受共产主义对此的态度。即个人自由只是布尔乔亚的幻觉。"③ 不仅如此，正如学者陈国球已指出的，他 50 年代还担任美国中央情报局出资的杂志《笔汇》(Encounter) 的文学编辑，并多次发表"自由与艺术家""艺术与集权的威胁"等为题的演讲，而主要邀请经费实际上也来自中情局的支持。因而，陈国球认为香港现代主义诗人如李英豪等试图去政治化，但实际上仍在冷战的结构之中④，此说颇有见地，

---

① 《为什么是现代主义？——杜家祁·马朗对谈》，《香港文学》总第 224 期（2003 年 8 月 1 日）。

② 纪弦：《编辑后记》，《现代诗》第 20 期（1957 年 12 月 1 日）。

③ Stephen Spender: *The Thirties and After: Poetry, Politics, People (1933 – 75)*, London and Basingstoke: Palgrave Macmillan Press LTD., 1978 年，第 157 页。

④ 陈国球：《"去政治"批评与"国族"想象——李英豪的文学批评与香港现代主义运动的文化政治》，《情迷家国》，上海书店出版社，2007 年，第 166 页。

不过马朗与李英豪不同的是，他倒不一定是要去政治化，而是试图选择一条既不同于苏联也不同于西方阵营的政治道路，广义而言可说是第三条道路。但在冷战的二元格局中，他们似乎很难超越这个大的框架。因而，冷战格局是两地诗人在接受现代主义时的共同背景，而试图超越冷战的二元结构，可说是香港诗人不同于台湾现代诗人的地方。当然，台湾诗人也不完全如此，如纪弦 40 年代也曾以第三种人自居，与杜衡交往十分密切，不过在渡台之后，他便选择倒向国民党政权，成了实践"反共文艺"的诗人。

二、两地现代主义的两个传统

　　史班德在台湾与香港两地的旅行，一定程度上说明了两地在译介西方现代主义诗歌上的交融与差异，不过这只是两地五六十年代现代主义译介中的一个插曲，二者对西方现代主义诗人的选择、对作品的介绍和评价等，显露着两地现代主义来源与理念的同与异。

　　台湾与香港译介现代主义的路径部分地延续了中国大陆的现代传统。史班德被介绍到中国，并不始于云夫和马朗，此前有杨宪益对他诗作的译介[①]，以及袁水拍对他诗歌批评的译介[②]。类似的问题在现代派诗人那里也存在，如戴望舒就翻译过纪德批判苏联的游记《从苏联归来》，连载于《宇宙风》，1940 年代中国知识界对纪德的浓厚兴趣，实际上也部分源自文化人如何处理个人与时代关系的问题。这个历史视野提供的是一个理解两地现代主义诗歌的更开阔的视野。尤其是考虑到两地很多现代主义诗人，如纪弦、覃子豪、马朗等都是由大陆前往台湾或香港，中国现代诗歌的视角就显得更为必要。

---

① 杨宪益译：《英国诗抄（二）Stephen Spender》，《世界文学》1943 年第 1 卷第 2 期。
② 袁水拍译：《诗与诗论》，诗文学社，1945 年，第 72—94 页。按，该书收录袁水拍译 Stephen Spender 两篇文章：《反抗中的诗人》和《现代诗歌的感性》。

关于香港、台湾现代主义与 30 年代上海现代派之间的渊源,学界已有较多的研究成果[①],这里仅从翻译的角度略作补充。《现代诗》上登载的翻译,主要是方思所译的里尔克及英美诗人如 H.D. (即陶立德尔)、滂特(即庞德)、路威尔(Amy Lowell,即艾米·洛威尔)等意象派诗人作品,叶泥所翻译的日本诗人如岩左东一郎,以及纪弦所翻译的法国象征主义诗人梵乐希(Valery,即瓦雷里)、皮埃尔·勒韦迪(Pierre Reverdy)、保尔·福尔(Paul Fort)、立体主义诗人如阿保里奈尔(Apollinaire)等人的诗作,纪弦所译的诗人中除梵乐希外,其他人大致都可归入超现实主义的行列,他的这些译作部分以"青空律"的笔名发表。《现代诗》对西方现代主义诗歌的译介,较为侧重法国现代诗尤其是后期的超现实主义,此外就是英美的意象派。对比纪弦在上海时期所参与的诗歌活动,可以发现这些诗人也基本上都已在施蛰存、杜衡主编的《现代》、路易士主编的《诗志》及卞之琳、戴望舒(笔名陈御月)等编辑的《新诗》刊物上出现过,除戴望舒所译外,还包括安簃所译的陶立德尔、史考德(Evelyn Scott)和罗慧儿(即洛威尔)三位意象派诗人作品,徐迟所译庞德、洛威尔等七位意象派诗人作品。此外,《现代》上所刊载的日本学者阿部知二的《英美新兴诗派》和法国诗人果尔蒙(Gourmont)的作品,也都重见于《现代诗》。梵乐希的诗更为常见,不过纪弦在《现代诗》上所翻译的是《消失的美酒》和《蜂》,前者曾发表于他抗战胜利在上海所办诗刊《异端》第二期,该诗也恰好曾经戴望舒译介,发表在纪弦所主编的《诗志》第一期上。总体而言,《现代》对现代主义诗歌的译介以后期象征主义和英美意象派为主,纪弦对此也有说明,他《五四以来的新诗》中就曾总结《现代》的诗歌风格分为法国风的象征派和英美风的意象派[②],这两派也是他主编《现代诗》的译介中心所在。不过《现代诗》对日本现

---

① 参考朱双一、张羽:《海峡两岸新文学思潮的渊源和比较》,厦门大学出版社,2006 年,第 417—451 页;朱双一:《中国新文学思潮脉络在当代台湾的延续》,载《穿行台湾文学两甲子》,花城出版社,2014 年,第 160—163 页;杨佳娴:《悬崖上的花园:太平洋战争时期上海文学场域(1942—1945)》,台湾大学出版中心(台北),2013 年,第 406—428 页,等等。

② 青空律:《五四以来的新诗》,《现代诗》第 7 期(1954 年秋)。

代诗歌的译介，一定程度上突破了这个既有格局，这与台湾曾为日本殖民地的文化特征有关。

《文艺新潮》对译介对象的选择，与《现代》《现代诗》有相似的一面，译介了较多的意象派诗歌，如第一期就有孟朗（马朗）所译的《H.D.诗二章》，其他意象派诗人如第七期素译的庞特（即庞德）、第八期就有薛慧尔（Sitwell，现多翻译为"西特韦尔"）等；此外对法国现代主义诗歌也作了重点介绍，该刊第四期专门辟有"法国文学专号"，载有叶泥翻译的《保尔·福尔诗抄》、纪弦译的《阿保里奈尔诗选》、贝娜苔（杨际光）译的《艾吕雅诗选》等。选择范围也明显具有上海现代派的痕迹，实际上马朗在回忆中也曾提及卞之琳等现代诗人对他的影响，"我老早已看过现代主义，在未曾解放之前，现代主义已是一种 impact。当时中国还未曾正式介绍现代主义，但我发现有些杂志上卞之琳已译了好几人的东西，但未曾译到的 Andre Breton（布列东），后来我去译。卞之琳译了梵乐希，译了里尔克，西班牙的阿索林，全部都译了"①。虽然在马朗的影响下，《文艺新潮》对翻译对象的选择部分继承了三四十年代上海现代主义诗歌的特征，不过，正如《现代诗》有译介日本诗人作品的独特面一样，《文艺新潮》自身的特色也较为鲜明，这就是在主流现代派之外，译介了希腊、西班牙、伊拉克、黎巴嫩、拉丁美洲等国家和地区诗人的作品，这种既有世界性视野，又兼顾弱小国家的眼光，无疑体现出《文艺新潮》的独创性，正如郑树森所指出的："《文艺新潮》在 1956 年至 1959 年间，肯定为当时现代派的主要阵地；对外国现代主义诗作及运动的译介，在英、美、法、德之外，尚能照应拉丁美洲、希腊、日本等地重要声音，其世界性的前卫视野，在当时两岸三地的华文刊物，堪称独一无二。"②

与《现代诗》和《文艺新潮》较为侧重后期象征主义尤其是超现实主义不同，《创世纪》对西方诗歌的介绍要更为多元，这与《创世纪》创

---

① 《为什么是现代主义？——杜家祁·马朗对谈》，《香港文学》总第 224 期（2003 年 8 月 1 日）。
② 郑树森：《追迹香港文学》，牛津大学出版社（香港），1998 年，第 43 页。

刊较晚有关，它融合现代派和蓝星诗人群，因而带有一定的综合视野。不过较之《现代诗》或《文艺新潮》，它舍弃了意象派，重新介绍了艾略特、里尔克等经典诗人，并侧重介绍超现实主义，这包括冯蝶衣译的许拜维艾尔（Jules Superville）、孙藜译的阿拉贡（Aragon）、洛夫所翻译的《超现实主义之渊源》等。许拜维艾尔是戴望舒隆重介绍过的诗人，并对他评价非常之高："20年前还是默默无闻的许拜维艾尔，现在已渐渐地超过了他的显赫一时的同代人，升到巴尔拿斯的最高峰上了。和高克多（Gocteau），约克伯（Jacob），达达主义们，超现实主义者们等相反，他的上升是舒徐的，不喧哗的，无中止的，少波折的。"[1] 戴望舒不仅译介了许拜维艾尔的诸多诗作，而且在巴黎期间还曾前去拜访，双方有深入的交流，相关内容均载于他发表在《新诗》上的《记诗人许拜维艾尔》一文。《创世纪》所载译诗也有较为明晰的历史眼光，如叶泥翻译纪德《凡尔德诗抄》时就详细介绍此前该诗的译介情况："据我个人所知，他的《凡尔德诗抄》在早年黎烈文先生曾译过一首《今年不曾有过春天》发表在一卷三期的《译文》杂志上，此外他还曾译过一题为'诗'的诗（发表于《译文》新一卷第二期），不过这首诗并不属于《凡尔德诗抄》，而是摘译自《新的粮食》。"[2]

当我们将两地的现代主义诗潮置于更大范围的中国乃至东亚20年代末以来的现代主义思潮中，可以发现台湾与香港现代诗传统的双驾乃至三驾马车格局，因为除了直接从欧美译介现代主义外，他们也受上海、北京（按，当时出现在港、台诗坛的梁文星是北平诗人吴兴华）现代传统的影响，同时本土的现代主义流脉也起着一定的作用，如在纪弦与覃子豪论战中支持前者的林亨泰，本就是光复后银铃会成员，只是这个传统当时未受到充分的重视，处于潜流状态[3]。与大陆现代传统的关系，两

---

[1] 戴望舒：《记诗人许拜维艾尔》，《新诗》第1卷第1期（1936年10月）。
[2] 叶泥：《凡尔德诗抄·译者后记》，《创世纪》第11期（1959年4月）。
[3] 按，近来台湾文化界也开始关注台湾现代主义的本土脉络，如2015年的电影《日曜日式散步者》就以风车诗社的杨炽昌等人的经历为创作原型。

地诗人倒是并不讳言，如纪弦就自觉将他的现代诗置于"五四"以来的传统与变革的历史中，在他写的《五四以来的新诗》一文中，就回顾了"五四"以来的新诗传统和贡献，他开篇就反问"谁说五四以来新诗最无或最少成就？"对胡适提倡白话诗运动的革新精神、创造社的革命性和创造性都给予了较高评价，尤其肯定了现代派的新诗实践，并在现代派的基础上进一步强调他所主张的散文的语言和自由的形式等观点[①]。该文1944年曾发表于《诗领土》，此次是扩充重刊，不过当时台湾因戒严政策禁止中国大陆现代文学的流通，一定程度上造成了台湾现代文学的断层，纪弦的这种历史眼光显得颇为难得。

较之台湾在谈及大陆现代传统时的诸多壁垒，香港诗人则少了这些现实的顾虑，如叶维廉在论及两地现代主义诗歌的发展脉络时，就先追溯李金发、戴望舒和卞之琳等人，"李金发的贡献如法国象征派意象的移植"，戴望舒探索了"情绪的节奏"，而卞之琳则"强调感觉可及的诗的世界"，这是"现代诗的一个明显的特色"[②]。在台湾封锁大陆现代文学的时候，香港则保持了相对的开放，如《文艺新潮》第三期曾刊载"30年来中国最佳短篇小说选"专辑，此外，在《选辑的话》中还列了一份书目，包括"新感觉派奇才穆时英"的 Craven A、《一个本埠新闻栏废稿的故事》《白金的女体塑像》和《公墓》，施蛰存的《将军的头》《梅雨之夕》，有"中国纪德"之称的爵青的《欧阳家的人们》，萧红的《手》和《牛车上》，罗烽的《第七个坑》，陈荒煤的《长江上》等，加上专辑中张天翼、师陀等人的作品，可见该刊对左翼作家也有一定的开放。此后《中国学生周报》还曾出《五四·抗战中国文艺新检阅》专辑，从小说、诗歌、散文等不同方面，介绍现代作家的成就。编者在《写在专辑前面》中表明制作专辑的目的，"不敢说有什么新发现或新评价，只是希望能够提醒今日的读者们：不要忘记从五四到抗战到现在这一份血缘！"[③]而在

---

① 青空律：《五四以来的新诗》，《现代诗》第 7 期（1954 年秋）。
② 叶维廉：《论现阶段中国现代诗》，《新思潮》第 2 期（1959 年 12 月 1 日）。
③ 《写在专辑前面》，《中国学生周报》第 627 期（1964 年 7 月 24 日）。

《五四·抗战佳作一览（诗之部）》中，除了罗列"五四"以来重要的新诗集外，还郑重推荐了李金发、戴望舒、穆木天、王辛笛、卞之琳等现代主义诗人。

三、翻译的政治

50年代台湾与香港现代诗人对上海现代派的延续，不仅是风格上的，而且也是问题上的。对于三四十年代的现代主义诗人来说，他们面临的问题在时代变局中，如何在审美主体陷于困境之后走向历史主体，即如何超越"临水的纳蕤思"这一镜像主体的封闭性[①]，为此戴望舒、何其芳、卞之琳、穆旦等都通过各自的方式，展开了审美主体与时代问题的对话。如纪德的"螺旋式进步"就成为卞之琳迈向现实的方法[②]，他在个人与时代、前方与后方的动态结构中再度激活审美主体的能动性[③]；戴望舒后期也通过超现实主义走出了"雨巷"，等等。50年代台湾和香港对现实主义的译介过程，经历着一个类似的过程，从早期象征主义转向超现实主义，但因为冷战与内战的框架，他们一开始就面临更为直接的困境，即他们所介绍的后期现代诗人大多较为激进，很多人都曾左转，如奥登、史班德、纪德、阿拉贡、艾吕雅、聂鲁达等均是如此，这些原本属于结论的问题在出发点就预先显现出来。

这其中很大一部分诗人虽然一度左转，但在二战之后转向对苏联和共产主义的批判，尤其是当纪德旅苏日记发表之后，其暴露的斯大林政权的专制一面，动摇了很多左倾知识分子的立场。对于这些再度转向的诗人，两地现代主义在译介他们时，往往对他们的转向予以特别强调，

---

① 参考吴晓东：《临水的纳蕤思：中国现代派诗歌的艺术母题》，北京大学出版社，2015年，第265—270页。
② 李松睿：《政治意识与小说形式——论卞之琳〈山山水水〉》，《中国现代文学研究丛刊》2012年第4期。
③ 姜涛：《动态的"画框"与历史的光影——以卞之琳的"战地报告"为中心》，未刊稿。

如马朗在翻译史班德的诗歌时,就强调他"却和纪德等一同转变","反对专制的暴政了,言行一致,部(都)表现出他是时代的号手"①。现代派诗人方思在介绍戴路依斯(Cecil Day Lewis)也是如此:"提及戴路依斯,当记得他是与奥登(W. H. Auden),麦克尼斯(L. MacNeice)及斯班德(S. Spender)齐名的30年中崛起的英国诗人。当时的作家多为左倾,关心阶级斗争什么的,这四位诗人亦不例外。他们以为可在集体努力中求得疗治社会病态的方法。他们并预感二次世界大战的到来。但苏俄与纳粹德国的缔盟,使他们大梦初醒,甚至感觉幻灭,对一切持一种怀疑态度,至于如戴路依斯的《战争诗人在那里?》一诗中对二次大战的否定。他们过去,在30年代,是在个人与社会良心间矛盾的自由主义者,今则已不信有任何社会形态的方法"②,不仅将他们的左转视为一时追赶潮流的时髦行为,而且将诗人描绘成一个与集体主义决然告别的人。

  对于纪德、斯班德这些转向的诗人,两地诗坛引入尚不存在政治**风险**,但对于如艾吕雅、聂鲁达这些"不思悔改"的诗人就不容易了。超现实主义代表诗人艾吕雅,40年代末就由戴望舒译介到了中国,戴望舒1948年曾在《新诗潮》上发表过他所翻译的艾吕雅的七首诗作,包括《公告》和《勇气》等,并对艾吕雅的政治立场作了介绍:"作者艾吕亚(Paul Eluard),在战前是法国超现实主义的领袖和罕有的天才诗人。法国沦陷后,即参加地下工作,实际地组织地下战斗者和地下出版社,并且和他先日的好友,那从超现实主义转到共产主义的诗人阿拉贡从(重)新携手合作。在那个时期,他出版的诗集有《诗和真理》《战时情诗七章》等,并且把法国抗战诗人的诗编了《诗人的荣誉》集。在胜利之后,他和他的好友大画家比加梭(Picasso,即毕加索)都加入了共产党"③。加上他后来也未转向,因而,台湾现代主义诗坛虽然对超现实主义有着强烈的兴趣,

---

① 马朗译:《英美现代诗特辑(下)英国部分:史班德》,《文艺新潮》第8期(1957年1月15日),第59页。
② 方思:《关于戴路依斯》,《现代诗》第6期(1954年5月)。
③ 戴望舒译:《爱吕亚诗抄》,《新诗潮》1948年第1期。

但对这位重要的超现实主义诗人却始终敬谢不敏,此时香港体现出了它相对多元的一面,《文艺新潮》和《好望角》都登载有艾吕雅诗作的翻译,可见虽为冷战格局的同一阵营,香港的文化语境无疑更为特殊。

《文艺新潮》翻译了艾吕雅的《不朽的》《你起来》《给毕加索》和《动》,前三首均为转向前的作品,最后一首作于40年代,但也不涉及政治问题。译者在介绍中评价较高:"在法国现代诗坛,四年前逝世的保勒·艾吕雅(Paul Eluard,1895—1952)无疑是最杰出和最受普遍爱好的诗人之一。他于30年代末期转向,与阿拉贡齐名。"但对他的转向及转向后的诗歌评价却不同:

> 以一般世俗目光看,艾吕雅作为一个转向者,影响了他的诗,但严格地说,这只影响了他后期的诗,尤其是从一九四六年到死时的六年中,他的诗大部分已只是口号与习语的排列。而他早期的诗,即使由世界水准来衡量,也足以高踞第一流,它们的朴、纯、逸三个特质,现代诗人中已没有几人可与伦比。这正是他至今能在法国诗坛屹立不坠的原因,但是这两阶段他大部分作品的价值,却是被他信仰的政党所抹煞的。
>
> 许多人苛责艾吕雅转向,但作为一个诗人,他的思想转向是易于了解的。以他第一次大战参战受毒气所侵而遗害终身,西班牙内战中亲睹种种不合理惨状,以及第二次大战在纳粹占领下参加抵抗运动的背景,由于这理想的强烈追求所驱策,进而产生对现实的强烈不满,在这种尖锐的矛盾下,当他发现自己的声音被人忽视,他之脱出达达主义与超现实主义的范畴,要求把自己的思想和情感寄托于实际行动,原是十分自然的。欧美许多杰出诗人、文学家、艺术家等卷入三十年代的转向热潮,原因也即在此。可惜的是,别人多及时醒觉回头(最著名的如纪德、罗素、史班德、科斯特勒、西隆涅),他却至死仍在那条歧路上挣扎,徒然地希望着这条路会通到他的理想。如果他能多活几年,今日的客观现实——例如史达林神话的揭

破——一定也会消灭他的幻觉，使他惊醒过来。①

译者贝娜苔显然采取了文学与政治的二分法，将艾吕雅一生分为前期先锋诗人与后期共产主义者两个部分，并对艾吕雅的转向表示理解，对他未能及时再度转向表示"可惜"。文学与政治的分割处理，是为了将他的诗作从政治漩涡中"拯救"出来，使之得以在香港这个"自由"世界发表，这当然割裂了艾吕雅的完整性，也割裂了达达主义、超现实主义与激进政治之间的内在关联。译者贝娜苔的这种理解，正是冷战意识形态的滤镜在翻译过程中的过滤和改写作用；而在匈牙利事件之后，有人更是撰文直接质问艾吕雅、聂鲁达等人："马雅阔夫斯基，你听到没有？艾吕雅，你知道没有？聂鲁达，你醒悟没有？"②

虽然译者将现代主义文学与激进政治作了区别处理，但在两地现代主义诗人这里，现代主义依旧发挥着重要的文化政治作用，如陈国球已指出的"宣言的诗学"："马朗等人认为'现代主义'可以更有效地观察这个世界，这种观察带来的结果将会是'民主自由'的认识和拥戴。这种文化与政治关系的想象，以文艺力量建构一个'理想中国'的神话想象，却在华人几乎全无政治作用力的殖民地香港出现，不能不说虚幻，也不能不说悲壮，与西方'现代主义'吹着号角昂扬踏步的姿态迥异。"③虽然在论者看来这有些堂·吉诃德的意味，但当时的现代主义诗人们多作如是想，除了各类宣言不可避免地需要"振臂高呼"外，诗人们也将现代主义的先锋性与政治变革的先锋对应来看，翼文在《法兰西文学者的思想斗争》中就指出，"在法国，由思想界而并非由政治家或军人来领导这使命是远多过任何其他的国家。法国思想界的战士在十八世纪中叶的理性思想全盛时代，使欧洲在思想上成为法国的殖民地。二百年来，

---

① 贝娜苔译：《艾吕雅诗选》，《文艺新潮》第 1 卷第 4 期（1956 年 8 月 1 日）。
② 新潮社：《敬礼，布达佩斯！敬礼，匈牙利人！》，《文艺新潮》第 1 卷第 7 期（1956 年 11 月 25 日）。
③ 陈国球：《宣言的诗学——香港二十世纪五六十年代现代主义文学的运动面向》，《情迷家国》，第 134 页。

法兰西一直就成为欧洲的良知,而她的思想界就是这良知的铸造者"①;与之相似,叶维廉也将现代主义作为推动制度变革的先锋力量②,在 50 年代的台湾与香港政治语境中,现代主义虽有些虚无色彩,但也寄托了部分诗人欲借此革新社会的文化政治理想。

四、现代与现实

虽然台湾与香港现代主义诗人寄托遥深,赋予现代主义丰富的文化政治内涵和意识形态诉求,但它所表现出来的与现实的距离却始终是被诟病的地方,如本文开头覃子豪就借史班德之口批判现代主义"忽视了时代的外貌",纪弦的回应文章虽然作了辩驳,但实际上说服力有限。这个问题不仅见于现代派的写作,也见于他们的翻译中。不过对于究竟是翻译影响了诗观还是相反这个问题,似乎并不容易解答。从翻译的视角,我们可以进一步看出两地现代诗人在处理现代与现实问题上的差异。

对于翻译作品而言,除了译者对翻译对象的选择及语言上的处理外,译者所写的介绍性文字往往对翻译作品进入另一语言环境构成辅助性理解。如纪弦在介绍阿波利奈尔(即前文的阿保里奈尔)时,除介绍他的立体主义之外,还对他在法国诗坛的地位及其创作风格作了细致介绍:"如我们要在二十世纪新诗人的群中去选举一种最适当的'现代的'气质与风格之代表,则我首先乐于投一票的便是高穆·阿波里奈尔了。他的整个生活是'现代的',他的诗亦然。至于他在表现上的强力,明确,魅人,多变化和富于旋律,那尤其可以说是'现代的'特色之一切了。至于他的小说,则多半是带着异国情调的,神秘的和幻想的。"③诗人的创作风格是介绍西方诗人的重心,这是《现代诗》的特色,如方思对雪脱

---

① 翼文:《法兰西文学者的思想斗争》,《文艺新潮》第 1 卷第 1 期(1956 年 2 月 18 日)。
② 叶维廉:《论现阶段中国现代诗》,《新思潮》第 2 期(1959 年 12 月 1 日)。
③ 青空律:《关于阿保里奈尔》,《现代诗》第 2 期。

威尔（Edith Sitwell）的介绍也是强调她的诗艺，这包括"她对诗的组织（texture）的研究"，对"节奏、速度、韵与无韵、谐音与不谐音等所为之种种尝试"，使她的诗作"呈现种种细致、巧黠的模式"①。

与《现代诗》交往较为密切的《文艺新潮》则呈现出另一种面貌，译者除了关注诗人的创作形式之外，还对诗人如何处理现代与现实的关系较为关注。如马朗对乔治·巴克（George Barker）的译介，除了介绍他是"新浪漫派的重建者"，是"热衷于个人美感的诗人"以外，还着意强调"虽然他是四十年代的新浪漫派，他仍有社会性的背景存在"②！对卡尔·萨皮洛（Karl Shapiro）的介绍也是如此，着重介绍的是他的"新现实主义的风味"，尤其是"后来他写了不少战事诗"，"蜚声世界，被认为是二次大战最优秀的诗篇，那都是细腻地深入民间与人民大众同感共鸣的作品"③。因为马朗对诗与现实关系的强调，使他不满足于那些过度沉溺于辞藻的诗人，如在介绍康敏士（E. E. Cummings）和哈特·克伦（Hart Crane）时，虽对他们的诗歌技艺给予高度评价，但也颇有微词。他认为哈特·克伦虽受庞德和艾略特的影响，"事实上则是大气磅礴，气魄宏伟，有一种激烈疯狂的情绪，亦有一种强烈的象征意味"，但对他"采用包涵几重意义之怪字"，则认为"是对于辞藻的迷醉和卖弄，是为美中不足"④。对康敏士的评价大致类似，一方面，他认为康敏士是"美国现代派诗人中最特出的一位"，"努力于革命性的创造，譬如将十四行体拆散，插以枝节，《天真之歌》中所烘托出的童稚的梦境，逼肖现代画派中的保尔克列，的确与众不同"，"但是他不能处理伟大的题材，欠缺丰富的思想和情感，所以不够深远，同时过分沉溺于文字的搬弄，或是过

---

① 方思：《诗人手记·译者前言》，《现代诗》第10期。
② 《文艺新潮》第1卷第8期（1957年1月15日）。
③ 马朗译：《英美现代诗特辑（上）美国部分：卡尔·萨皮洛》，《文艺新潮》第1卷第7期（1956年11月25日），第63页。
④ 同上刊，第59页。

分炫奇,走入极端,几乎成为字谜,所以成就上也仅止于特出而已"①。

马朗译介作品时,每每写数百字的译后记,对译介对象的风格和观念作扼要介绍,其短小而精悍的文字可视为批评文章。从他的介绍来看,他与纪弦等台湾现代派诗人只介绍对方的诗歌艺术不同,对诗人如何处理社会和现实问题也极为关注。香港学者卢昭灵曾论及《文艺新潮》对现代主义的引进"缺乏理论的支持",也缺乏"本土色彩的时代气息"②,该说法曾有学者从香港现代诗人创作实践的角度予以反对③,从上述马朗对现代主义与社会现实的强调来看,《文艺新潮》诗人群虽然未发展出香港本土的现代主义理论,但从马朗的批评来看,从一开始他就强调现代主义与现实之间的关联,并非仅仅介绍现代主义理论而已。

马朗对现代主义的社会关怀的强调,或许与他早期在内地的经历有关。新中国成立之初,他本留在内地,后来虽前往香港,但他早期与左翼的接触,可能一直对他有潜在的影响。如他在介绍穆雷儿·鲁吉莎(Muriel Rukeyser)时,就强调她的"新现实主义风味":"沉着,深刻,清晰,面对现实,把握社会问题,选择朴素的题材,而且是逐渐和民众生活在一起的作品,有像电影剪裁一样的凝练和生动。鲁吉莎是非常进步的,读书时即献身社会运动,她的诗都是通过这种思虑的反映,不过都具有高度的艺术手腕,《剪短发的男孩》便是不可多得的佳作。"④也就是说,他虽然对当时的社会主义实践保持距离,但左翼文学的方法还依旧存留着,他对阿茨波·麦克列许(Archibald Macleish)的解读也是如此,"他对社会和政治制度的兴趣,许多时都超出诗的美学范畴,他最著名的也就是这种诗,那和马牙可夫斯基等又不同,而和英国的史宾德等

---

① 马朗译:《英美现代诗特辑(上)美国部分:E.E.康敏士》,《文艺新潮》第1卷第7期(1956年11月25日),第56页。

② 卢昭灵:《五十年代的现代主义运动——〈文艺新潮〉的意义和价值》,《香港文学》第49期(1989年1月5日)。

③ 汤祯兆:《马朗和〈文艺新潮〉的现代诗》,《诗双月刊》第1卷第6期(1990年6月1日)。

④ 马朗译:《英美现代诗特辑(上)美国部分:穆雷儿·鲁吉莎》,《文艺新潮》第1卷第7期(1956年11月25日),第61页。

亦不类似,而是近乎'演说'及'广播'式的,有人认为太少艺术意味,不过就时代精神来说,他倒是鼓吹民主的前辈号手,同时也是新诗剧的前锋"①,对他突破美学范围而参与社会活动给予积极评价。马朗的这种姿态,也被台湾诗坛所注意,如《六十年代诗选》中对马朗的介绍,就指明他早期的"抒情和纤柔",但1957年之后便跳出尚美的观念,"进而表现现存之生活意欲的复杂体","因为,他指出中国新诗今后的发展方向应是'超现实技巧和现实主题的结晶。这并非意味超现实主义那种破坏思想的实践,也不是逃避现实,而是采取该派对意象的解放,潜意识的运用,对美的内在的显露,再重以新的角度来透视人和现实的世界'"②。

除了马朗之外,李维陵也持类似的文学观,他对现代主义仅仅表达人们对外界的感觉,而对现代人的"思想出路和对于现实生活的契合方式"选择逃避的现象予以批判,认为"文学艺术不止是如实地表现作家与艺术家的自我感觉,也不止是如实地表现他们和外界的关系","它的现代任务是:怎样鼓励人在纷繁与变动剧烈的现代生活中找求他自己和其他人存在的意义,这不单止说现代文艺要帮助现代人有勇气去正视现代生活的进展,而且有把握地去改进它"③。李维陵的文学观实际上与左翼文学理论非常接近,即文学不仅来源于生活,也要高于生活,要发挥对生活的指引作用,"作为一个现代作家与艺术家,任务便非常地沉重了。他不但须具备有完善生动的文学艺术的独特技巧和特质,在观念和情感上,他还要具备有作为一个社会指导与改造者那样的职责"。当然,这只是认识论和方法上的近似,世界观则不同,因为问题实际上不在于文学是否指导和改造生活,而在于如何指导生活。

在《现代诗》和《文艺新潮》的参照下,《创世纪》对现代理论与现实关系的思考要折中一些。或许是因为《创世纪》较为晚出,很多西方现代派诗人已为两地文坛所熟知,所以该刊对他们所译介的诗人介绍

---

① 马朗译:《阿茨波麦克列许诗抄》,《文艺新潮》第18期(1957年5月20日)。
② 张默、痖弦主编:《六十年代诗选》,大业书店(高雄),1961年,第86页。
③ 李维陵:《现代人·现代生活·现代文艺》,《文艺新潮》第1卷第7期(1956年11月25日)。

较少,相关的论说比较侧重诗歌艺术,即便涉及现代与现实的关系问题,也不如《文艺新潮》那么直接,而是转化为诗歌与时代的关系,如端木虹在谈及现代主义时,也只是指出"现代主义者是站在现代的角度,而非站在18或19世纪的角度来看人生的"[1],强调现代主义的现代性,已属老生常谈了。倒是季红所翻译的雪脱威尔的《诗人之视镜》,反驳了"现代派诗人与读者大众脱了节"的相关说法,认为"诗人的部分工作是要寻觅沟通现实与想象的一切线索"[2],但总体而言,《创世纪》还是注重诗艺的探讨而非诗与现实的问题。虽然译介是如此,但创世纪诗人群的创作却一定程度上回应了40年代中国现代主义文人的问题,如洛夫的《石室之死亡》就将超现实主义带入极度晦涩的境地,与时代的明朗之间充满张力,商禽的带有内在戏剧性的作品,则从现代主义形式内部生出了更为丰富的歧义空间;同样地,痖弦的《战时——一九四二·洛阳》和《盐》等则带新历史主义色彩,将宏大的历史以个人化、卑微化地道出。无论是明朗与晦涩,还是宏大与卑微之间,都构成个人回应时代的反讽姿态。

结　语

20世纪50年代,台湾与香港现代主义诗人积极向西方现代主义取经,译介了较多的现代主义诗歌。他们在翻译对象的选择上,延续了30年代上海《现代》《新诗》等刊物的风格和对象选择,更有甚者是将在上海时期翻译的作品重新刊载,如青空律(纪弦)就是如此,当然,50年代两地现代主义诗人也直接从欧美和日本译介了不少新的作家作品,丰富了西方现代主义在地化的流播形态。

不同地域和不同流派诗人对译介对象的选择和评价不同,台湾现代

---

[1] 端木虹:《漫谈现代主义》,《创世纪》第19期(1964年1月)。
[2] 雪脱维尔著,季红译:《诗人之视镜》,《创世纪》第11期(1959年4月)。

派诗人在"横的移植"的口号下,对象征主义和超现实主义译介较多,侧重介绍的是他们的诗歌艺术。香港的《文艺新潮》与台湾有类似之处,对超现实主义诗人译介较多,对史班德这些曾转向左翼、后又背离的诗人,侧重强调他们反叛左派的一面。但与台湾不同的是,《文艺新潮》并不回避文艺与现实的问题,在五六十年代弱小民族纷纷寻求独立的全球背景下,该刊译介了较多弱小民族的诗人诗作,同时,较为强调文艺对现实的干预和指导作用,对那些一味寻求形式而忽视现实社会的诗人则有所批评。这些差异与港、台的政治背景和文化语境密切相关,二者同属冷战的"自由"阵营,在译介象征主义与超现实主义的选择上有相似处,不同的是台湾50年代初就基本肃清了左翼文化的影响,之后便实施戒严政策,而香港的文化环境与之相比有所不同,如其与内地毗邻的地理位置,英国与中国政府之间颇为微妙的关系,等等,使香港在东西的冷战对峙中成为一个较为独特的地方,这在1949年文化人南下时就已显露出来,不少持观望态度或试图走第三条道路的政客或文人,都纷纷选择香港。香港的这种政治或文化氛围,对香港的现代主义诗潮也有影响。马朗本人对共产党也无不同情处,最初他曾选择留在内地,后来虽赴港,与纪弦等从一开始就跟随国民党赴台的文化人不同,因而他们在译介现代主义诗歌时的政治立场和意识形态诉求也有差异。两地50年代的现代主义诗人,借鉴了三四十年代中国现代主义诗人的大体风格,也延续关于个人与时代关系的历史问题,并给予了不同的回应。

80年代后两岸政治诗中的暴力修辞

吴丹鸿

一、"政治"的伸缩:从"写什么"到"怎么写"

"政治诗"之所以难以定义,很大程度上是因为"政治"一词的含义一直在变动,它像个变形虫一样可大可小,大到不分国度的战祸,小到街头事件;它甚至可以被阐释成人与人的关系,甚至是词与词的关系。①

台湾在20世纪80年代兴起的政治诗,从一开始就出现了对"政治诗"的理解的歧义。1983年《阳光小集》在台北举办的关于政治诗的座谈会,倾向于对政治诗采取广义的定义:"也就是一个人对他所生存环境的一个探讨,或者对社会的探讨,它的层次应该会比社会性探讨更高一点。"②而南部的座谈会中出现的观点却将"政治诗"狭义化了,叶石涛就认为"政治诗"应该是"对社会制度的抗议与控诉,对社会的不平,农渔民劳工的凄苦,以这种为出发点的诗就是台湾的政治诗"③。这种对于"政治诗"的广义狭义之分,其讨论的重点仍然落在"政治"的含义是什么,也就是政治诗应该"写什么"的问题上。这一系列讨论却缺乏对"政治诗"中的"诗"应该如何施展的讨论,也就是对于该"怎么写"

---

① 吴晓东在《从政治的诗学到诗学的政治》一文中总结出北岛的诗学历程是是从"政治的诗学"到"诗学的政治",所谓"诗学的政治"指的是语言内部的关系。
② 向阳发言:《从"躺在地上看星的人"座谈苦苓的"政治诗"》,《阳光小集》第12期,1983年,第180页。
③ 叶石涛发言:《阳光小集》第13期("政治诗"专辑),1984年,第30页。

缺乏诗学上的思考。这种讨论倾向，似乎也埋藏了某种创作倾向的偏颇，预示了 80 年代台湾政治诗的"非诗"倾向。

陈鹏翔曾在一篇短文中按照时代递进划分出几种"政治诗"类型，他认为"古典"的政治诗"一般是用来歌功颂德的"①，"现代"的政治诗"通常有存在个体/集体，边缘与暗流/主流的二元化模式，在这种二元对峙中，反抗成了政治诗的一个基本姿态"。到了后结构/后现代的政治诗就已经出现了罗列不完的手法特点："非自然化叙述（碎片化，历史小叙述），特殊表演策略（图像，剪贴，戏谑），离散书写（后殖民困境与主题的凸显）等等"②。在时间向度上对"政治诗"划分为"古典""现代"与"后现代"或许过于粗显，简单依附了文学史思潮中时空切割的主流方式，但至少这是从诗人的"政治"姿态和写作策略上对政治诗的类型做出的区分。在这种分法中，"怎么写"政治诗似乎比"写什么"更重要。

至于陈鹏翔所提到的"后现代"的"政治诗"，如果说这也是政治诗变形的结果，那么变形到这一步，所谓"后现代的政治诗"已经很难再作为"政治诗"来讨论：在一个去主题化与去中心化的诗作中，我们又怎么能再给它强加一个"政治"的主题——除非，我们能将"政治"的含义彻底泛化为人与世界的关系。我同意雷武铃所说的："一个人如果真的只为自己写诗，与其他任何因素都没有关系，不考虑任何社会中的读者，不参与任何来自文学史的美学设定，不感觉自己是在历史和社会所设定的公共领地写作，那么他的写作也就无所谓政治性问题。"③ 然而在中

---

① 陈鹏翔：《序》，陈谦：《反抗与形塑——台湾现代诗的政治书写》，台湾新北市文化局，2011年，第 8 页。此处引文出自的原话是："古典的或是一般意义的'政治'通常指向实际人生中吾人所见到的政党间的协调操作、政党间相互的权斗或阴谋等等，人们在此氛围底下所写成的政治诗一般都是歌功颂德。"这话对"古典的政治诗"的概述显然不完整，"讽""刺"和"谏"都是重要的古典政治诗的传统。陈鹏翔此处是为了突出"古典的政治诗"与"现代的政治诗"的区别，故强调"古典的政治诗"中对统治者的附和。
② 同上。
③ 雷武铃：《当前诗歌写作中的政治性问题》，《新诗评论》总第 14 辑，北京大学出版社，2011 年，第 38 页。

国,连"读者""读者来信"也是一个在文学批评中高度政治化的符号。换言之,如果一个诗人不能保证自己是如此真空的个体,那么他的诗作就可以纳入政治性范畴来讨论。

随着"政治"含义的泛化,"政治诗"的界定就越来越依赖于评论者的个人阐释。因而在"政治诗"这个领域,评论者第一次被赋予了如此大的权力去判定一首诗的类型。在面对80年代现代诗、朦胧诗、后朦胧诗的时候,我对手上的这点"权力"尤其谨慎,因为这些诗歌在狭义上已经算不上严格的"政治诗",可我却仍然试图从这些诗歌中解读出它们的政治性修辞:与政治事件、政党领袖、历史暴力见闻等等有关的意象和象征。

当"政治"已经被编织进一首诗的肌理中,而不是表现为"题材"和"立场"等显而易见的标志时,"讨论政治诗"或许就需要被谨慎地修正为"讨论一首诗的政治性"。这意味着"政治"对一首诗内部的修辞运作的潜入,对一首诗的政治性分析,很可能与对它的语言分析高度重叠。雅各布森(Roman Jakobson)能在诗歌中归纳出可以称为"文学性"(Literariness)的主导特质,我们也完全有理由假设存在着可以称为"政治性"的特质。雅各布森也认为一部诗作在具有他说的带有文学性的审美功能之外,同时带有别的功能与其他领域发生着关系。在《主导》(The Dominant)一文中,他就写道:

> 把一部诗作等同于一种审美功能,或说确切些,等同于一种诗性功能,就拿我们处理的这些言语材料来说,这是宣扬自足的纯艺术、为艺术而艺术的那些时代的特征。在形式主义学派的早期阶段,尚可以看到这样一种等同的明显迹象。可是这种等同毫无疑问是错误的:一部诗作不仅限于审美功能,另外还具有许多其他的功能。实际上,一部诗作的意图往往与哲学、社会言论等等密切相关。①

---

① Roman Jakobson: *Language in Literature*, Cambridge: The Belknap Press of Harvard University Press, 1987年,第43页。

笔者将 80 年代风格差异巨大的两岸诗作都纳入所谓的"政治诗"的比较视野，所看重的正是这些诗作中兼有的"政治性修辞"。比如两岸对同一充满政治性隐喻的意象使用方式、对政治领袖不同的隐喻变形等等，都呈现出同中有异、异中有同的交织。雅各布森从诗歌的语言现象与形式出发去研究"文学性"，常常会被诟病为一种"静态"的研究，甚至被说是落入了"语言的牢笼"（詹姆逊 [Fredric Jameson] 语）。笔者虽然也是从诗歌的修辞现象着眼去抓取诗作的"政治性"特点，却有意体现出一个动态的变形的过程。

题目中的"暴力"既来自外界，也发生于诗歌内部。外界的"暴力"指的是长期以来官方文艺政策对诗歌创作过度缠绕的"规范"暴力，也是台湾对"政治犯"作家的监视控管，还有 70 年代大陆"文革"合法化了的社会暴力等等；这些暴力作用于诗人的肉体与精神上，其反作用力则是呈现于诗歌内部的"情绪暴力""句法暴力"与"语言暴力"。这些内外的"暴力"所形成的整体的政治诗的景观，是一个剧烈的变形过程。笔者更多地还是从诗的修辞内部去为这个变形过程把脉。

当"政治诗"从"战斗诗"与"颂诗"的一极摆向"现代"与"后现代"的另一极时，它所经历的不仅是"政治环境"加在诗人身上的"精神暴力"，也是诗人对文字本身施加的"非理性"叙述与"语言暴力"。在冷暴力或热战之下，诗作中呈现出残缺、疯狂与形变的人性状态，早在鲁迅的《野草》中便可一窥，台湾五六十年代的洛夫与商禽的诗作也有相当震撼的呈现。而到了 80 年代，两岸的"政治诗"形成了两套不一样的"暴力修辞"[①]，大陆的政治诗出现了"非政治"倾向，台湾政治诗则出现了"非诗"倾向。

---

① 此处政治暴力修辞指的是，在具有政治意涵的诗歌中，诗人对有关暴力意象，如统治者与受害者、武器与手段、场所与事件的书写方式。

二、"非政治"与"非诗"

进入上世纪的 80 年代,两岸历史都开启了另一个里程。按汪晖的说法,革命的"短 20 世纪"已经在 80 年代之前基本结束了,80 年代和 90 年代体现的是一个"去政治化"的过程。而诗学上的"非政治化"虽然在诉求上也包括对革命时代的修辞的主动剔除,但并不等于政治性的脱落,而是以含混的意义、更为复合的隐喻系统,消解了长期以来敌我之间、个人与集体之间尖锐的对峙关系,逐渐形成一个更为混溶的整体历史感。从表面上看,"非政治"指的是由于隐喻的过度使用,使得政治诗丧失了表面的单一的政治意涵;"非诗"指的是诗歌语言过于直白,沦为口号和发泄,丧失了诗歌基本的语言浓度。

台湾的政治诗虽然不是开始于 80 年代,却在 80 年代后期以来台湾诗坛占有重要位置。从历史发展上看,1977 年出版的《仙人掌》创刊号推出了"诗人与政治"这一专辑;至 1984 年 6 月,《阳光小集》第 13 期推出 36 位诗人的政治诗专辑,"政治诗"已成为台湾诗坛一股重要潮流。台湾诗人的政治视野,也从五六十年代的冷战时期的敌我对抗,转为一种"官—民"的内部视野[1],政治诗更具有社会议题性和街头的热辣性格。待到台湾当局宣布解严,解除报禁、党禁,使得政治诗生存的空间更加的宽广,写作也不必再像以往那样迂回和闪躲了。

汪晖对大陆新时期政治的"去政治化"特点,描述为"在当代条件下,任何忽略、掩饰普遍的民主危机及其社会条件而展开的一厢情愿的政治变革方案,都不过是'去政治化的政治'"[2]。意思是体制的改革、社

---

[1] "苦苓坦言,反叛是为了争取民主与公义,如开放党禁、报禁、国会改选等,当时他们的文学意识里没有'台独',没有'中国与台湾'的分别,而是站在'官与民'的角度罢了。"《一颗恒星:阳光小集——专访苦苓》,《文讯》第 378 期(2017 年 4 月),文讯杂志社(台北),第 111 页。但向阳的说法却与此不同,他强调的是《阳光小集》改版诗杂志之后,从'中国意识'脱出,走向'台湾意识'的大幅转变"。向阳:《乌云终有散尽时——〈阳光小集〉的聚散离合》,《文讯》第 378 期(2017 年 4 月),文讯杂志社(台北),第 99 页。

[2] 汪晖:《去政治化的政治:短 20 世纪的终结与 90 年代》,生活·读书·新知三联书店,2008 年,第 16 页。

会风气的转向,其实也是对危机的遮蔽。新时期各种"暴力"也被表面的去政治化给遮蔽了,然而诗人对各种隐蔽性暴力更加警惕,在他们的诗歌中,暴力场所也更加广泛化。早期"战场""监狱""刑场"这些基本的暴力场所在诗歌里演化成"广场""街头""学校"各种民间团体。

福柯在《规训与惩罚》中曾指出19世纪末西方人类社会的惩罚方式有了重大的转变,其中一个就是"作为公共景观的惩罚消失"[1],诉诸肉体的刑罚向"非肉体"[2]刑罚转变。福柯主要指的是砍头、凌迟等示众场景被"非肉体"的惩罚方式替代,这些方式表现为各种公民权利的剥夺,包括人身自由、话语权、财产权等等。然而在大陆,这种惩罚方式的转变尤为缓慢,在1970年代,仍然存在着"作为公共景观的惩罚",各种公开的批斗、虐打、戴帽游街的惩罚方式是"文革"期间常见的"公共景观"。"文革"结束伴随着这一系列公共景观的消失,才实现了福柯所说的19世纪末西方人类社会惩罚方式的转变。然而这种转变是否彻底改变了公共暴力的性质?诗人是充满警惕的。

如孟浪在《四月的一组》(1990)中写:

> 原来保持的姿势
> 有如杀人的姿势,已经结束
> 有如骗人的姿势,仍在继续。[3]

对于政治暴力方式的转变,孟浪指出了由"杀人"与"骗人"的并存,到主要以"骗人"方式仍在继续。无论是"杀人"还是"骗人",诗人都毫不客气地形容为一种"姿势"而已,这等于是揭穿了表面的"转变"之下都是一种政治作秀的虚假本质。他对暴力的观察敏锐到了学校和医院,在《讽刺的痛苦》里我们看到这样触目惊心的句子:

---

[1] 福柯:《规训与惩罚:监狱的诞生》,生活·读书·新知三联书店,2003年,第8页。
[2] 同上书,第12页。
[3] 孟浪:《连朝霞也是陈腐的》,唐山出版社(台北),1999年,第40页。

> 做完功课，躲进清白的造纸厂
> 在切纸机前，他肢解着自己
> 早两年那些过于疯狂的念头：
> 一个半大的孩子，在作文中杀死了老师！①

诗中将"切纸"与"肢解"并置造成了一个充满痛感的隐喻，造纸厂的劳作给身心带来了巨大损耗。诗人强调这是一座"清白的造纸厂"，"清白"是个充满政治意味的形容词，切纸更像是自我心灵的解剖，是一种个人历史的清理。在这一过程中"清理"出来的疯狂的念头，仍然带着"杀死老师"这种幼龄的革命暴力印记，这也隐含着教育对人的心智扭曲。

台湾五六十年代出现的"反共诗"和"反战诗"可视为台湾政治诗的渊薮，这些早期的政治诗里，暴力和苦难的典型发生场所是"土地""战场"和"牢房"，如莫渝的《残腿》：

> 血还鲜着
> 前头的战事尚未结束
> 一连好几个月
> 太阳拧干了土地的水分
> 又张牙舞爪地
> 吸吮人类多余的血液②

"土地""太阳"这些庞大的意象都给人以命运的笼罩之感，仿佛苦难才刚刚开始，望不到边际。这种现实的悲剧感是弥漫性的，与焦桐说的80年代的"现实感尖锐化"③正好相对。随着威权统治的松动，人们已

---

① 孟浪：《连朝霞也是陈腐的》，唐山出版社（台北），1999年，第96页。
② 转引自林于弘：《台湾新诗分类学》，鹰汉文化出版（台北），2004年，第366页。
③ 焦桐：《台湾文学的街头运动》，时报文化出版（台北），1998年，第151页。

经可以更加痛快地表达自己的政治诉求，不再是蹲在土地和牢房里忍受，政治诗从原来的"乡土性格"变成了"街头性格"。一方面是由于台湾确实在大街上发生过不少血腥事件（如"二二八事件"），另一方面是因为街头上是台湾民主活动的主要场所。"街头"可谓是在各种政治暴力场所中最"时髦"也最"张扬"的一个。

如廖永来的《我为你张贴了标语》(1981)：

> 我要把标语贴满这街道
> 让原则遽失的年代苏醒过来
> 我要揭穿这场骗局
> 唤醒沉睡的同胞①

以及李元贞的《一九八六——一九八七》：

> 反一党独大、反杜邦、
> 反专制教育、反核
> 反压迫妇女、劳工、原住民
> 有不满就说
> 街头与讲坛
> 不怕与警察对峙②

这些站到街头的诗人有着"不满就说"的权利，但有些诗人仍敏感地闻到了不自由的空气，各种暗势力和软暴力也在挟控着台湾社会的边边角角，政治诗的幅围也同样扩大到了各种生活场所。人们所期待的解严后的自由在现实生活中其实并没有兑现，苦苓的《不悔的爱，无怨的诗》这样写道：

---

① 廖永来：《廖永来诗选》，草根出版社（台北），2000年，第106页。
② 李元贞：《女人诗眼》，北县文化出版社（台北），1995年，第138页。

> 关在戒严的笼子里三十九年
> 台湾总算给释放
> 从此还我自由的天空
> 无论飞高或飞低
> 总不会再碰到
> 可恨的铁丝网
> ……
> 你的情书邮局照样先睹为快
> 收不到的书刊永远不会到来
> 党外杂志仍然被抢一空
> 你的电话仍然有人帮你听仔细
> 一切如常①

  诗人以为离开了牢房就再也不会碰到铁丝网，却发现"铁丝网"变得更无形、更无处不在了。人们的行踪和话语总有机关在监视，戒严的空气并没有完全散去。

  与台湾诗人相比，大陆诗人对公共生活更缺乏安全感。从50年代以来任何稍微带有地下性格的创作，也不忘穿插着对祖国表忠心的抒情，有学者称这俨然已是一种"内化的自我审查机制"。指的是，外在的无处不在的审查，渐渐也使得诗人过分地慎独起来。对这一双监视之眼的想象，到了80年代，终于浮现出王寅诗中这样的画面：

> 我死后，我死了
> 以后，我看见他们就在我们的书架上
> 随随便便地翻着
> 看看我的藏书

---

① 苦苓：《苦苓的政治诗》，书林出版社（台北），1991年，第161页。

> 你看他们就在弹烟灰的时候
> 吐出一两句笑话
> 扯扯竖起的风衣领子
>
> 你看我待在一个黑色的小匣子
> 一本黑色的诗集
> 一颗黑色的行星里
> 陌生而且寒冷
> 你看他们这样自然地
> 用手枪敲打这黑的颜色
>
> ——《红色旅馆》[①]

诗人想象了自己死后，一直藏身幕后的监视者终于露面。这是一群被指称为"他们"的他者，在检查自己的藏书、用手枪敲打着"我的黑匣子"（也许是骨灰盒）。他们很自然地弹烟灰说笑话，说明这种生前死后的审查对于他们来说是最日常的事情。诗人饶有兴味地将这座死后的旅馆称为"红色旅馆"，"红色"很可能是指"革命"的红色，与诗中阴沉的"黑色"形成讽刺的反差。王寅这首诗首句的"我死后"就等于是事先说明这首诗的内容不是写实的。虽然内容和苦苓那首诗都是在描述暴力机关和监视系统的隐蔽性，可是苦苓那首诗是以写实的笔法讲述的。大陆诗人所能凭借的只是这点隐喻的胆量；在充满假设和虚构的语意空间，靠着与读者之间秘而不宣的默契，用"死后"的想象来影射当下的处境，似乎也达到了惊悚的效果。

在诸多暴力场所中，两岸诗人都常写到的就是"广场"。这个空间本身开阔，出入没有限制，是象征着平等和自由的场所，却也承载着许多沉重的历史记忆。这个同时充满了集体与个人记忆，却又在当下以空

[①] 徐敬亚、孟浪、曹长青、吕贵品编：《中国现代主义诗群大观 1986—1988》，同济大学出版社，1988 年，第 84 页。

旷清白的面目呈现世人的意象，自然成了许多诗人笔下的顽固意象。在观看或加入了"广场"几次裹挟青春的人潮之后，大陆诗人对于"广场"所承载的"空间政治"的理解，已经超越了对于单一的政治事件的纪念性书写。如欧阳江河的《傍晚穿过广场》开头写道"我不知道一个过去年代的广场／从何而始，从何而终"，"广场"不再是一个具体事件里的一个具体的广场，它更像是20世纪一个时间的肉身，诗中的"离去""穿过"都是在试图步量着一段历史的起止：

> 一个无人离去的地方不是广场
> 一个无人倒下的地方也不是。
> 离去的重新归来，倒下的却永远倒下了。
> 一种叫做石头的东西
> 迅速地堆积，屹立
> 不像骨头的生长需要一百年的时间①

诗人既没有流露出悲愤，也没有透露出任何相关的历史信息，完全失去了现场感。"石头"的迅速堆积是对"广场"这一没有边际的空间的一次枉然的填充，但仍然可以将石头的累积视为是某种"历史感"的赋形——在剧烈的震动之后，重新整序、构建有一定体量的历史感的诗学动作。无论是"离去""堆积"还是"穿过"，都不再单纯为了纪念，更不是为了对抗，而是为了将一个庞然的历史图景缩小到可以装进"汽车的后视镜中"去目送（诗末有一句"一个过去年代的广场从汽车的后视镜消失了"）。

即便大陆诗人对于"广场"充满了告别情绪，但"广场"仍然是诗人一个敏感的刺激点。在广场上演过的时代景观，都印烙进历史成为一本欢呼声与讨伐声交替出现的图册。刘漫流由窗外的广场，联想到一幅充满仪式感和历史感的画面：

---

① 欧阳江河：《事物的眼泪》，作家出版社，2008年，第66页。

窗外正好是广场
是朽腐的绞架
一张耀眼的黄花
是突然出现的森林
你看见他们彼此静穆无语
听见一声响亮的忽哨
就一哄而散
只剩下一片落叶
一个颧骨突出的女孩
点燃大太阳的火堆
就从从容容地跳着舞
当众火化了自己
你发现她的侧影
尤其像你的母亲①

——《你的名字是下午》

  诗人由"广场"联想到一个古老的"刑场",在这个刑场上,人们毫无自主性地聚合、四散。一个女孩围绕着一个太阳般的火堆,从容地自焚,而且这个女孩就是上一辈人的化身。这幅画面对于诗人来说已经是一幅"窗外"的画面,隔代的视角犹如隔窗观看,甚至带着"朽腐"的气息。曾经充斥着沸腾的暴力的广场,由于这种隔窗的视角,显得静穆荒诞。曾经的政治狂欢被置换为一场围着火堆引火烧身的舞蹈,很可能也是"文革"时期广场的"忠字舞"的修辞变形,广场的公共景观被寓言化了。大陆诗人迅速地将"广场"隐喻化了,它成为一个虚拟的历史空间,曾经在"广场"上张贴的标语口号已经被诗人在诗中全部撤下。
  台湾诗人笔下的广场尚未经历这个隐喻化的过程,如苦苓的《无声广场》:

---

① 徐敬亚、孟浪、曹长青、吕贵品编:《中国现代主义诗群大观 1986—1988》,同济大学出版社,1988年,第79页。

> 当我行过广场的时候
> 大雨无畏地下着
> 浇灌所有鲜红的花
> 花血流汇成河①

这首诗虽然也不算是激烈直白,但至少没有抹去广场的热血性格,这广场上仍流淌着无畏的血,而不是"堆满石头"。"广场"所承载的勇气、记忆在诗人走过时,又再次鲜活起来。这个广场不是刘漫流"窗外"的广场,也不是欧阳江河"后视镜"中的广场,而就是诗人脚下正在经过的"广场"。

包括对统治者的书写,大陆诗人更常用帝王君主来以古喻今,甚至带上了虚构的神话色彩。他们很少直接用现代的政治职称,更常地用"皇帝""暴君"等旧词,引入一个拟古的语境,表达的却是现代的历史感受。这个"古代"有时还是西方的历史,更增添了时空的落差。如欧阳江河《天鹅之死》(1983)②:

> 天鹅之死是一段水的渴意
> 嗜血的姿势流出海伦
> 天鹅之死是不见舞者的舞蹈
> 于不变的万变中天意自成
> ……
> 谁升起,谁就是暴君
> 战争的形象在肉体中逃遁

"天鹅之死"(The Dying Swan)是巴甫洛娃的芭蕾独舞名段,这段悲戚绝望的舞蹈让诗人联想到美人海伦与特洛伊战争。这首诗可以说是

---

① 苦苓:《苦苓的政治诗》,书林出版社(台北),1991年,第147页。
② 欧阳江河:《手艺与注目礼》,秀威资讯科技(台北),2013年,第15页。

一首思考爱欲与文明的哲理小诗，或者说是同时在用"天鹅之死"的舞蹈将暴力的历史形象化。这一重重文化的复合性让人难以揣度"暴君"与"美人"在中国的语境下有何投射，而这种暧昧性或许恰恰就是诗人的原意。

如果说欧阳江河的这种"暧昧"表达寄托的是西式的典故，另一位诗人钟鸣则在诗中展示的是对中国民间文化的熟练化用而达到了多种意义的复合。如《中国杂技：硬椅子》(1987)[①]：

> 皇帝最怕什么，椅子。
>
> 椅子绷紧的中国丝绸，滑雪似的使他滑向
> 冬天，他专有的严冬。深邃的目光，将要
> 对付他，将他以运动来打扫，靠椅子和他
> 用准确的音调说的错话，一种病的权力。
>
> 但，谁知道，人民该做些什么呢？
> 这些倾覆之下的免于自由的好心人，
> 非常死板的紧紧地盯住他的不清洁

"皇帝的椅子"象征的是高度集中的权力，诗人说这是一种"病的权力"。"运动""打扫""不清洁"都是典型的"文革"语汇，诗人称这段时期为"严冬""倾覆之下"。这个"皇帝"的椅子上专有的姿态仿佛是一种古老的集权的疾病，却又带着一点义正词严的滑稽——用准确的音调说着错话。对古代所谓的封建王朝的帝王如此调侃，还是符合大陆的政治正确的，问题是，诗人笔下的这个"皇帝"明显跳出了古代王朝，有着它的当代性。在接下来的诗句中，调侃的语调仍在继续：

---

① 洪子诚、程光炜主编，姜涛编：《中国新诗百年大典》，第十六卷，长江文艺出版社，2013年，第6页。

兼施暴力和仁慈。他以硬气功练出的头面，
能够发热，把经筵像巨缸顶到我们的
头上，我们便有了读书月，有了丰雪兆年，
　　　　　　　　——《中国杂技：硬椅子》(1987)

　　诗人特别注明"经筵"是古时专为皇帝一个人讲解经传史鉴而特设的讲席，神圣的"经筵"类似当年人手一本的神圣的红色语录。可是这种"神圣"却是他以硬气功练出的发热的头面来昭示的，毫不客气地抖露出政权与杂技之间相似的表演性质。可是这位"皇帝"并不完全是暴力的，他也兼具着"仁慈"，为"我们"顶起了一片天。这种形象的复杂性，也造成了诗人语调的多重性，既庄重又讽刺，虚实与褒贬彼此交杂。
　　台湾社会在解严之后舆论更加宽松活泼，对政坛人物漫画化的调侃见于各种媒体。在解严之交，已经出现了跃跃欲试挑战官方舆论底线的政治诗，比如苦苓的《总统不要杀我》(1987)[①]：

　　总统先生，我对你的爱永远不变
　　苦难的过去，您与大家一起逃避
　　混乱的今天，您要独自忍受
　　美好的明日，让我们为您创造
　　用选票证明
　　一切的迫害、囚禁、杀戮
　　都是为了人民

　　"总统不要杀我"的题目就表明接下来诗人要说的话可能会是"大不敬"的冒犯之语，但是每一段诗的头两句却又是十分政治正确的忠心表白，这是第一层反转。随着诗句的行进，反讽的语调也越加强烈，当诗人说出"一切的迫害、囚禁、杀戮/都是为了人民"才完全揭穿总统"唯

---

① 苦苓:《总统不要杀我》,《两岸》诗丛刊第3集(1987年7月)，第54页。

选票是瞻"的虚伪行径,这是又一层反转。然而,这种调皮得有点油滑的反转,也是需要勇气的。诗人不仅没有用"帝王君主"之类的称谓来替代现代的领袖职称,还直接用第二人称"您"与"总统"在诗中进行了一番面对面的调侃。题目"总统不要杀我"也是用一种虚拟的求饶语气来暗示领导人的残暴。种种隐喻的解除其实也意味着忌讳的打破,大陆诗人仍在用隐喻来包装这些忌讳。台湾诗人为我们展示了忌讳打破之后,语意豁然敞亮,可以说是一种过瘾。

刘克襄笔下的"国民党"已经颜面无存,他语调轻松地说出这样的话:

十八岁就加入国民党
仿佛是生平最丢脸的事

——《结束》①

这种"丢脸"并不是郑重地悔恨,正如他说:

回想年轻时
写过一些关怀社会诗
恐怕是最大的错误
……

这里也不是悔其少作的意思,而是为曾经理想主义者的天真感到幼稚可笑。刘克襄常常能在一首诗中简洁自然地写完一个小青年的心灵简历,调侃自己曾经的政治理想,或许比点名道姓地调侃一个政党,需要更大的勇气。刘克襄在道出青年"丢脸"的心情,同时也是在骂使他"丢脸"的国民党。能将尖锐的政治讽刺包裹在一份憨直、自嘲的回忆口吻里,是这首诗动人的地方。

蒋经国去世之时,在大量哀悼的颂诗中,诗人张信吉给出了自己

---

① 刘克襄:《革命青年 —— 解严前的野狼之旅》,玉山社出版(台北),2012年,第50页。

《哀悼的方法》（1989）[①]：

> 那个阶级头子死了
> ……
> 日历会撕掉
> 丧失创作自由的月份

这是比直呼领导人姓名更加冒进的说法，他把蒋经国喊成了"阶级头子"，在诗的结尾还如此感叹："啊！美好的一天"。蒋氏王朝的逝去，意味着日历上那些失去创作自由的月份被撕掉了，严峻的政治管控也随之而去了。诗人就在这首冒犯的"哀悼诗"中痛快地使用着这种自由。在"美丽岛大审"之后，台湾当局的形象再次一落千丈，政治诗中的挖苦讽刺，传达的是一种"集体性的轻蔑"。就如南方朔说的："那是一种轻蔑，当统治者做了他们不该做的大错，它让人畏惧的表象就再也掩盖不住人们对它的轻蔑。"[②] 大陆诗人对权力的感受要复杂很多，不是轻蔑、厌恶、憎恨这些单纯的负面情感，而是带着难以辨析的困惑和叩问，这种情感并没有从他们对 20 世纪雾一般的历史感受中分离出来。

大陆诗人并不着力批判某个具体的政治人物，那些名字进入了一个复杂的隐喻系统，作为一个庞大的体制性的象征，成为诗人思考权力运作、体制缺陷等等问题的载体。诗人不是直接创造一个象征物简单地等同于某个具体的个人，而是企图扩大隐喻的容量，形成一个原始与现代多重意义的集合。

如周伦佑的《象形虎》[③]：

[①] 张信吉《我的近代史——台湾诗录》，书林出版社（台北），1997 年，第 146 页。
[②] 南方朔：《青山缭绕疑无路》，杨泽主编：《狂飙八〇——记录一个集体发声的年代》，时报文化出版（台北），1999 年，第 23 页。
[③] 周伦佑：《周伦佑诗选》，花城出版社，2006 年，第 115 页。

> 虎居高临下贯彻它的意志,把一根
> 烧红的铁钉砸进我们的头顶
> 使我们彻底丧失信心

诗中"虎"的形象也具有历史人物的象征含义,"烧红的铁钉砸进我们头顶"如此粗暴的行为用以比喻自上而下的意志的贯彻,也充满了原始的暴力色彩。"红色铁钉"砸入头脑,可以说是现代芯片植入人脑的原始版本,更加的血腥残暴,同样都是对个人心志的摧残和控制。

除了"虎",周伦佑诗中的"大鸟"也是一个被赋予了文化原型的意象。他在辨别着具体的鸟与抽象的鸟之间的转变,换句话说,是当具体的大鸟被射杀后,如何让想象的"大鸟"继续飞行:

> 现在大鸟已在我的想象之外了
> 我触摸不到,也不知它的去向
> 但我确实被击中过,那种扫荡的意义
> 使我刻骨铭心的疼痛,并且冥想
> 大鸟翱翔或静止在别的一个天空里
> 那是与我们息息相关的天空
> 只要我们偶尔想到它
> 便有某种感觉使我们广大无边
>
> ——《想象大鸟》(1989)

诗人反复描述着想象"大鸟"时同时产生的一种"广大无边"的感觉,而这只"大鸟"已经在"扫荡"的事件中被击中了。这只大鸟一开始是一个刻骨铭心的疼痛的纪念,诗人却希望它的意义不止于此。"大鸟"应当带来更为宏远的启示,这种启示既是政治觉悟上的启示,也是语言意识上的启示。诗人还写道,"离中心越远,离大鸟更为接近",可见"大鸟"是诗人脱离"中心"的引领力。那个"中心"曾经带来扫荡式的伤痛,而"大鸟"却能打开另一片天空。更重要的是,这只"大鸟"

不再是可以被扫荡的具体的鸟，它更自由，也会更安全：

  抽象的鸟在一切射程之外
  抽象的鸟是射杀不了的

  枪声响过之后
  鸟儿依然在飞
      ——《从具体的鸟到抽象的鸟》[①]（1989）

  "鸟"象征的是被枪杀后仍然能够飞行的精神，它是抽象的，不再能用事实举证的了。这只"鸟"的变形也可以代表一个"非政治化"修辞的过程，一个个可以与具体人事对应的意象也被抽象的象征替代了，因为这些抽象的象征可以不被"射杀"，这种"非政治化"就是飞的代价。

  大陆诗人多使用隐喻和象征来对整个权力体制进行批判，几十年下来也积累了一套基本的隐喻词汇，比如"太阳""红色""镰刀"和"锤子"。而当这一套隐喻系统已经过于常用而成了明喻，诗人又只好再派生出新的隐喻，比如"向日葵""东方"，这都是暗含政治方向的词语，诗人在使用这些隐喻的时候却也进行了巧妙的演变，如周伦佑的《染料公司与白向日葵》：

  那里的人胸前都别着一枚向日葵徽章
  过于硕大的图案使佩戴者显得拘束一些
  而真正的向日葵是长在那些罐子里的
  并且都开着白色的花
  ……
  现在那些佩戴徽章的人开始原地踏步走

[①] 洪子诚、程光炜主编，张清华编：《中国新诗百年大典》，第十五卷，长江文艺出版社，2013年，第73页。

> 向日葵更古怪地发白　　水声哗哗响起
> 与废钢铁混淆不清的胶质状态
> 把我的意识搞得不清不白 ①

这首诗被作者安排在《卷四：反暴力修辞》的目录下，这些"向日葵徽章"所代表的内容并没有生命和活力，跟"长在罐子里能开花的真正的向日葵"对比，"向日葵徽章"反而使人更苍白拘束。这首诗里人们活生生的面目被硕大的向日葵徽章替代，麻木、压抑、顺从，这种状态在某个时期是再正常不过了，就跟刘漫流窗外的广场的时代场景如今都显得静穆而且荒诞。诗人用"混淆不清""胶质状态""不清不白"也可以认为是政治意识从曾经的清晰到重新进入搅拌的变化过程。

再看孟浪的《当天空已经生锈》：

> 红太阳，愈来愈暗
> 红领巾，无望地飘扬在旧时代
> 整个国家的红药水
> 淡得不能再淡 ②

这首诗里"淡得不能再淡的红药水"与周伦佑"发白的向日葵"是相似的修辞手法，用"红"得"褪色"来表达自己对政权的祛魅和失望。这些诗作中使用的"红太阳""红领巾""红药水"就可以一窥大陆诗中政治隐喻的变化规律。"红"成了这些喻体的词根，修饰限定了个人记忆中被它染色的事物，或者反过来说，这是诗人反身指认事物中的"红"，并有所创造地重新使用这个颜色。然而在积极地指认之外，对暴力的质问却也慢慢滑向一种忧郁的抒情，正如孟浪的《四月里的一组》：

---

① 周伦佑：《在刀锋上完成的句法转换》，唐山出版社（台北），1999年，第101页。
② 孟浪：《连朝霞也是陈腐的》，唐山出版社（台北），1999年，第100页。

谁是暴力的罪人?
互相指责的时候
分不清端坐者的彼此
分不清端坐的是与非。
谁是暴力的罪人
谁就是落木萧萧
风再起时金属毕露①

又如《冬季随笔》：

和平的、宁静的大雪
正在把枪械里的铁融化
一支军队整齐地进入墓地获得永生。②

    这些诗作光是题目就明显是抒情性覆盖了政治性，"落木萧萧""宁静的大雪"形成了一片萧索死寂的气息。靠"融化枪械""埋葬军队"获得了表面的和平，历史的屈辱和不平也再也难以得到"风再起时金属毕露"的时刻。如果按照台湾 80 年代对政治诗的要求，如"必须采用写实主义的路线、必须注意浅白、明朗、大众化"③，那大陆这几位诗人都不符合。他们对隐喻的再度处理，就好像明清诗里的用典一样，是对唐诗用典的再度处理，于是就更加转折。
    台湾政治诗敢怒敢言的语言风格，就和大陆政治诗的悲怆的抒情风格形成了鲜明的对比。我们来看一下孟浪的《死亡进行曲》：

---

① 孟浪：《连朝霞也是陈腐的》，唐山出版社（台北），1999 年，第 40 页。
② 同上书，第 51 页。
③ 孟樊：《当代台湾政治诗学》，《当代台湾政治文学论》，时报文化出版（台北），1994 年，第 322 页。

> 中弹的士兵倒下
> 伤口继续冲锋。
> 最后连伤口也倒下了
> 但鲜血在奔涌。①

而这是林双不的写法:

> 为了乡土
> 用血写下生命
> 用血高喊
> 不要怕
> 我们的血
> 流不干②

  这两个诗片段所描述的场景如此相似,都表现了一种血流不竭的英雄主义激情,但林双不的诗敢于说出"为了乡土"和"我们",诗的目的、背景和对象都非常清晰。孟浪的诗却已经完全没有号召的成分,而变成一种个人的战争情结。孟浪在诗中进行着漫长的武器告别式,他描写士兵倒下、炸药浸湿、武器融化、军队进入了墓地,这些战争结束进行时的场面反映的却是无法告别的心情。孟浪在大陆也是孤独的,因为更多的诗人对"战争"的纪念情绪已经没有那么强烈,他们更多的是希望翻过被主流意识形态挟持的历史,真正地开启个人生命体验的历程。

  1989年末,萧开愚坐上了去哈尔滨的火车,在火车上他写下了《国庆节》。诗的结尾这样写:

> 那个自大的概念已经死去

---

① 孟浪:《连朝霞也是陈腐的》,唐山出版社(台北),1999年,第68页。
② 转引焦桐:《台湾文学的街头运动》,时报文化出版(台北),1998年,第170页。

> 而我们有那么多活生生的话要说[①]
>
> ——《国庆节》(1989)

　　震荡才过去几个月,诗人觉得那一群人政治诉求的失败,是因为错估了现实,这种错估在他眼中就是"自大"的。他曾也是那些"自大的概念"的信奉者之一,可是在离开之际,他已经清醒并且厌倦,他想说的话不再是那一套话语。萧开愚的"告别"比孟浪的"告别"要有效得多,他不再表达痛惜之情,而是生生划出一条时间线,宣布过去已死。欧阳江河也在诗里说过,对于"死去"的就不要再去惊扰:

> 活着就得独自活着,
> 并把喊叫变成安静的言词。
> 何必惊扰世世代代的亡魂,
> 它们死了多年,还得重新去死。
>
> ——《冷血的秋天》[②](1987)

　　大陆文艺界几十年的赞颂、批斗,还有80年代的宣告,都是音量很高的"喊叫",长期的高音量已经让耳朵和心灵都疲惫不堪。在80年代中后期,很多诗人就已经从觉醒的兴奋转变为倦怠。这里需要提醒的是,或许大陆诗人的"非政治"转向并不是由于舆论环境的限制,也不是他们丧失了争辩的勇气,而是已经不想说,不想去挖记忆的坟。

　　与大陆诗人在诗中对权力的掩埋和疏离不同,台湾诗人对政治诗题材的开挖相当于是搜寻可以抗击的靶子。台湾政治诗"非诗"倾向也并非全部,但确实是台湾80年代大部分政治诗的特点。游唤在《八十年代政治诗调查报告》里,从1984年的《阳光小集》《台湾文艺》《春风》《南方》四个刊物中收集了142首政治诗,并对它们的主题和写法进行分

[①] 萧开愚:《此时此地》,河南大学出版社,2008年,第119页。
[②] 欧阳江河:《手艺与注目礼》,秀威资讯科技(台北),2013年,第37页。

类，写法分为"直说"和"象征"。在这 142 首政治诗中，主题归于"模糊"的只有 14 首，采用"象征"写法的只有 28 首，其余的都是主题鲜明直说不晦的政治诗。

如江自得的《咳嗽》：

> 愤怒的咳嗽
> 第一声是
>   牙刷主义
> 第二声是
>   党国资本主义
> 第三声是
>   他妈的烂主义[①]

粗口属于语言的形式暴力，一般是不会出现在诗歌里的，更不会用来搭配敏感的政治话题。不过这样嚣张的痛骂确实符合杨直矗对政治诗的要求："政治诗要有乱臣贼子惧的效果"[②]，诗人得是苦苓口中的"叛乱犯"。除了这种"批判"与"讽刺"的类型，还有就是对历史事件的纪念和对群众的呼吁，如郑炯明《永远的二二八》：

> 揭开历史的假面
> 今天，让所有认识和不认识的你我
> 互相牵手在一起
> 用力向天空喊一声：永远的二二八
> 因为公益与和平即将到来[③]

[①] 江自得、曾贵海、郑炯明：《三稜镜：江自得·郑炯明·曾贵海诗选集》，春晖出版社（台北），2003 年，第 18 页。

[②] 焦桐：《台湾文学的街头运动》，时报文化出版（台北），1998 年，第 151 页。

[③] 江自得、曾贵海、郑炯明：《三稜镜：江自得·郑炯明·曾贵海诗选集》，春晖出版社（台北），2003 年，第 180 页。

诗的节奏铿锵,音量高亢,有现场感,有感染力,字句也毫无歧义。这种明快与正面或许是政治诗应有的性格。可是将这种性格展露无遗,台湾政治诗也面临着尴尬的处境,便是政治诗语言趋于浅白、明朗,出现政治诗的变质现象,"诗的介入现实,却变成现实对诗的干预。表面上诗是介入现实而重整现实,但实际上是诗变成现实的工具,文字被动承载信息,诗沦落为口号呐喊的化身"①。这些诗具有强烈的抗争或讽刺意味,是对暴力和权力的正面对抗,但令人忧虑的是"结果变成只有政治而没有诗"②。

三、结 语

在暴力场所的演变上,大陆诗不仅从典型的暴力机关意象退回到社会日常生活,对历史上暴力发生地点也进行了"远视"的处理方式,较少将之直接与史实和人物连接;在暴力意象的运用上,也选取更为原始的意象,与时代始终保持着安全距离;其修辞策略则是大量使用政治隐喻,又对隐喻进行再次处理,造成了文本解读的多选。这些刻意的意识形态留白,以及政治话语、批评话语、文学话语在纠缠中嬗变,使得政治诗无论在内容和语言上都表现出了"非政治化"的特征。

同时期的台湾政治诗则随着政治松绑,表现出其热辣的街头性格和政论性格。在处理相同的题材时,更彰显出台湾政治诗的讽刺性、新闻性和感染力。可是其政治表达的胆力和热情主要放在禁忌题材的开发、戏谑底线的下调,并没有对政治诗诗艺的经营下太多功夫。这就让一些评论者会有"非诗化"的诟病,以及在这些极具抗争性和讽刺性的诗作

---

① 简政珍:《80年代的诗美学》,收于《台湾现代诗史论》,文讯杂志社(台北),1995年,第358页。
② 吴潜诚:《政治阴影笼罩下的诗之景色》,李敏勇诗集《倾斜的岛》附录,圆神出版社(台北),1993年,第144页。

中，当其抗争讽刺对象消失之后，这些诗还能否继续写下去的忧虑。

在比较的过程中，笔者曾一度认为大陆诗人的"政治感觉"是比较弱的。这个概念是由竹内好提出的："改革是一种需要流血的实验。实验是宝贵的，但它越宝贵，我们越不应该沉浸在哀伤中，而是要有效地利用实验的结果。这是我们后人的责任。帮助我们认识此责任的是良知的判断力，从广义上来讲，便是政治感觉。"① 指的就是对于过往的革命经验的反思和承担的能力。大陆诗人花了很大的力气都没有完全挣脱那一套左翼红色修辞系统。相比之下，台湾诗人即使在与主流政策文学迂回迎战，同时也不忘拓宽现代诗的边缘语境，在使用意象上也没有太多的历史包袱。但换个角度看，大陆诗人或许也充分开发、再利用了"十七年"的语言"遗产"，或以交织的反讽技巧或以震惊式的记忆提取技巧，丰富了当代诗歌的语言风景。比如多多的这首《青春》，很长一段时间，我都辨析不出这首诗中画面的张力来自哪里：

> 在我疯狂地追逐过女人的那条街上。
> 今天，戴着白手套的工人，
> 正在镇静地喷射着杀虫剂。

年少时读这首诗只觉得奇特，不清楚青春与大街上的消毒有何关系，只知道后两句描述的是一股禁欲的、肃清的气氛。这首诗中的"杀虫剂"可以说是从50年代形成的"消毒"系列的批判话语系统中抢救出来的一个意象。从"双百"方针引入"毒草"概念后，批判话语不断自我繁殖，到"文革"时期"红卫兵诗歌中反复出现着苍蝇、蚂蚁、蚍蜉等危及'社会主义江山'的'害人虫'意象，而清扫一切害人虫，成了消灭所有腐朽势力的象征"②。而多多这首诗中少年蓬勃的情欲，与"文革"时期的"大消毒"形成了"疯狂"与"镇静"的反差。一种比"示爱"更强烈的

---

① 竹内好：《近代的超克》，生活·读书·新知三联书店，2005年，第428页。
② 王家平：《红卫兵诗歌研究："疯狂"的缪斯》，五南图书出版公司（台北），2002年，第148页。

表达欲，被白手套工人手中的杀虫剂阻挡着、警告着。在这里我们再次看到，"消毒杀虫"这种极具杀伤力的政治话语，在同时期的地下诗人手上转为同时具备强烈的反讽性和创造性的意象。在这个层面上，大陆诗人"拓宽边缘语境"的能力和资源，都不比台湾诗人差。

80年代台湾解严之前，由一系列党外杂志冒险耕耘出了一片繁荣的政治诗园地。这个时期的"政治诗"最为勇猛之处不是修辞技巧的展练，而是开发禁忌题材，写政治狱、纪念"二二八事件"、官民纠纷、省籍问题等等。只是，题材的开发反而造成了"政治诗"的狭义化。有不少学者认为，如果不是针对台湾政权的抗争诗，就不能算政治诗[①]。禁忌题材的开发竟然也上升为道德尺度，对不写政治诗的人贴上"逃避文学"的标签，不客气地说，这已经是一种"题材绑架"。有的诗人领取官方的文艺奖，也会受到同辈诗人的攻讦[②]。这种现象，反而会使"政治诗"越写越自我受限，把本来无所不在、错综复杂的政治暴力简化为几个题材类型。

廖振富所担忧的是："政治诗如果只是为了控诉和抗争，一旦控诉与抗争的对象消失，诗即失去存在的价值，何况控诉与抗争激化到极致，艺术性必荡然无存。"[③] 所以当台湾解严之后，诗人真的获得了什么都可以写的自由，反而失去了方向。而大陆经过八九十年代的社会转型之后，严格意义上的政治诗也越发沉寂了，连遗留在诗中的"政治性修辞"也越来越含混不清了。

"政治诗"的衰落，并不是因为我们的社会问题减少了，而是因为问题更加复杂了，很难在诗中得到深入的表达，就如洪子诚先生所说：

[①] "具有'反共'意义的抗争诗，因其反抗的对象是台海对岸的中共政权，而不是宝岛的政权，因之，严格而言，仍不能算道地的反抗诗，引自孟樊：《当代台湾新诗理论》，扬智文化（台北），1998年，第185页。

[②] "一方面互相推荐说他也写了抗议诗，却结扎了领带，准备领取xx文艺奖，真使人百思莫解。这可恶的陋习是要极力铲除的"（廖莫白语），《台湾诗季刊》第5期（1984年6月），第101页。另外，《阳光小集》的解散也与社长向阳领取国家文艺奖引起部分成员不满有关。

[③] 廖振富：《一场现代诗的街头运动》，《中外文学》第287期（1996年4月），第136页。

> 况且在今天，诗人面对政治、社会问题和事件，已不像革命、战争、冷战年代那样能够自信地做出判断。越来越复杂化的"政治"，已经难以在诗中得到激情、质朴的明确表达，它更适宜放在学院的解剖台上，为训练有素、掌握精致技能的学者提供解剖对象。①

这一段话很在理，但是这种为诗人减压的说法却也让笔者感到不安，"政治"就这样划分给了学者么？可是笔者也不想将文学的政治性说成诗人的一种责任，这也会变成一种需要警惕的道德绑架。但可以确定的是，在"政治"越发难以捕捉的今天，社会中直接参与"政治"的人数其实是越来越庞大。诗人在当代的处境虽然越来越边缘，可是诗人想要自外于政治，那确实如罗伯特·勃莱（Robert Bly）调侃的那样："如果一棵树这样讲会更有说服力……"②

---

① 洪子诚：《读作品记：〈〈娘子谷〉及其它〉》，《新诗评论》总第20辑，北京大学出版社，2016年，第236页。

② Robert Bly: "Leaping Up into Political Poetry", *American Poetry: Wildness and Domesticity*, New York: Harper Perennial, 1991年, 第243页。

当代诗研究

界内／界外：
论李亚伟诗作中的历史狂想与地理移动[①]

林佩珊

一、前　言

在中国当代诗歌的发展上，朦胧诗与第三代诗歌间的影响与分歧，在 1980 年代形成巨大的论争与对话。如果说北京作为朦胧诗人的精神阵地，那么到了第三代诗人身上，则愈加凸显各地域的集结性，四川诗人更是醒目的一群，李亚伟成为其中不可忽视的诗人之一。李亚伟 1963 年出生于重庆，1982 年开始现代诗创作，在 1984 年 1 月他与万夏、胡冬、马松等人成立莽汉诗歌流派，此团体所持续的时间并不长，于 1986 年下半年渐渐退出诗坛。莽汉诗歌团体并不着重在文学理论的建构，也不着重在文学思潮深刻地辩论，他们最主要的表征来自于对莽汉精神的强调，以及对于生活经验的重视。在另一方面，就文学史的进程而言，以李亚伟为代表的莽汉诗歌团体，相当程度体现了中国诗歌从朦胧诗走向第三代诗歌的断裂意图，这种断裂不仅是诗美学的差异，更为重要的指标则是投向文化意识的问题。在《中国现代主义诗群大观 1986—1988》里，莽汉团体针对其莽汉主义作了如下宣言：

[①] 本论文初稿曾宣读于 2014 年 10 月 24—26 日新竹"清华大学"与北京大学新诗研究所、北京大学中国语言文学系主办之"两岸新诗国际论坛"国际研讨会。会中承蒙中央民族大学文学与新闻传播学院冷霜老师评论，惠赐宝贵意见，谨申谢忱。

捣乱、破坏以至炸毁封闭或假开放的文化心理结构！莽汉们老早就不喜欢那些吹牛诗、软绵绵的口红诗，莽汉们本来就是以最男性的姿态诞生于中国诗坛一片低吟浅唱的时刻。……莽汉诗自始至终坚持站在独特角度从人生感应不同的情感状态，以前所未有的亲切感、平常感及大范围连锁似的幽默来体现当代人对人类自身生存状态的极度敏感。①

从中可以看到莽汉团体对于诗歌创作的认知，是希望朝向日常生活出发，掘发一股亲近的力量，也因此在触及莽汉诗歌总不会忽视其口语化的特征，男性式的视角与幽默也形塑了其诗歌气质。然而更值得重视的是"捣乱、破坏以至炸毁封闭或假开放的文化心理结构"，从中看出莽汉主义以一种强烈式的宣言表达对于既有文化体系的不满。李亚伟自身在论及文化问题曾说道："'文化大革命'期间，人们离文化非常远，朦胧诗第一个把这个枯燥死板的门槛去掉，形成一个全国人民热爱文学的潮流。我们也是从中熏陶出来的，但我们发现，读者、作者和刊物正处在一个虚假的文学热情当中，谈文化成了一个时尚。"② 借由李亚伟的发言，能够反思若朦胧诗热潮展现了一种文化复兴的现象，第三代诗歌则在这个文化结构下，去注意从文化废墟到文化热潮里面，其中夹杂着英雄主义，甚而是追随文化英雄的时尚。然而对第三代诗人来说，文化价值的复兴并不仅是文化结构的再现，还有对于既有文化伦理的反叛，因此"反文化""反崇高""反传统"经常成为论及第三代诗人的一个显著象征，甚或变成论述的一个固着标签。

而在讨论莽汉主义时，必须得注意到莽汉主义不完全是诗歌，莽汉主义更多是存在于莽汉行为。③ 也就是说，在论及莽汉诗歌前，必得先注

---

① 无标示作者：《莽汉主义宣言》，《中国现代主义诗群大观1986—1988》，同济大学出版社，1988年，第95页。
② 欧亚、李亚伟：《李亚伟访谈》，《山花》第8期（2009年4月），第102页。
③ 李亚伟：《流浪途中的莽汉主义》，《豪猪的诗篇》，花城出版社，2006年，第215页。

意到他们的生活特质：一种愤怒、先锋举止、恣意吃喝的生活样态，进而展现出所谓的莽汉精神，自然也是对于正统伦理价值的不以为意。不过回归到诗歌文本来说，生活的认知与冲撞虽会注入其中，最终仍应以诗歌本身的表现为依归。延续上述文化的议题，笔者特别思及，所谓的"反文化"本身虽有对于传统的逆反，以进行对于某些价值的质疑，不过其中仍有许多暧昧空间，反文化的立基点不应只建立在"反"字，而是要去省视在"原有文化"的基底下，如何突破重围外，又带有回头凝视的眼光。

由此，本文欲从"反文化"出发，从中观察早期李亚伟诗作与此议题的辩证，并借由李亚伟后期诗作来梳理其中文化意识的转变，以突破针对李亚伟的诗歌研究多停留于早期诗作探讨的现象。除此之外，李亚伟诗作中的个人主体移动性强烈，与文化思考息息相关，所以本文将结合李亚伟"航海志"与"岛·陆地·天"的系列诗作挖掘其"多重移动"特质，从中凸显了个人主体的不确定性，在移动与跨界中去处理文化的议题。透过地理上的不断穿梭与调动，李亚伟重点并不在试图为地理做出清楚的标志，而是在出走的铺陈中，去看待文化的变迁，以及个人／集体位置的位移。在高度穿梭的模式里，也体现了他的历史叙事。

李亚伟更提及："我觉得一个诗人到了一定的时候，从自己的内心回到社会，他跟一个被流放的政治家回到社会不一样。他会走得更远，更不确定。一个政治家会想返回自己想象的社会位置。一个诗人则想返回到想象中的时间。革命毕竟是影响人类生活的最醒目的一部分。"[①] 本文也将着重讨论李亚伟的长篇组诗系列"红色岁月"以及"河西走廊抒情"，看诗人如何在时空的相互拉抬里去表现各种历史与政治，甚或是微妙的生命经验，并在地理大幅度的调度中，如何抵达文化意涵的再生，以与"反文化"达到辩证效果。

---

① 欧亚、李亚伟：《李亚伟访谈》，《山花》第 8 期（2009 年 4 月），第 105 页。

二、李亚伟与文化版块的配置

就李亚伟本身的创作历程来谈,自1982年进行现代诗创作起,李亚伟的诗歌作品主要集中于80年代,其引人注目的《中文系》一诗即是此阶段的作品。在1993年停笔写作之前,90年代的代表作品惟"红色岁月"创作系列(诗题亦有别名为"旗语""革命的诗")。中间诗人转往从事书商工作并停止写作多年,直到2001年才又有作品出现,近期受瞩目作品则为2005年到2012年间所经营的"河西走廊抒情"系列。其曾获得第四届华语传媒诗歌奖、第一届鲁迅文化奖、第四届《作家》奖、第二届明天诗歌奖、第二届天问诗歌奖等等。在出版方面,由于80年代李亚伟的诗歌发表过程主要以传抄、自印的方式传播,一直到2004年与默默合出了《莽汉·撒娇:李亚伟·默默诗选》,然而迟至2006年才正式出版第一本个人诗集《豪猪的诗篇》[①]。而后至2013年由杨小滨编入"中国当代诗典"第一辑在台湾出版《红色岁月》,2017年李亚伟作品纳入作家出版社的"标准诗丛",出版《酒中的窗户:李亚伟集1984—2015》,可见其被典律化的象征。

李亚伟的创作多以"系列"与"组诗"的方式呈现,可以看到他对创作"整体"经营的走向,不过在创作内容上,他并不以宏大作为最终目标。就整个创作历程而言,其分期可以其停笔作一分水岭,分为前后期,而"河西走廊抒情"系列则能视为诗人象征性的转变。

李亚伟的诗歌之所以与"反文化"画上等号,与他早期创作以反讽解构传统人事物题材,以及其先锋意识息息相关。在《二十岁》这首诗中,李亚伟以"我"为主体,用号召的自信姿态,来呈现其意识的前进力量:

[①] 诗人何小竹提及自己早在1984年就读到李亚伟第一本自印的个人诗集,名为"手虫诗"。参见何小竹:《人民的诗人李亚伟》,《涪陵师范学院学报》第22卷第6期(2006年6月),第92页。

> 我来了
>
> 和大蜥蜴翼手龙一起来了
>
> 和春秋战国
>
> 和古代的伟人跑步而来
>
> 听吧,世界,女人,21岁或者
>
> 老大哥老大姐等其他什么老玩意
>
> 我举着旗帜,发一声呐喊
>
> 飞舞着铜锤举着百多斤情诗冲来了
>
> 我的后面是调皮的读者,打铁匠和大脚农妇
>
> 我们穿着诗集、穿着油画
>
> 我们穿着虎皮背心扛着巨大的恐龙蛋
>
> 我们做着广播体操来了①

在这里面,"我"不是以背负沉重的历史使命的样貌出现,"我"是和古代伟人并驾齐驱出现,却带有改变的气息,轻快地直接建构"我"所带来的新世界,而不着重于历史背景中"我"的产出。在另一方面,穿戴诗集与油画,仍旧表达对艺术思想的吸附,且又同时在诗中反映拥抱日常的心灵。而《中文系》一诗,更特别嘲弄中文系所象征的伟大传统:

> 中文系是一条撒满钩饵的大河
>
> 浅滩边,一个教授和一群讲师正在撒网
>
> 网住的鱼儿
>
> 上岸就当助教,然后
>
> 当屈原的秘书,当李白的随从
>
> 当儿童们的故事大王,然后,再去撒网
>
> ……
>
> 老师说要做伟人

---

① 李亚伟:《二十岁》,《酒中的窗户:李亚伟集 1984—2015》,作家出版社,2017 年,第 18 页。

> 就得吃伟人的剩饭背诵伟人的咳嗽
> 亚伟想做伟人
> 想和古代的伟人一起干
> 他每天咳着各种各样的声音从图书馆
> 回到寝室
> ……
> 中文系有时在梦中流过,缓缓地
> 像亚伟撒在干土上的小便像可怜的流浪着的
> 小绵阳身后那消逝而又起伏的脚印,它的波浪
> 正随毕业时的被盖卷一迭迭地远去①

诗中将中文系比喻成一条大河,若以正面来写,将有滋养孕育的意涵,然诗人却以河来表示这种集体性的中文系养成,实有僵化的危机,并成为文学的附庸。诗人又特别让"亚伟"这个自我主体置入,具备一份现场感与趣味性,并借由模仿反讽中文系塑造的伟人假想。最后将中文系的长河源源不绝的文化传承,导向小便的液体思考,且具备远去的意图,俨然是不加留恋的。② 在《我是中国》里又更具自信姿态,甚而带点挑衅:

> 我也许是另外的我、很多的我、半个我

---

① 李亚伟:《中文系》,《豪猪的诗篇》,花城出版社,2006年,第6—11页。
② 《中文系》这首诗受到注目与传颂,笔者认为是符应了当时的时代风潮,加上中文系又是一个巨大的传统象征符号,所以此诗不断在意义上被翻搅,甚其中的嘲弄姿态也不难想象会被放大。但在此诗的背面,或也潜藏着对生命历程的召唤,严格来说,这首诗并非是完全的反叛。在另一方面来说,李亚伟的其他作品比之《中文系》并不逊色,甚至更具创造力与复杂性,只是少被评价与论及。而李亚伟自己是这么说的:"我自己对这首诗的评价,不是因为它不留余地地讽刺了我国大学教育,而是因为这首诗在当时以一种完整的形式、一种全新的诗歌观念、一种和主流诗歌截然不同的语言方式,挑战了当时人们对诗歌的认识。这种诗歌形式,是五四新文化运动以来没出现过的。"见刘涛:《心香:当代诗歌访谈》,重庆大学出版社,2014年,第79页。

> 我是未来的历史,车站另一头的路
> 我是很多的诗人和臭诗人
> ……
> 我是中国的现在、过去和今后
> 我是死者、活人和半死不活的家伙
> 这块土地上很多我、女性我、半个我
> 都很好玩很好玩
> 我不一定是他们
> 但他们都是我
> 而我又是中国[①]

在李亚伟早期的这些诗作中,采用"我"作为发声主体,以一种无谓且无畏的样貌出现,"我"的繁殖生发占据及分散中国各处,诗人以狂妄的语气让"我"含纳中国的未来、现在与过去,成为不会消逝的"先导"角色,最后更以个人版图取代中国版图,然而诗中的霸气却又同时夹杂着戏谑。李亚伟这种幽默外显辅以严肃内里的风格,其实为历史书写注入不少活力,诗中的"我"不是把自己放在历史刻度上衡量,而是自己就可以创造历史,因此在看待李亚伟的诗作时,往往会先注意到他这种"翻新"的个人声场。

陈大为在论及第三代诗歌时,曾提出两项值得讨论的诗学变革,亦即"历史的平面化"与"叙述的稗史化",他认为:

> "历史的平面化"即是由"一代人"逃向"一个人"的创作意识之转变。……于是他们告别了传统与历史,将思维从朦胧诗的史诗层次骤降下来,并消解了诗的群体代言性质,宣称他们不再代表社会、甚至不代表"一代人","我"只代表自

---

① 李亚伟:《我是中国》,《豪猪的诗篇》,花城出版社,2006年,第21页。

己。诗不再背负沉重的历史和意义,回到简单的生活层面。[1]

"叙述的稗史化"包括诗歌语言、题材、叙述视野等创作要素。后朦胧诗人表现了对于精致语言的嫌恶,他们认为朦胧诗的贵族化倾向就是对于意象的刻意追求。所以他们放弃了意象的营构,为了消解意义而导向拒绝崇高、把大量的平凡甚至平庸的素材引入诗中,用世俗的琐碎以替代新诗潮的崇高严峻。[2]

相对于朦胧诗人神圣的历史感,历史危机后的承担与进行再建历史的路线,在李亚伟的诗歌中确实能够印证"历史平面化"的现象,既有告别传统与历史的题材,又以个人的"我"显示态度。因此再看待前述所引诗作,会发现以"中文系"作为题名,加之对文化源流的嘲讽,甚至不把中国历史置于渊源长流的视野,这些自然会成为1980年代反价值的指针诗作,不过以此论断李亚伟的反文化意识,仍过于简单,或可总观其整体诗作,方能看出其文化路径的曲折与歧出。

至于"叙述的稗史化"则是整体大方向的判断,对于个别诗人则应再商榷,在李亚伟身上则显示出双重矛盾与吊诡,李亚伟自己宣称诗歌是为打铁匠和大脚农妇服务的,其中即引出两个不断被拿来作为第三代诗人的重要特点,亦即"口语化"与"平民意识"的交互镶嵌。包兆会指出口语化的创作强调"语感"先于"语义","身体性"和"现场性"先于文化性和精神性。[3] 如此一来更便于和平民意识结合,笔者认为李亚伟的诗歌创作确实彰显了莽汉"语气",也不故作高深,但就实际的创作内容而言,李亚伟诗歌的跳跃嫁接与断裂性强烈,甚至在题材上大范围的融杂,其实并不完全显得日常化,题材也不一定偏向民间。他的诗歌"好汉的诗""醉酒的诗""好色的诗"等系列确实企图由日常经验出发,

---

[1] 陈大为:《中国当代诗史的典律生成与裂变》,万卷楼(台北),2009年,第33页。
[2] 同上书,第40页。
[3] 赵宪章、包兆会:《文学变体与形式》,南京大学出版社,2010年,第126页。

但会发现李亚伟诗作中着重的并非展现平民生活,尤其与同样是 80 年代创作"岛·陆地·天"与"野马与尘埃"系列相对照,更能看到李亚伟诗歌偏离日常经验,而倾向诗美学与"异地"相互建构的面向。

因此,在观看李亚伟的诗作时,会让人反问莽汉主义的"反文化"的立基点是什么,在大量的反文化论述底下,有几位论者提出了其他意见。李新宇认为:"李亚伟的诗集中地表现了'莽汉'们的'反文化'倾向。他的'反文化'并不是一般的反文化,而是反对异化的文化规范。他的诗表现了对现存文化秩序和文化状态的困惑、怀疑和绝望。"① 毛靖宇则提及:"他的'反文化'不应理解为仅仅是选择了粗俗化的题材和美学风格,而应该理解为他对现代汉语常规语法以及常规语义所依附的现实世界的突破和超越。"② 李震更直接点出:

> 事实上,在李亚伟的诗歌中我们可以看到,他在用"酒"、用"流浪"、用"打架"、用"追女孩"、用"恶作剧"、用"反讽"等等卸掉文化包袱的同时,在他的肩上确依然扛着"旧文人情怀""才子佳人情结"和为"大脚农妇""打铁匠"们服务的包袱。③

李震看得通透,道出李亚伟诗作中的文化包袱,没有那么纯粹反文化,因为所谓的文化姿态很是高蹈和引人注目的,可是最终仍得回到诗歌本体的历程来看,才能得到理解与释放。另外,特别有意味的是林平乔在爬梳李亚伟诗歌传统文化精神的论述里,涉及"反文化"议题时,即以扩大面向的评价:

---

① 李新宇:《中国当代诗歌艺术演变史》,浙江大学出版社,2000 年,第 297 页。
② 毛靖宇:《中国当代诗歌回眸之杨黎、李亚伟、柏桦、张枣》,《红豆》第 9 期(2008 年 9 月),第 85 页。
③ 李震:《重读李亚伟》,《豪猪的诗篇》,花城出版社,2006 年,第 250 页。

> 说到底,他的那种狂傲自负的非理性的反文化姿态,是一种诗人传统,也是现代汉语诗歌前进与发展所需要的一种文化气质。他在批判、破坏的同时,也在自觉地继承、借鉴传统文化。[①]

林平乔将"反文化"与"诗人传统"扣连,这是正向且具备延伸开展意义的连结,说明时代里有其自身的进程必要,确实是一个解套与让反文化含纳性更大的说法。综合以上论述可知,反文化的立基点较多来自于现实环境的超越与新路径的开启,但是并不代表对于文化传统的割裂。在李亚伟诗作"空虚的诗"等系列,仍能够看到文化脉络的影响,甚或至"河西走廊抒情"系列对于文化素材的高度挪用。因此除了像是《中文系》《我是中国》《苏东坡和他的朋友们》《司马迁轶事》这样显而易见对于传统象征与人物改造主题先行的诗作以外,应对李亚伟诗歌有另外的评价方式。

除此之外,李亚伟在《英雄与泼皮》中提到:"当初'莽汉'们对自身有一个设计和谋划,那就是集英雄和泼皮于一体,集好汉和暴徒于一身。"[②] 所以在李亚伟的诗里,不免有行走江湖的气概,然而既是集英雄与泼皮于一体,诗里的英雄不是行侠仗义的拯救象征,而是自由行走与生活的生命哲学。李亚伟在叙述自己的写作观念时亦如此说道:"我刚开始写诗的时候,就有一个信念,我以为诗人没必要写一万首诗,但必须行万里路,要去会见最强硬的男人,也要去会见最软弱的女人,要把他的诗歌献给有头脑的敌人和没头没脑的爱人。也就是诗人应该和生活发生不可分割的关系,这样才有希望写出更加宽广的生命感觉。"[③] 自由地闯荡可说是《豪猪的诗篇》诗集的最高意义。

---

① 林平乔:《论李亚伟诗歌的传统文化精神》,《西南交通大学学报(社会科学版)》第 17 卷第 1 期(2016 年 1 月),第 48 页。
② 李亚伟:《英雄与泼皮》,《豪猪的诗篇》,花城出版社,2006 年,第 224 页。
③ 无标示作者,易光编辑:《第四届华语文学传媒盛典年度诗人李亚伟获奖词》,《涪陵师范学院学报》第 22 卷第 6 期(2006 年 6 月),第 94 页。

不过，在李亚伟的诗作中，这种闯荡正如上述是和好汉暴徒相结合，因此其诗中的行走意涵更为外显的是不顾一切的直率前进与告别，这是属于外在属性的层面。柏桦与余夏云是少数点出李亚伟诗作具有"漫游性"的评论，他们认为这是一种将"写作风格"和"生活风格"紧密相连的"漫游性"，是边流浪边写诗的实践。所以他们特别注意到这份漫游性带来的愉悦与自由："这样的自由，正是文本空间的漫游性，它通过语词的随意性，抵达极乐的边境。意义破散，诗意的联想漫游激荡。被压抑的风格本来就有其浅流暗涌的信道，自己的路径，它根本无须侵蚀他人的宇宙，宣告为经典或正统。"[①]柏桦和余夏云着重在文本空间的漫游性，笔者认为将此与诗中的漫游主体相扣连，能够更加凸显李亚伟创作中的地理移动意涵。李亚伟的《我们》一诗，即可见人与地理的多重交织：

>我们从表面上来
>在经和纬的两种方式上遭到了突然的编织
>我们投身织造，形成花纹，抬头便有爱情
>穿着花哨的衣服投身革命，又遇到了领袖
>我们流通，越过边境，又赚回来一个
>我们即使走在街上
>也是被梦做出来的，没有虚实
>数来数去，都是想象中的人物
>在外面行走，又刚好符合内心[②]
>
>——《我们》

观看李亚伟的诗作，容易被表面的声口吸引，忽略他诗中更为深层

---

① 柏桦、余夏云：《闯荡江湖：莽汉主义的"漫游性"》，《当代文坛》第5期（2007年5月），第126—128页。

② 李亚伟：《我们》，《豪猪的诗篇》，花城出版社，2006年，第116页。

的部分，这首诗恰好能看出诗人在稳健中所凸显的流动性，而试图抵达内心的过程。《我们》以复数主体穿梭于诗句当中，成为相遇的必要起首。诗中虽写说"我们从表面来"，看似不特别出奇的来向，但诗人却描写出在无数的交会中，引发的故事与情节，可以是爱情，也能够革命。在此诗中感受不到"止"，而是种种变换的路线与自我改造的历程，具有无限的延伸感，没有起点与终点。最后诗人探究到这种我们在行走与越境间，关于自我消融的虚实问题。而使人认识到，这些表面的行走，是在种种"遇见"中彰显其意义，即使无法落实坐标，但在表面底下，内心已有所感知与重组。而这些都建立在李亚伟诗作中所营造出的高度"体验感"，诗人往往在快速的节奏中切换体验，行走中的"体验感"即是阅读李亚伟诗作的乐趣。

当然，最不能忽视的是诗中的男性硬汉特质与行走的关系，李亚伟在诗作中对于不庄重施以力道，使其在闹剧中回荡出好汉的力量。从李亚伟起初的创作系列："好汉的诗""醉酒的诗""好色的诗"里，能够看到李亚伟主要以"硬汉"作为男性主体，却从中不断安排女性与之交会。笔者在此想要强调的是，李亚伟诗内的男女关系，不能单从男性的强势对于女性的性别观点来探讨，因为追寻其诗中的硬汉特质："我们本来就是／腰间挂着诗篇的豪猪！"[1]背后真正触及的仍是对于文化底蕴的深层思考。女性在李亚伟的诗作中可说是一个驱力，而且经常呈现模糊化的状态，甚至出现不重视女性、满不在乎的态度，但笔者认为李亚伟实将女性作为一个"文化客体"在思索，借由女性表现出呼喊主体的效果，这或是另类翻转的思考面向。当诗中的我／我们这个男性主体与文化客体碰撞之后，经常出现离开现状而强烈表达要到远方的特质。例如：

走过女朋友身边
告诉这些尖声怪气的画面

---

[1] 李亚伟：《硬汉》，《豪猪的诗篇》，花城出版社，2006年，第2页。

我要去北边
我要去看看长城怎么啦
我要去看看蒙古人现在怎么啦
去看看鲜卑人契丹人现在怎么啦
我要到很远很远的地方
去看看我本人
今儿个到底怎么啦①

他们的足迹会遍布塞外遍布世界各地
待最后一个小混蛋长大成人
我就亲自挂帅远征
并封你为压寨夫人
我们将骑着膘肥体壮的害群之马
去很远很远的地方戍边②

我仍然要带你去海上
用红绸束一座岛
并俯在水面用语气猎一条大鱼
骑着它向北方飞去③

她也这样在我命外疾驰,穿过一段段历史
在豪饮者的海量中跑马量地
而我却在畅饮中看到了时间已漫出国家
她的去和来何曾与我有关!

---

① 李亚伟:《进行曲》,《豪猪的诗篇》,花城出版社,2006年,第5页。
② 李亚伟:《毕业分配》,同上书,第14页。
③ 李亚伟:《美人》,同上书,第69页。

> 天空的阶梯降到海的另一面
> 我就去那儿洗心革面，对着天空重新叫酒！①

"到远方"的概念在诗中高频率的出现，有时是携带他人而去，更多是我的离去，李亚伟诗中具有明显的位移意念，透过当下的行走，表现的是离开现状的思维。然而在这些个别的诗作中，这种远方的思索经常作为诗句结尾的一个想望，成为想象的定点，诗人并没有特别铺陈如何到远方、到远方的历程为何，以及最终的目的地在哪。可见诗中主体对于生命地图的逸离与重新追寻和探讨，即使尚未寻找到解答，但这莫不是一种文化思索的地理分配。

至于这种"到远方"的企图，霍俊明亦曾将之与一代人的心理结构相链接，颇有意思：

> 很值得注意的 80 年代的一个诗歌现象是，很多南方诗人以及北方诗人除了在自己周边省份活动外，将更多的时间和精力放在了远方。换言之，南方诗人到北方去，北方诗人到南方去成了那个时代诗人特殊的选择。当然一定程度上我们可以说熟悉之处没有风景，诗人到远方去有着好奇的心理。但是在 80 年代特殊的环境之下，这种诗人和"远方"的关系更多带有那个时代鲜明的时代精神和诗歌理想。"远方"正是那一代人被空前激发的诗歌热情在青春年代的高能量释放。②

霍俊明的观点虽是从现实中诗人的位移出发，且与理想性相结合，但实际上这背后夹杂着对时代的突破，有时也是不得不出走的开拓象征，霍俊明的说法借由地理概念转而发展出诗人的"精神地形学"。霍俊明后

---

① 李亚伟：《天空的阶梯》，《豪猪的诗篇》，花城出版社，2006 年，第 134 页。
② 霍俊明：《无能的右手》，北京大学出版社，2013 年，第 321 页。

来接续出版《从"广场"到"地方"：微观视野下的诗歌空间》等书，对各地的诗歌空间所展现的意义有更详尽的论述，其也特别标示莽汉向北边、远方出发的冲动，强调尽管李亚伟等"莽汉"嘴里不断骂骂咧咧，但这正是他们骨子里"理想主义"的极端呈现，认为这种远方很多时候是与"北方"相一致的，甚至有时候是可以替换的。[①]一如笔者前述所举的例子加上论述，出发的意念确实在李亚伟诗作中是鲜明的特点，但是在李亚伟的诗作中，远方是热情的追寻，也是彷徨的出发，事实上其中还涵盖了迷途的未知。若能较为整体地看待其前后期诗作，笔者反而认为，李亚伟诗作中的"远方"是愈难被实际的方向置换，界限越来越飞散与多棱角，更是重新建构文化身份的可能，尤其地理板块与个人的互动，有了更多难以归纳的面向。

三、出走驱力："航海志"与"岛·陆地·天"系列中的跨界意涵

从朦胧诗发展到第三代诗歌，其实都注重自我的一个凸显，也同样面对历史的困境，但相对来说，站的文化位置不同，也导致了诗歌题材反思角度不尽相同。从1976年结束"文化大革命"之后，朦胧诗人群发展到80年代初期，对于文化的担忧与亟欲叩问过往被摧毁的空白体，让他们有着更多从人道主义出发，引发对历史现实的呐喊。如何与过往历史对话与重建文化，成为创作上不可回避的问题。

表现在创作题材上，汲取传统文化题材以及重建各地域的特色[②]，是

[①] 霍俊明：《从"广场"到"地方"：微观视野下的诗歌空间》，花木兰文化出版社（新北市），2014年，第262页。
[②] 洪子诚在《寻根趋向》中提到韩少功寻根的看法，其中对于传统有更细腻的说法，洪子诚提及："他从自己的选择和判断出发，提出了'规范'的传统文化与'不规范'的传统文化的区分。他的解释是，前者指的是产生于中原的、以儒家学说为基本核心的文化，后者则更多存在于野史、传说、民歌、神怪故事以及偏远地域（包含少数民族聚居地区）的民情风俗之中。"收于洪子诚：《作家姿态与自我意识》，北京大学出版社，2010年，第36页。

可供重返的途径,80年代的寻根风潮与辩论可视为必然的过程。

在诗歌方面,李振声认为文化寻根诗其实是介于朦胧诗和第三代诗之间的一个过渡层。以杨炼为例,早在1982年开始他就写成以古文化作为主题和背景的"半坡"组诗。① 姑且不论将杨炼归于寻根诗的判断是否适宜,笔者认为撷取中国传统文化素材以构造庞大的历史背景,除了书写的企图之外,在驳杂的文化背景知识下,提炼出一套价值体系,实际上也是从这份价值中去彰显自身的位置,以此获得自我身份的确认。

李振声也特别论及由于寻根诗在主观意图上还是在客观效应上都呈现出一种对史诗品格的追求,从而在处置个人和文化传统的关系时,会身不由己地将价值取向的重心偏移到非个人的文化传统一边。另一向度的诗人采取的策略即把历史大胆地解释为不过是一个个互不联通的断层的累积过程,强调个人经验的独特意义和自己直接置身的时代的特殊价值,从而去动摇和抗衡有关文化历史是一个延续性整体这一根深蒂固的信念。② 另一向度的诗人所指的即为第三代诗人。巴铁则点出在眼花缭乱的实验翻新中,两大现象正在成为现代诗扇面的边缘:一是文化化,二是非文化化倾向。他比较出两者的差异:

> 前者往往把想象的阿米巴菌放在哲学、历史、宗教、神话巫术等营养液中,用典深奥广博,意象怪诞繁复,句式冗长堆砌,语词文白夹杂,以追求史诗、神话、人类学效果来标榜对东方古典文化精神的弘扬或文化自身的寂灭;后者作为前者的反动,则往往把感觉的疫苗植入日常生活、现实事件、本能冲动等培养基上,结构灵活短小、意象琐碎细腻,言语自然通俗,以追求幽默、戏谑、调侃、反讽的效果来表现对生活经验、存在价值的态度和感受。前者感兴趣的是艺术内容的价值系统,

---

① 李振声:《季节转换:"第三代"诗叙论》,复旦大学出版社,2008年,第2—9页。
② 同上书,第35—36页。

后者看重的是语言艺术的感觉形式。①

前者可以石光华、杨远宏代表的整体主义，以及以欧阳江河、廖亦武代表的新传统主义为范畴，两者皆可以看到其受中国文化以及史诗倾向的影响。而后者是以周伦佑为代表的"非非主义"、韩东代表的"他们"，还有李亚伟代表的"莽汉主义"等为范畴。从文学史的角度来说，关于文化向度的思考，不难理解论述中的比较做法，却也不免出现二分法的趋向。以本文所讨论的李亚伟来说，李亚伟所关怀的现实，确实有淡化历史感的走向，但他并非决绝的去文化化，而是其中的文化感产生质变，被外在的表现所稀释。他在处理历史的问题时确实不往史诗靠拢，即使他也擅长经营组诗，不过他有自己在叙述上的时空调节，走的不是文化寻根的路线。

（一）航海漂流

洪子诚在《中国当代新诗史》梳理朦胧诗与第三代诗歌的演变与差异时，特别论及"地域"因素对诗歌的影响。洪子诚指出：

> 提出诗歌的"地域"问题，不仅是为诗歌批评增添一个分析的维度，而且是"地域"的因素在80年代以来诗歌状貌的构成中是难以忽略不计的因素。在诗歌偏离意志、情感的"集体性"表达，更多关注个体的情感、经验、意识的情况下，"地域因素"对写作，对诗歌活动的影响就更明显。偏于高亢、理性、急促的朦胧诗之后，诗歌革新的推进需要来自另外的因素作为动力：比如世俗美学的传统，现代都市中人的生存境遇，对"感性"的更为细致的感受力等等。"南方"提供了这样的可能性。除了上海、南京等地之外，80年代中后期四川的诗歌实验

---

① 转引自于可训：《中国大陆当代诗学》，秀威资讯科技（台北），2013年，第270—271页。原资料出自巴铁：《"巴蜀现代诗群"论》，见四川青年诗人自办刊物《巴蜀现代诗群》。

似乎爆发了更大的能量,以至被称为"第三代"的策源地。①

就洪子诚的说法来看,第三代诗歌的发展更加重视一种个人生命与生活体验,若加入地域因素的思索,确实是个值得玩味的切入点。笔者认为至少可以体现在三个层面上:其一,从诗歌的题材去挖掘地域的书写,反映出诗人关怀的层面;其二,地域本身的语言置入诗作,造就语言的混杂性,形成独特的诗歌语言风格;其三,地域的区隔本身也可以是诗人的位置与姿态的展现。先从后二者归纳,以本文所讨论的诗人李亚伟来说,他将四川方言融入诗歌中,被视为口语化创作的一项重要成果,再加上莽汉精神的突出,使得李亚伟的诗歌带着一种幽默恣意的狂放特质,其中除了区隔于朦胧诗群,也兼具抗衡作用。

关于从地域/地理的角度切入来看待文学,并非是特别新鲜的角度,却是别有意义的,从古代文学以至当代文学都不少见这样的研究视角。就当代诗歌而言,近几年也有相关的成果展现,可见以地域/地理概念来观看诗歌,是近来愈受到重视的。2013年孙琴安所著《中国诗歌三十年:当今诗人群落》,即以北京、四川、广东等区域划分各诗人群落,兼及诗人介绍浏览。②2014年霍俊明的《从"广场"到"地方":微观视野下的诗歌空间》以历史性的眼光,爬梳诗人的来往活动,具备某种历史的"现场感",并特别阐释"地方性知识"与各种空间产生的诗歌关系,着重分析"北方"与"南方"彼此的影响与焦虑。③2015年张清华所主编《中国当代民间诗歌地理》两大册出版,洋洋洒洒罗列介绍各民间诗刊与代表诗人诗作,其特别强调中国当代诗歌的文化地理特性是在"体制外"的民间诗歌群落中发现和体现的。且认为在这个近乎无限大的群体中,"政治地理"意义上的对于官办诗歌与权力诗坛的僭越,"文化地

---

① 洪子诚:《中国当代新诗史》,北京大学出版社,2010年,第253—254页。
② 参见孙琴安:《中国诗歌三十年:当今诗人群落》,上海社会科学院出版社,2013年。
③ 参见霍俊明:《从"广场"到"地方":微观视野下的诗歌空间》,花木兰文化出版社(新北市),2014年。

理"意义上的地域风尚的倡扬，还有"文学地理"意义上对于诗歌界某些时尚趣味与精英规则的挑战与解构，都得到了充分的体现。[①]针对四川此地域，2017年亦有李永才、陶春、易杉主编的《四川诗歌地理》一书问世，向新诗百年致敬，并呈现四川的创作生态。[②]

然而若试图从题材上去寻找李亚伟诗歌中的地域性，可以发现地域在李亚伟的诗作中具有模糊化与暧昧的倾向。李亚伟诗中个人主体的移动是强烈的，即使并非是描写地理的主题创作，也有一种离开的驱力，诗人在诗中总是将视域投入不特定的场域，相较于陈东东所书写的上海光景，李亚伟反而不将自己投入四川，他构筑了更为独特的路线，形成有趣的悖论，让人重新思考诗人和地域的必然性。在"航海志"系列与后面欲探讨的"河西走廊抒情"系列则是明显对于一个庞大空间的命名与书写，这两个系列分别象征了个人主体的出走与回归，体现了不同的文化叙事。本节先以"航海志"系列作为探讨对象，李亚伟在接受访谈时提及："写《航海志》的时候，我意图不是很明显，想从很远的地方来看社会，看生活。想用历史和地理对人生交叉扫描。"[③]其实在李亚伟的诗作中，这样的远方概念虽会让诗作的地图显得不清晰，但其中夹杂的内容确实提供了多重地理空间的相互参照。

在讨论李亚伟的"航海志"前，应先与同是莽汉诗人胡冬的《我想乘上一艘慢船到巴黎去》进行对话，其诗一开头：

> 我想乘上一艘慢船到巴黎去
> 去看看凡高看看波特莱尔看看毕加索
> 进一步查清楚他们隐瞒的家庭成分
> 然后把这些混蛋统统枪毙
> 把他们搞过计划要搞来不及搞的女人

[①] 参见张清华主编：《中国当代民间诗歌地理》，东方出版社，2015年。
[②] 李永才、陶春、易杉主编：《四川诗歌地理》，四川文艺出版社，2017年。
[③] 欧亚、李亚伟：《李亚伟访谈》，《山花》第8期（2009年4月），第106页。

> 均匀地分配给你分配给我
> 分配给孔夫子及其徒子徒孙①

  胡冬在这首诗里清楚地表达了欲前往的地理国家,但是诗中的"我"并非是到西方朝圣,在这首长诗里,每一小节皆以"我想乘上一艘慢船到巴黎去"作为起始,然而在做巴黎的各种巡礼之后,经常有着路线的转向,转回调侃中国的目的性才是这艘慢船的终点,即使诗中的航线持续行进。由这点来看,其实与《中文系》的所呈显的效果有异曲同工之处。

  回到李亚伟的"航海志"来说,至少有两个需要注意的现象:其一,是它与一般航海文学的差异,据关崴的说法,航海绝对是一场历险,这是流动与静止、主动寻找和被动等待交错的过程。②另外,在"航海冒险"母题中,"冒险"即是代表航海出行的过程都不是一帆风顺,而是充满艰难险阻的,必须通过人的智慧,凭借顽强的意志才得以成功返航。③但是在"航海志"中所强调的不是航海文学里的冒险旅程,但确实是一自我的逃逸路径,而此组诗彰显的也不是航海历程中强大的个人意志;其二,此组诗让人看到李亚伟诗作"到远方"表达出走驱力后的远方历程,而不仅是一个定点的概念。

  首先,在《之一:诗笺》里诗人先总提一种精神的纲要:"花是藤子寄出的信/非洲是亚洲寄出的信/草原是马寄出的信/跑是走寄出的信。"④在诗笺里面,可以看到两种事物具有横跨分离的区隔性,却也有着相连的关系,甚而具备分殖、传递的意味,第一首诗为意念潜藏的伏笔。《之二:乘船换火车而又乘船》颇能反映个人地理板块下的思索:

---

① 胡冬:《我想乘上一艘慢船到巴黎去》,收录于唐晓渡、张清华编选:《当代先锋诗三十年:谱系与典藏》,江苏文艺出版社,2012年,第135—138页。
② 关崴:《为什么出航?:航海文学中"航海"行为之于人的意义》,台东大学儿童文学研究所硕士论文(台东),2007年,第3页。
③ 贺佳:《海上的奥德修斯:论"航海冒险"母题的演绎与成因》,《西安社会科学》第28卷第2期(2010年4月),第95页。
④ 李亚伟:《之一:诗笺》,《豪猪的诗篇》,花城出版社,2006年,第102页。

>我浮出海面至少是印度洋一带
>我被几座岛屿思索得像一艘军舰一路上开着炮向南逃去
>
>我哼着歌回忆我的国籍并遭到了歌曲的重复
>其实我很平静,我只是顺着一根藤子去看看那边结的什么恶果
>藤子在后面边走边想这果得他妈到远一点的地方去结
>午后越来越强烈的非洲气味使我伸出了
>鼻子的零头①

诗的开头显示了直接的浮出样态,个体的我漂浮在亚洲的地图板块,而不是让个体处于中国的土地上,面对各式教人困扰的问题,这趟航海甚或有被迫行进的意味,但其置身的不再是中文系的长河之中,而是一趟个人的航海旅程。李亚伟诗中经常出现"天/海/陆"三体共构的现象,这里的海洋提供给个体一处逃逸的空间。个体在异地里去想象中国的土地、中国的国籍,虽然中国本身才是所欲对话的主体,但在"航海志"中却成为一道背景,李亚伟的思维即透过他方的视角,来表现异地而处的思考脉络。异地的书写虽让中国这个名词虚化,诗作中却以身体叙事来凸显其动态,可见个体深处的纠结:

>我收拢是水放松是水我像是碰到了潜艇
>而卵石碰到的肯定是鱼
>鱼碰到的肯定是岛
>我耸了几下,其中有三次让人吃惊是中国肩膀
>打开窗户,这是孤独而又多情的时刻
>我挺起了另一个人的胸膛
>我真像一个女人独身去非洲闹革命
>我不停地晃动把性格以外种族以外的各部位

---

① 李亚伟:《之一:诗笺》,《豪猪的诗篇》,花城出版社,2006年,第103页。

以及手的延伸部分使劲晃动一下子
就从五十亿人中挤了出去①

　　诗中的事物连接是既定意象的串联,却充斥着跳接性,肩膀本属于个体的一个部分,在此却是具有多重分裂的现象,身体充满中国制造的痕迹。诗中以中国肩膀表示问题的所在,以及挥之不去的干扰。李亚伟诗作中虽有许多离开当下现实,去形成一个新的个体的概念,但也同时并存母体文化的牵扯,不再使自己成为群体的部分。不过因为在前期作品"航海志"像引文中对于中国的矛盾较之后来书写的"河西走廊抒情"其实并不显著,实际相关词汇也不多,然而如此透过对于异国的不断强调与铺陈,更加凸显的看到李亚伟强烈营造的"有距离的文化叙事",甚至将中间的许多路途消解,《之三:金色的旅途》中:

　　　　我不知道我的这条路有多远
　　　　我想我甚至不是去扎伊尔
　　　　我不想去哪儿
　　　　而不想去哪儿等于就是去南美
　　　　我在波哥大干活来着还是怎么的
　　　　我在亚马逊偷猎来着还是怎么的
　　　　我吸大麻,每日三餐河马
　　　　我沿着智利海岸一直流浪
　　　　我边走边想
　　　　我这是在哪儿
　　　　是不是迷了路
　　　　……
　　　　沿岸的码头越来越多,越来越嘈杂
　　　　我毋须上岸,毋须写高贵永恒的东西

---

① 李亚伟:《之一:诗笺》,《豪猪的诗篇》,花城出版社,2006年,第104页。

> 我不寻根，甚至不关心我现在何处①

由于在讨论李亚伟的诗作，多会着重在他的莽汉精神，李亚伟的诗作确实有其狂野霸气的一面，甚至具有直率的明快氛围。但是在"航海志"里可引发另一角度的思考，在一个漂流的状态下去表现个体的不稳定，寻求位置上的困难，以及迷路的危机，诗中的航海特质，既不走回归路线，不过也无明确目的地，形成主体的不断回转漂流，甚至是以去地点化来表现精神地图的迷航。在诗中尤为特别的是漂流中夹杂着上岸的思考，呈现了李亚伟诗中的漫游特质，不过诗中的"我"显然对于上岸后的喧嚣有所顾虑，反映了社会政治的嘈杂。个体的追寻反而是落空的位置，相应于中国80年代的寻根热潮，李亚伟诗作中于此着重的并非文化重建，而是一种文化漂流过程中的重新思考，这也是一个必经的过程。在《之四：航海》里他又说：

> 我的脑袋已越过另一片大陆
> 我绅士风度的阴毛正垂着八字须骑马飘过黄昏
> 一个诗人穿透生死的过程
> 就是被语言模糊的过程
> 我用外行的目光注视另一双眼睛
> 钟声流过群岛击中了遥远的帆
>
> 约你约到月上时
> 等你等到月偏西
> 我要在海上向你叙述幸福的往事
> 我将与你重温落日后的日子
> 现在我得到了我从未失去从未有过的东西：
> 在唐朝感动过我而又退回去的吻

---

① 李亚伟：《之三：金色的旅途》，《豪猪的诗篇》，花城出版社，2006年，第105—106页。

在元朝被砍掉如今又在梦中长出来的那只手
我碰到了历史之外的另一双眼睛
我了结着另一则凡缘①

  李亚伟诗作中的航海历程,并不着重实际的地标,且这种个体的漂流,从中更加入了语言指向同样不定的现象。到陌生的地缘上,也是意念穿梭的可能,其意念已从对于大陆的思考,转而渐渐看到这趟旅程的新可能,远方遥遥的帆能够产生新的互动。在李亚伟诗中被轻率对待的女性客体,在此则变成旅途中可供相互对话的个体,更提供了历史之外的视野,因着地缘的改变,而产生新的意念与冲击,使得航海经验引发个体的追寻与营造新背景的可能,去历史化的漂流在"航海志"内是明显的,但诗人并不以此为终点。借由"航海志"看见了李亚伟作品里的明显的空间位移,在地理位置上并不以中国土地作为立基点,而选择远行来看待切身的问题,李亚伟在穿梭之中,既是对既有空间的逃离,也塑造出新的文本空间。在进行下一章节的讨论前,先借由"岛·陆地·天"系列的爬梳,来看李亚伟诗作中的基本空间模式。

(二)空间模式

  李亚伟创作的"岛·陆地·天"系列,个别以长诗的方式呈现,其中的语言跳跃感强烈,且意念细碎。这系列组诗极少被论述,仅有少数评论以高度想象力一语带过。②但是这个系列其实表现了李亚伟诗作中的"空间叙事",形成一个基本的空间板块,这三个不同的空间成为李亚伟诗里各自的描摹对象,事实上也形就诗人观看事物的视角。笔者在此并

---

① 李亚伟:《之四:航海》,《豪猪的诗篇》,花城出版社,2006年,第111页。
② 刘波曾有如下评论:"李亚伟三首较长的诗歌《岛》《陆地》和《天》,就是在一种'天才的鬼想象'下完成的抒写,里面充斥着欢乐、痛苦、悲愤,以及天马行空的幻想,我们甚至可以说,这就是三首自然之物的狂想曲。"参见刘波:《行走与冒险中造就的诗歌传奇:李亚伟诗歌论》,《文艺评论》第1期(2009年1月),第57页。

不欲作细部的拆解,而着重在地理移动上,梳理它们各自承载不同的意涵,以便进行后续章节对于空间的再扩大论述。

首先来观看《岛》一节的撷取:

> 今年的故事是你经验之外的东西。花就是花。
> 从字到人。从鱼到鸟。我为此做尽了手脚。
> 你也活在我经验之外,大做其他事物的手脚。
> 活得像另一个人。另一个字。另一朵花,陌生而
> 又美丽。另一条鱼。一座新发现的岛。①

在叙述中,诗人进行了事物与事物间的地理配置:"今夜。草原停泊在小镇前面。海停在鱼前面。诗人停在酒中。"② 其一,人事物间彼此互有地理空间的概念,也传达物质与物质相遇的多变性;其二,全诗以及引文中"从……到……"句型的频繁运用,让李亚伟诗作中的空间具有强烈的"过渡""引渡"意味,也使得诗句与诗句在碰撞间营造出流动感。延伸来看,从所属陆地过渡到岛屿的移动方式,也是其诗中常见的逃逸空间。李亚伟诗作中的"岛"主要是提供新经验的场域,有别于原生地的固着特质。

再到第二部分《陆地》:

> 远方是一个洞。洞中是另一片大陆。……亚洲东海岸。祖
> 父反剪双手徘徊。东方在去东方的半路上停下。你的祖父超脱
> 而又近视。观日时将身子遗忘在下面。祖父看到国土东摇西摆,
> 无法在罗盘上固定。祖父按泥土的纹路流浪,顺江河的经脉远
> 行。依乎天理。顺其自然。游刃有余。你不出门外面就没有路。
> 路正作为徭役通往修路工人家中。

---

① 李亚伟:《岛》,《豪猪的诗篇》,花城出版社,2006年,第90页。
② 同上,第89页。

远方搁浅在地平线上。你以眺望的方式到达那里。

活着的痛感将消逝在视野之外。远方就是所有事物的边缘。岸。门。背影。破晓。婚期。嘴角。指尖。墓碑。远方是所有方向。我推动山峰寻找高原。你推动河床寻找水源。每次到达都是半途而废。你在远征的半路上正好遇到骑马而归的你；你在流浪途中回头看着你的诗句在一群女学生的嬉笑之中回到四川。①

在诗中，"远方"的意志又再度被强调，然而其中的大陆已被转化，它不是现实的大陆场域，而是包裹在洞中的第二层陆地，以此相对于现实的国土。陆地是幻境，这首诗即是造境的工程。诗中借由书写祖父主要并非是追寻过往家族历史的意涵，同样是借由航行/远行来形成距离，远方成为李亚伟诗中的前往方向，反映实际目的，确是出走的强大意念。即使有时仅能遥望，但却拓发了土地的疆域与松动国土的原初意义，使得李亚伟诗内的空间总在界限与界限之间，而非地理平面，进而在到达及不可到达中碰触自我的位置。而李亚伟在反思身处的国土，反而用一种非现实性的书写来呈现：

> 两千多年前一个叙利亚木匠正
> 赶造地球。为今天布置远景。
> 地球在夜空流浪。陆地望北
> 挤去。国家在人民心中驻足。开
> 垦土地。发动战争。北斗星分散
> 海水的注意力。穿过巴拿马运河
> 水手又遇豆蔻年华。民族去而复返
> 还。航海者掀转地球找地平

---

① 李亚伟：《陆地》，《豪猪的诗篇》，花城出版社，2006年，第92页。

线。航空者提起地球证实此
乃无根之物。远方朝近处干过来。
资本主义迅速向非洲扑去。一次
接吻的经历向你嘴唇扑来。
海浪爬过大海直逼一九八七年
四月某日中午武汉大学某女生的
梦境。一片片森林离开根须
出走,永无归期地朝我们的
家门而去。在我们家门前,那
时地球上没有陆地。昼夜也不
分明……

两千多年后一只脚在河边等待
另一只脚。为今天布置近景。
地球去而复返又回到你的脚下。
轮到这日子。漂流的创痛在项上
结出硕果。你走过来。成熟而又时
髦,一个过去和今后你都讨
厌的人物,只能站在今天。浑
身的上帝劲。浑身的撒旦劲儿。
你和今天相互占有。彼此成为
对方的造物。近处朝远方干过去。
新秀脱颖而出。诗句于文字中
涅磐。拳头从手腕上跑出。
边缘从内部冲出,直逼很
远的原始山洞。那时中曾根
已突破国防开支 1%。西欧七
国首脑会议于威尼斯如期召开。
卡扎菲在原始壁画上说阿拉伯

国家应该拥有自己的原

子弹……①

左半部诗人把时空设置在地球宇宙的洪荒语境当中，以混沌消弭现实的陆地概念，并非让人民与陆地形成有根的连结，甚至提及那时地球上没有陆地。在右半部反而是对身处陆地中较为感受现实的感受，自然是更不平稳的状态。"陆地"在李亚伟的诗作中提供了出走的现实驱动，以及容纳现实冲突纠结的表征。

至于最后一部分《天》的创作，更是六个小节所组成的长诗，彼此的连结较为破碎，但诗中以"鸟""飞翔"来表现置于"天"的观看视角，甚而出现天与人间世俗生活的错置："我的天就是酒店/我在我毫无把握的头顶盘旋/我把我放在有树的风中射来射去。"②后来在李亚伟其他诗中则转为个体"我"的飞翔，让李亚伟以"俯瞰旁观"的视野进行各项叙事以及时空重组。③总的来说，这个系列的书写更彰显出李亚伟诗中"岛""陆地""天"这种三位一体的空间感，任其去进行各式各样的对话，当然也包含了历史叙事。

四、历史狂想：
"红色岁月"与"河西走廊抒情"系列中的历史叙事

延续上述的地理移动，李亚伟透过空间位移来表现主体的视角，呈现对于个体在映照于中国的处境。当这样的视角特质与历史书写结合，

---

① 李亚伟:《陆地》,《豪猪的诗篇》，花城出版社，2006 年，第 94 页。
② 李亚伟:《天》，同上书，第 99 页。
③ 《我飞得更高》这首诗即是李亚伟诗中以"天"作为观看的经典例子："我飞得更远，俯临了亚洲的夜空，我心高气傲！/人间在渤海湾蒸腾，众多的生命细节同狂想/我在晴朗的人生里周游巡回，在思念里升起，触到了火星的电波/我发烧的头脑如同矿石，撞击着星空中的行星环/穿过夜生活发狂地思念消逝的大西洋洲女人"，李亚伟诗中的"高度"位置，为他的诗提供一种广度的视野，可以借由想象空间来来回回传达内心的景深，却又不失乐趣，读来不无过瘾。诗作收录于李亚伟:《我飞得更高》，同上书，第 171 页。

产生什么角度的历史叙事,是本节所欲关注的。"红色岁月"系列(诗题亦有别名为"旗语""革命的诗")作为李亚伟90年代仅有的代表作,在一开始诗人是具有强烈的企图心及蓝图规划的,他说:"我想用100首短诗来讲述辛亥革命至'文革'这段历史,内容涉及孙中山、蒋介石、毛泽东等历史人物以及白话运动、军阀割据、北伐、留洋、抗日、肃反、镇压反革命、上山下乡等历史场景。后因事中断写作。"① 最后的成果为18首。就诗人自身的这段阐述而言,其历史书写横跨的时间颇长,但是综观其诗作,当它们被归为同一系列时,首先可以发现它们是被共时性地融合,而非采取历时性的书写;其二则是李亚伟并不着重详实细节的描绘,而是透过诗中"我"的视角重返历史。因此本节侧重处理观看历史的角度,视其透露出怎样的政治思考,而不将焦点放在各首诗作的历史场景区别上面。

在《红色岁月·第一首》里:

> 这片陆地是最后一支海军巨大的鳍
> 上面插着桅杆、旌幡和不可动摇的原则
> 望远镜在距离中看到了领袖和哲学带来的问题
> 它倒向内心,查看疾苦和新生事物的来意
> 我的美德和心病也被火星上的桃花眼所窥破
> ……
> 因为罗盘已集体赠给了鲸鱼,如同把国家赠给了海军
> 我说的不是一个岛国,在大战中向游牧民族发射可乐、服装和避孕药
> 我说的是雷达向基地发射回来的是怨恨和回忆——
> 我不说一段历史,因为那段历史有错误
> 因为罗盘被冲上海滩的鲸鱼捎给了欧洲,供一个内陆国制造钟表②

---

① 李亚伟:《豪猪的诗篇》,花城出版社,2006年,第149页。
② 李亚伟:《红色岁月·第一首》,《红色岁月》,秀威资讯科技(台北),2013年,第92页。

李亚伟在此将历史"寓言化",结合"海""陆"形成历史的逸离效果,诗中对于历史背景采取淡化的处理。在书写革命的叙事里,他不将革命的主要场景"陆地"作为主要论述中心,反将它描述为"最后一支海军巨大的鳍"。诗人是从陆地的相对面海洋来看待历史的发生,"望远镜"意象的使用同样是李亚伟所采取的"有距离的叙事",并将政治煞有介事地和"哲学"相连。诗人把革命叙事中的暴力逆转投向另一个地理板块,罗盘无法指明正确的历史路线。尤须注意的是李亚伟诗中呈现的历史态度:"我不说一段历史,因为那段历史有错误",从中去消解其历史的书写与叙事性,因此在这里可以看见其着重的并非是历史的回顾,而是历史中的荒谬性,最后诗人更反讽历史"上升到哲学,就足以占领一代人的头脑"。①

《红色岁月·第五首》里则更强化李亚伟在历史叙事上采取的"旁观者"位置:"我心比天高,文章比表妹漂亮／骑马站在赴试的文途上,一边眺望革命／一边又看见一颗心被皮肤包围后成为人民中的美色",②历史书写即是一种回顾的过程,但是借由书写重回历史本身,李亚伟强调的并非重回历史的同步在场,而是他所占的位置往往是"旁观者",甚至在这里透过隔岸观火的反面来将革命的观感形容成美色。这种"反面"叙事亦在《红色岁月·第十首》被凸显出来:

> 我只有从种子中进入广阔的天地
> 我请求节气和风水,请求胡豆和草药把我介绍到农村
> 我请求一年中最好的太阳把我晒成农民的老大
> 我请求电话、火车、拖拉机把我送到公社
> 让最好的豌豆和萝卜给我引路
> 让最瘦最黑的二贵、铁锁、小狗子或别的小兄弟把

---

① 李亚伟:《红色岁月·第一首》,《红色岁月》,秀威资讯科技(台北),2013年,第93页。
② 李亚伟:《红色岁月·第五首》,同上书,第98页。

> 我领到队长的家里，接受他的再教育①

李亚伟透过"请求"的重复，去嘲弄历史的"驯化"教育，通过种种百无聊赖的请求，甚至借由各种事物的堆栈，以一种玩兴的态度表达对于下放农村的集体性教育的历史。历史的劳动在这里反倒游戏化了，有关农村的事物皆能转成"领导人"的姿态，"我"的个体性被削弱。诗人最后写道："我站在峭岸注视着春耕的实质和宽胸膛的原野／在播种的季节，我目空一切／没有文化也没有王法／只有满天的飞花、蝗虫和麦芒越过一生最宽广的地平线。"② 诗人在最后又反向逆转接受教育的我目空一切，没有文化或王法的限制，反而行就宽广的视角。李亚伟的诗作在嘲弄之余，透过自然物的书写，往往也获得超脱的效果。《红色岁月·第六首》亦可展现这类的深思：

> 这一切的关键仍然是所有制问题
> 我飞身上马逃离内心，进入更加广阔的天地——
> 世界不是我的，也不是你的
> 但伟大的爱仍然是暴力，客气地表达了杀头与监禁
>
> 因为，生与死，来自历史上游的原始支配
> 万物均摊，而由各自的内心来承受③

在看待李亚伟的历史叙事，可以看到他虽以历史为基底，但实质来看，相关的历史段落放在整首诗中，并不是他诗作中最重的成分或者核心，也就是说，与其是看李亚伟如何书写历史，更重要的是，他怎么在历史叙事中翻出新的感觉。除了历史面，其他由历史叙事引发思考的事

---

① 李亚伟：《红色岁月·第十首》，《红色岁月》，秀威资讯科技（台北），2013年，第106页。
② 同上。
③ 李亚伟：《红色岁月·第六首》，同上书，第99—100页。

界内／界外：论李亚伟诗作中的历史狂想与地理移动

情还有怎样的面向，这个是颇值得关注的一点。在《红色岁月·第六首》他写到所有制的社会体制，但在下一句又迅速跳脱，到更广大的地方，顿悟到以整个世界来说，很难有事物是归人所有，这当然就让文本更为开阔。引人入兴的是，其又将"分配"的意义升高到原始层面，万物都会被分配到一些东西，包括各自的命运，最后反刍的是内心，整首诗就意在言外，有更深厚的思维，这个部分其实是一般观看李亚伟诗作少被触及的，因为容易被其张扬、狂放的语句所遮蔽。

除此之外，诗人在历史叙事中还融合对于语言革命的思索：

> 人民推翻皇帝在农村纠正了庄稼的方向
> 把农业打得一边歪，从堤坝上掉了下来
> 我们失手打翻宴席，用混乱的政局代替小酌
> 领袖就从南方的海上乘船前来领导我们的外貌
> 尽管参加了革命，有些人内心始终不健康
> 我就是这样失手把自己打得站不稳，只得坐下来写诗
> 我是被语言关起来的人，一种方言可以把我赶出祖国[①]

革命的叙事毕竟夹杂着暴力，其中的推翻象征历史的巨大改变，时代的革命洪流似乎具有更新的意义，但自己的命如何被革，着实是个有趣的命题。诗中还巧妙描绘了革命向自己反扑，而"我"只能坐下来写诗革自己语言的命。又如《红色岁月·第十六首》：

> 解放的日子，开始学习新文化
> 我们在遍地烽火中留洋和北伐
> 一夜秋风送来了理想，吹熟了粮食和进步的恋人
> 因此，即使我们看不清革命的实质

---

① 李亚伟：《红色岁月·第十三首》，《红色岁月》，秀威资讯科技（台北），2013年，第113页。

>也不同于英雄看不清末路①

在李亚伟的红色书写中,综合来看,他确实试图透过"局部"点出革命的时代变局,但他的红色书写并不走宏大路线,也非要再度确立革命的本质,其不让个体走向英雄角色的建立,甚至不以革命烈士或者改革新气象的角度来书写。这自然与中国红色经典的诗歌读本表现革命热血的太阳般力量是大不相同的②,尤其与政治配合倾向的红色叙事相比,更显示出书写的差异。张清华曾指出:"革命历史叙事和红色文学叙事,虽然摧毁了传统历史观念的外表。却又按照原来的内核将之改装成'伟人'和没有具体所指的'群众'所创造的历史,将历史的解释更加权威化了。"③李亚伟建立的不是伟大的革命形象,且在"红色岁月"的寓言化书写中,以海难作为象征表达历史的叹息:

>海的那一面就是结局
>那是南加勒比,我想去睡觉的地方!
>当我的耳朵在海面竖起
>我就听到了水手们两年前的叹息,一只邮船
>离海难事件至少还有一千里路程
>……
>如今,邮船停下来,在时间上悲哀地作业
>在罗盘上寻找沉没地点,然后静静地沉没
>信风曾猛烈地吹,把白帆吹向了童年
>把心吹回了家乡,把二月吹回了和煦的圣卢西亚
>我不知道加勒比海有多远
>但我相信世界上的珊瑚、灯塔、报纸和海滩

---

① 李亚伟:《红色岁月·第十六首》,《红色岁月》,秀威资讯科技(台北),2013年,第113页。
② 参照杨志学编选:《太阳要永远上升:中国红色诗歌经典读本》,新华出版社,2011年。
③ 张清华:《中国当代文学中的历史叙事》,北京大学出版社,2012年,第58页。

> 我曾站在船舷，看见那片海域与我灵魂相距的那两年路程
> 穿插在一个若隐若现的浪漫故事后
> 正慢慢被翻身的鲸鱼卷进瞳孔①

　　李亚伟最后还是选择拉开与历史的距离，以其他的地理板块作为叙事的主要脉络，告诉我们历史还有另一面，不只是单一认定的思维。"那是南加勒比，我想去睡觉的地方！"显示了一种逸离的空间与态度，倾听历史未必就得和历史站在同一边。书写赶上历史的路程，可是李亚伟在诗中并不以激情浪漫主义来终结革命与历史，而是让历史的喧嚣终被归向沉寂，这反倒更贴近历史的定律。再者，"穿插在一个若隐若现的浪漫故事后／正慢慢被翻身的鲸鱼卷进瞳孔"，李亚伟此诗的结尾给了"历史视野"很好的收束，透过瞳孔的意象，让对历史的凝视延宕，历史终被卷进时间，在此深沉的诗句之中，实可看见李亚伟的创作中镶嵌内敛的抒情，那有余味的成分。

　　不过这系列的组诗产生于90年代初，在叙事策略上仍比较接近"航海志"将场景陌生化的思维，若加入近期的"河西走廊抒情"会有更不一样的对照。许多评论总是聚焦于李亚伟身上的反叛意义，甚或将酒色等书写题材与莽汉特质扣连时，李亚伟在后来的访谈内却提供了另一层的反思：

> 我的诗集里确实有一些沉重的东西，不是现在啊，从一开始写诗，我的内心就着迷于一些深沉的问题，比如寻找自由、爱情的老家、探索甚至纠缠生与死的密码，关注国家和民族来龙去脉。比如我的阅读范围主要是关注于生命和民族方面的东西，具体说就是历史、生物和玄学范围较多，还有一些小民族的考古。②

---

① 李亚伟：《红色岁月·第十七首》，《红色岁月》，秀威资讯科技（台北），2013年，第114—115页。

② 牧斯、李亚伟：《"豪猪"的诗篇》，《延安文学》第3期（2006年3月），第125页。

李亚伟认为其对于历史文化的思考同样在其开始创作时，就表现深沉的意味，不过就开展度来说，当然还是以"河西走廊抒情"最具全面性，在系列中除了历史文化的思索，其中的生命体验也更具深度，且风格愈加和缓。"河西走廊抒情"在2006年出版的《豪猪的诗篇》中仅收入六首，到了2013年《红色岁月》的选集里才完整地结集出版，共收入24首。李亚伟的创作数量并不多，且多集中在80年代，因此，从2005年到2012年所创作的"河西走廊抒情"系列，成为观察其近期诗作的重要作品，能够跟80年代所创作的组诗有所区隔并提供参照。

河西走廊独特的自然地理环境、复杂的社会历史发展过程、多元化的民族构成、不断变化的区域轮廓、东来西往南北通达的交通形势，使得其区域文化发展呈现一幅多样化的场景。从更广阔的范围来看，河西走廊正好处于蒙古文化圈与青藏文化圈的边缘地带，也是中原汉文化、西域文化乃至波斯、地中海文化有效辐射之区域，各种异质文化在这里碰撞、交流与整合，构成了一幅幅色彩斑斓的文化现象。从汉朝至清朝2000余年来，河西走廊发展的历史其实就是各种文化在空间上不断碰撞、融合、演变的历史，其地理学意义已让位于历史意义；河西走廊不再仅是一个地理概念，而是属于一个历史范畴。① 于此来看，河西走廊作为一地域书写的题材而言，其地理上的多重交会，确实能让李亚伟诗作里的地理板块更显丰富。在李亚伟的地域书写里，他并非以四川作为主要描绘场域，而在选择上，他又以西北的边塞区域作为书写对象，相当程度会让他的地域书写产出更多的异质性，这或许也是以边地展示自我中心的一种做法，从中去形塑特殊又开阔的诗性空间。

首先来看《河西走廊抒情·第一首》：

> 河西走廊那些巨大的家族坐落在往昔中，
> 世界很旧，仍有长工在历史的背面劳动。

---

① 张力仁：《文化交流与空间整合：河西走廊文化地理研究》，科学出版社，2006年，第2页。

王家三兄弟，仍活在自己的命里，他家的耙
还在月亮上翻晒着祖先里的财产。

贵族们轮流在血液里值班，
他们那些庞大的朝代已被政治吃进蟋蟀的账号里，
奏折的钟声还一波一波掠过江山消逝在天外。

我只活在自己部分命里，我最不明白的是生，我最不明白的是死！
我有时活到了命的外面，与国家利益活在一起①

  "河西走廊抒情"系列创作的一大特色是"诗作"与"诗笺"结合的文本空间，"诗笺"并不仅是注释的功能，有趣的是还反映了独特的文化趣味与深度。在这首诗里，以王家三兄弟的历史作为主线之一，李亚伟透过他者的历史，来映照诗中的另一主线，亦即"我"的主体的生长消灭。诗中虽出现"河西走廊那些巨大的家族坐落在往昔中"这样的诗句来烘托出气势，但他们的家族叙事不是诗中的主叙述。但另一方面，诗人又在诗笺强调"王"姓氏的代表性，虽以王家兄弟入诗，这样的指称除了可以是历史人物的想象，像是名门望族的介入回顾，也可以是无特定的人物指称，甚或可能是底层人物，李亚伟透过对姓氏的考据来表示"王"族的背景，借由这种血液思考来表示历史的流转，却不以建构家族叙事为目标，是较为殊异之处。而在诗里，当然明白"我"这个主体不再如"航海志"落入无实指的地理漂流中，一开始就落实于河西走廊的板块之中，然而李亚伟却更将思考提至生与死这样抽象的"临界空间"，甚至让生命体验有着界内／界外的双重错觉，叙事者总有走在命中，却也恍若在世外的分裂感。再结合《河西走廊抒情·第六首》：

---

① 李亚伟：《河西走廊抒情·第一首》，《红色岁月》，秀威资讯科技（台北），2013年，第18页。

> 雪花从水星上缓缓飘向欧亚大陆交界处，
> 西伯利亚打开了世界最宽大的后院。
> 王大和王三在命里往北疾走，一直往北，
> 就能走进祖先的队列里，就能修改时间，就能回到邂逅之前。
>
> 历史正等着我，我沉浸在人生的酒劲中，
> 我有时就是王大，要骑马去甘州城里做可汗。
> ……
> 我知道，古人们还常常在姓氏的基因里开会，
> 一些不想死的人物，在家族的血管里顺流而下，
> 部分人来到了今天，只是我已说不出，
> 我到底是这些亲戚中的哪一个。①

　　李亚伟的诗作经常特别呈现"交界"的场景，而呈显"里/外"的多重思考，导致诗里的个体与文本空间具有跨界的不定性。在诗中将河西走廊与世界版图接轨，也让个体的精神地图更加扩大。在剧变的行进中，自我身份也与王氏兄弟相互渗透，李亚伟所书写的"河西走廊抒情"让主体"我"有两个向度的交错：一是将自己投入历史的洪流之中，二是抽离的观看，在此小节中是属于第一类，因此个体的不确定性已不仅如前面章节所述是因为地理板块的位移，还因在历史巨大的时间洪流里，具有无法辨识自己的疑惑，也更有命运牵引的宿命感。

　　李亚伟在构置庞大的河西走廊组诗时，不全是对于河西走廊历史的召唤，更多是触及个人的生死寂灭之感：

> 我还没有在历史中看见我，那是因为历史走在了我的前面。
> 回头眺望身后的世界，祁连山上下起了古代的大雪。②

---

① 李亚伟：《河西走廊抒情·第六首》，《红色岁月》，秀威资讯科技（台北），2013年，第23页。
② 李亚伟：《河西走廊抒情·第七首》，同上书，第24页。

界内／界外：论李亚伟诗作中的历史狂想与地理移动

当狐狸精轻轻走在神秘的公和母的分水岭上
我可以看清世界，却看不出我和王氏兄弟有何差别！①

如果燕子和春天曾被祖先的眼睛在甘州看见，那么
我在河西走廊踟蹰，在生者与死者之间不停刺探，
是否也会被一双更远的眼睛所发现？

有时我很想回头，去看清我身后的那双眸子：
它们是不是时间与空间一起玩耍的那个同心圆？
是不是来者和逝者在远方共享的那个黑点？②

  在这个系列书写当中，表现了更多这样生命版图的生死界限，而且从中可以看到，李亚伟在书写此系列时，更多地使用"回眸"的视角，表达困惑，也表示不舍，与早期诗里的满不在乎的语调有所差异。而且在"河西走廊抒情"更多维的地理与历史版块高速的旋转调度之下，诗人写出："我可以活得很缓慢，我有的是时间成为事实，我有的是时间成为假设，／我还随时可以取消下一刻。"③能够看出诗人在体悟个体的消逝之外，隐藏着些许眷恋的眼光。
  文学活动的自然地理背景经过主体情感的浸润内化为作家的心灵空间，成为主体观念形态中的空间构形，④这种个体心灵空间的展现，在"河西走廊抒情"中成为最终的书写依归，甚至在个体的消灭间，走入梦境达到一种重生："那时的我，也和现在的我一样，能到达的最近的地方就是走进自己的梦里／在旧的地方消逝，在新的地方出现，恍若又过

---

① 李亚伟：《河西走廊抒情·第十一首》，《红色岁月》，秀威资讯科技（台北），2013年，第30页。
② 李亚伟：《河西走廊抒情·第十三首》，同上书，第32页。
③ 李亚伟：《河西走廊抒情·第九首》，同上书，第27页。
④ 周晓琳、刘玉平：《空间与审美：文化地理视域中的中国古代文学》，人民出版社，2009年，第37页。

了一生。"① 在另一方面,诗中也出现"俯瞰者"的角度来观看河西走廊:"如今,我跋涉在武威和张掖之间的戈壁上,行走在时间的中途,/我骑在骆驼上,眺望祖先们用过的世界——/世界,仍然是一片漠然之下的巨大漠然。"② 在介入与抽换的双重视角之中,完成对生命的省视,在拉开的高度中去描绘独特的历史视角。

不过在现今与古代的交会中,诗人又再进行一项更深层的置换,在组诗的最后结尾如此写道:

> 只是啊,今儿个,王三从历史中走了出来,
> 此刻正站在嘉峪关上,正远眺古代的我。
> 但历史越来越模糊,大地越来越清晰,
> 时间越来越短,短得分不开,成了黑点,成了现在。③

其实在整个系列当中,可以发现李亚伟着重的并非河西走廊各阶段历史事件的书写,河西走廊主要是成为创作的素材,更重要的是在这些空间位移当中,其实是不断回到"古代"去找寻自身的位置,"古代"反倒成为诗中关键的时间概念,最后更在视角上进行逆转,由王三观看进入古代的我,从古代去完成现在的意义。在这样的历史书写当中,"当代意识"如何呈显,如何穿梭其中会让诗作不仅沦于怀想之中,李亚伟于此也有所着力:

> 如今,政权的摩天大楼仍然在一张失传的古地图上开盘,
> 我们可以让行政和司法分开,让苍天之眼居中低垂,
> 但是,我却仍然分不清今天的社会和古代的社会究竟有何差别。

---

① 李亚伟:《河西走廊抒情·第二十四首》,《红色岁月》,秀威资讯科技(台北),2013年,第44页。
② 李亚伟:《河西走廊抒情·第十七首》,同上书,第36页。
③ 李亚伟:《河西走廊抒情·第二十四首》,同上书,第44页。

所以,我的祖国,从宪法意义上讲,
我只不过是你地盘上的一个古人。①

在河西走廊,在嘉峪关上,我只能看见
时间留下了巨大的十字路口,在这里
所有朝代都找不到自己在人间的位置,
国家都是路边店。②

　　除了个体身份的不确定与寻找不得,借由观看河西走廊也带出李亚伟的"当代意识",同时也是历史的预示,将古代拉至所处的当代环境来思考,以古探今的做法,更赋予了当代现实感,这样的思维展现了当代诗歌的普遍性。"河西走廊抒情"是历史身影的延伸,虽然与前期诗作相比,仍有维持保持距离的视角,不过在这个系列能够鲜明看到诗人回归进入中国土地的视角来进行文化测量,甚至将空间拓展到宇宙,而不仅是实质的地理国家概念。李亚伟在其间所进行的是"历史狂想",因着各版块的移动穿梭与调度书写当中,李亚伟诗作具有明显的"狂想"特质。而他把"历史考古"的书写放到了24首诗笺,形成诗笺的历史感比实际文本还要浓厚的情形,也从诗笺当中的各种诗词与人物的召唤,看到了其对某些古代文化的浸润。
　　再延伸而看,李亚伟诗作所表现的"当代"也建立在"世界"之上:

我的朋友们心忧天下,带着新的世界观出门
想要在这个世界上找到一条正道,走出一些动静
我也一样,胸怀世界,漠视世界,也为世界所漠视。

---

① 李亚伟:《河西走廊抒情·第十一首》,《红色岁月》,秀威资讯科技(台北),2013年,第30页。
② 李亚伟:《河西走廊抒情·第十八首》,同上书,第37页。

> 这何尝不是王氏兄弟还在河西走廊的梦境里折腾？
> 我的亲戚张三，在政府中进出的时间比短信还短，
> 他在网络中纵横，正在重新发明民主，
> 我的邻居李四，一直生活在账户里，想要用金钱买下部分社会。①

从"世界"这个词汇的视角出发，以得到更大的涵盖性与立足点，李亚伟诗作中的梦炫幻境感，其中同时也共构了现实。李亚伟写出了"胸怀世界"的想望，建立新的世界观，其笔下"世界"里"个人"仍想走出一些动静，李亚伟作品的"动态"成为他诗里一个特别凸出的生命状态，其实"动"也彰显了时代的特征，即使个人最后可能还是被世界所掩盖。

陈超曾针对先锋诗歌的"想象"模式提出个人化"历史想象力"的可能：

> 我们期待着能有一种新的想象范型，来修正它们各自的缺失，汲取各自的优长，达到对一种综合创造力的开拓——个人化的"历史想象力"。它是指诗人从个体主体性出发，以独立的精神姿态和话语方式，去处理我们的生存、历史和个体生命中的问题。在此，诗歌的想象力畛域既有个人性，又有时代生存的历史性。②

陈超认为个人化"历史想象力"能够超越日常生命经验想象力，与灵魂超越型想象的方式，可谓一个综合性可以努力的方向，这是很理想性的说法，却不无可能。在李亚伟身上，那种对日常经验的"改造"，却又维持着与"历史共感"的频率，确实是难得的。李亚伟试图跳脱本质化的历史思考，他的诗作给予河西走廊重新再造的空间，在此要特别强

---

① 李亚伟：《河西走廊抒情·第二十首》，《红色岁月》，秀威资讯科技（台北），2013年，第40页。
② 陈超：《中国先锋诗歌论》，新锐文创（台北），2013年，第12页。

调的是，他所处理的细节并非是历史考古式的，是在整体间将他关注及有兴趣的角度打亮，而不讲究历史题材的连贯性，从中却能深刻感受到诗作中浓重的"历史穿梭"意味。李亚伟以西北部的边疆作为书写对象，确实拓展了地域书写的疆界，在古诗词当中的边疆书写往往拿来抒发民族情感与怀乡情怀，李亚伟则在此重塑历史印象，也不以民情风俗考察来进行地域书写，而是重新在拓展视角下去形成新的文化张力，表现出另类的历史纵深。①

五、结　语

本文以"反文化"的论述作为反思，从中去观察其中的暧昧性，在李亚伟身上看到的反文化，可说是在现实中对于文化时尚风潮的不满，早期诗作《中文系》等更表现出反价值的倾向。不过若以整体来观看李亚伟的诗作，就能稍微扭转一般对其大都停留于《中文系》探讨的现象，而看到李亚伟诗歌更加多元的面向，不仅只是反讽与愤怒的姿态。尤其结合其诗中明显的"地理位移"与"多重移动"的现象，可以发现诗中彰显个体的不确定性，以及文化身份的确立过程，在"航海志"系列里呈显出文化漂流的现象，与80年代寻根风潮有所差异。李亚伟虽创作许多系列组诗，但他不以中国宏大的文化考掘为目标，也不走史诗的建置路线。

这样的创作概念与视角的不定性，也影响到他的历史书写，形成了"有距离的文化历史叙事"。然而从中仍可见他对于文化素材的运用，尤其到了"河西走廊抒情"系列可视为回归中国土地思索个体身份的代表作，与前期诗作有所差异，其中高度运用中国文化素材，并表达对于

---

① 李亚伟近作中出现《野史之一：春日来客》《野史之二：远眺埃及》，命名为"野史"，可见诗人又另辟叙事的路径，值得关注。诗作收录于李亚伟：《酒中的窗户：李亚伟集1984—2015》，作家出版社，2017年。

古代文化及人事物的孺慕之情,能够看见他重新审视中国价值独特的表现方式。因此所谓的反文化,在当时有其时代背景,然而这并不表示与传统文化的割裂,李亚伟要拓展的是他们那一代新的生活精神与创作方式。李亚伟的诗创作实际上即是在高度"动态"的想象与行走间,向历史敞开,并打造历史生命力的过程。在各种时空重组中,历史时间不是直线性的宰制,空间书写也并非风景、风情的复述描摹,诗人在其中有想抵达生命内部的想望以及触碰内心的鸣响,这方是看待李亚伟诗作中的核心。

一种古老的成熟[①]
——论现代汉诗的句法

赵 飞

现代汉诗为普通读者所诟病的一个原因是，没有古典诗法所传诵的千古佳句。这当然是一种偏见：以古典诗歌为参照系来评价新诗，是后来者不得不承受的尴尬，这源于某种辉煌传统的阴影式遮蔽。再者，废名说过，古诗是诗的语言，散文的内容；新诗是散文的语言，诗的内容。这句话把语言的形式与内容分裂开来，有其历史局限性，古诗大多还是诗的内容，新诗有诗性语言，只不过这种诗性语言看起来被某些口语诗的肤浅掩盖了。所幸诗人们不会忘记兰波的狠劲：拧断语法的脖子，达到出奇制胜的效果。现代诗人无法再像古典诗人那样在统一的形式秩序内转动语言的万花筒，比如用固定的对仗句："昔闻洞庭水，今上岳阳楼。吴楚东南坼，乾坤日夜浮。"又如用李商隐的缠绕句："荷叶生时春恨生，荷叶枯时秋恨成。深知身在情长在，怅望江头江水声。"现代汉诗即便在十四行诗的框架内，也得求助新的句法用同时代的语言来完成其洞察。不能说口语必定是粗糙的，但未经提炼的口语必定是粗糙的。口语也有巧妙的句法，句法不是在口语或书面语的维度来谈论，而是在诗句本身的结构上来讨论，自有雅俗、佳陋之分。

[①] 此文属于基金项目：国家社科基金青年项目"当代诗歌的新古典主义研究"（14CZW048）。

现代汉诗的佳作往往蕴含着深刻的句法，但批评家没有跟上来。现代汉诗在百年的历程中已经奉献几代优秀诗人和语言大师，他们卓异的句法训练出对诗歌语言的自觉，释放出新汉语的势能，分别成就了他们的诗歌生命。现代汉语诗歌的句法在于组织词语与词语之间的关系，更深层的动力则来自于诗人如何处理语言与心智的关系，属于"无法之法"。当代几位重要诗人确实写出了让人惊叹的诗句，而且拥有属于自身的标识性风格，譬如海子，在他那些看似东一榔头西一棒子、天马行空的灵性写作——也因此常常被人视为青春写作的依据——中，在句法的显微镜下就能看到谨严的组织与结构。本文将借助诗人海子、张枣、路云、臧棣的部分诗作进行研究，揭示他们是如何以独特的句法来融汇生命体验、传导发声方式的。这将有助于读者深入诗人的匠艺，同时明了诗歌语言究竟是怎样一种发明，它会如何照亮我们习焉不察的未知未觉情状，这种情状，正如阿伦特所言："陈词滥调、日常语言和循规蹈矩有一种众所周知的把我们隔离于现实的作用，即隔离于所有事件和事实由于其存在而使我们思考它们的要求。"[①]

需要指出的是，我们的句法研究从诗歌的整体生命入手，这既是对把诗歌研究做成语言学研究的规避，也是对某些诗歌写作的反拨：即便是为了追求佳句，以一个亮点取胜，诗歌写作也不能死于句下。一首诗最重要的是获得它的生命力，依靠一种连绵的气韵、支撑句梁的结构，气场在结构中萦绕而出。通过句法，我们可以反观一个诗人写诗的运行机制。萨福说，句法乃欲望的延宕。对诗句结构运筹帷幄的种种法度，对这法度的追求并渴望在其中创造新的言说形式，这本身即可激活生命力，拓宽汉语诗歌写作的可能性。

[①] 汉娜·阿伦特：《责任与判断》，陈联营译，上海人民出版社，2011年，第131页。

海子：守住野花的手掌和秘密

诗法不同于文法。诗歌的句法已具有多个维度，不限于"僧敲月下门"的锻字炼意。从传统诗论中的诗话词话到当代中国或海外，对中国古典诗歌的句法研究已源远流长。[①]在《唐诗的句法、用字与意象》中，高友工引用了唐纳德·戴维（Donald Davie）讨论的三种句法理论：独立性句法，以 T. E. 休姆（Thomas Ernest Hulme）为代表，视句法为非诗性因素，诗句多由意象语言构成，节奏特点是不连续；动作性句法，以费诺罗萨（Earnest Fenollose）为代表，视句法为运动、力的转移；统一性句法，以苏珊·朗格（Susanne K. Langer）为代表，视句法为"统一的、包罗万象的节奏技巧"，注重结构方式、语言链条的规模与变化。[②]这里我们研究现代汉语诗歌的句法主要以第三种理论为主。句法乃用法，用法即意义，用张枣一句有趣的诗来注解即："太监照常耳语，用漂亮的句法说没有的事。"漂亮的句法高端、极致，催生意义。这一句法理论的统一性特征使其抽象为"无法之法"，但我认为有一个总体原则——随物赋形，因而它总是向诗人要求一种发明。最能典型地体现这一原则的诗人是海子，他的语言直觉无限释放了句法的魅力。

> 爱怀疑和爱飞翔的是鸟，淹没一切的是海水
> 你的主人却是青草，住在自己细小的腰上，守住野花的手
> 掌和秘密。

这是《亚洲铜》的第二个小节。海子的诗句并不依靠所谓"语言变形"来抵达陌生化，譬如有论者所谓"新诗短语变异修辞"，诸如在跨义类组合，虚实相生的抽象与具象组合，天人合一中的物的人格化或人的

[①] 参见孙立平：《中国古典诗歌句法流变史略》，浙江大学出版社，2011年。
[②] 参见《唐诗三论》，商务印书馆，2003年，第42—49页。

物性化，等等①。对于创造性的写作而言，这些技巧落实到句法之中容易僵化，削弱诗句鲜活的生命力。毫无疑问，海子的诗句看起来清晰、单纯，蕴含着奇思妙想。这些诗句别具一格的魅力在哪里？从思维来说，是诗人的异想天开。然而思维终究是语言的思维，思到深处必自明。所以我们理应从句法来研究诗人对奇思妙想的结构，或者说，他们是如何"结构"出这些奇思妙想的。由句法来实现语言的可能性，这是现代汉语诗歌中异常重要的问题。

海子的《亚洲铜》是一首黄钟大吕之作，它磅礴、大气，在漫长的时空湍流中，仿佛有一种来自天上的鼓声激荡人心。这首诗的句法有一种瀑布的势力，尤其是我们所引的第二节，词语奔沓而来，节奏连绵。一、二句是两个并列的判断句，其不容置疑的语气像轻盈的翅膀扶摇直上，到第三句，在半空中忽然用一个"却"字打了个漩涡，跳起了漂亮的舞蹈：用"住在"和"守住"这两个动词展示出来。在这里，海子用神来之笔隐喻式地描绘了一个舞姿。在这五个句子中，起连接作用的是五个状态性动词："是""是""却是""住在""守住"，它们本身趋于静态的延续，但连接起来为什么有如此动态的效果？因为词语本身在这个句法中获得了加速度，我们阅读时甚至不需要换气。这种让词语不断提速的句法且命名为"奔走句"，这是海子最常用的句法，因其快速、优美，令人感觉一气呵成、不事雕琢，所以海子的诗歌充满青春活力。再看第二首《阿尔的太阳》这一片段：

> 到南方去
> 到南方去
> 你的血液里没有情人和春天
> 没有月亮
> 面包甚至都不够
> 朋友更少

---

① 段曹林：《新诗短语变异修辞举隅》，《浙江树人大学学报》2005 年第 4 期。

> 只有一群苦痛的孩子，吞噬一切。

"你的血液里没有情人和春天"，海子用这个天才的句子揭示了凡·高悲壮的艺术生命。这个片段也是"奔走句"：否定的强度随着连接词的推进越来越大，节奏越来越急促，达到"吞噬一切"的激烈后，"瘦哥哥凡·高，凡·高啊"这一高音的喷涌便如此震撼，"喷出多余的活命的时间"。至此，这首诗又该如何推进呢？海子稳稳地给出了一个刹车片："其实，你的一只眼睛就可以照亮世界"。更奇妙的是，由转折词——但——启动了一个急转弯："但你还要使用第三只眼，阿尔的太阳"，接下来的诗段便围绕着"阿尔的太阳"这一核心旋转：

> 但你还要使用第三只眼，阿尔的太阳
> 把星空烧成粗糙的河流
> 把土地烧得旋转。
> 举起黄色的痉挛的手，向日葵
> 邀请一切火中取栗的人
> 不要再画基督的橄榄园
> 要画就画橄榄收获
> 画强暴的一团火
> 代替天上的老爷子
> 洗净生命。
> 红头发的哥哥，喝完苦艾酒
> 你就开始点这把火吧
> 烧吧。

这个诗段是螺旋结构，可分三句（海子原文无标点符号，为了分析，这里标识三个句号），旋到顶点"烧吧"。"把星空烧成粗糙的河流／把土地烧得旋转"，这就是海子的特有句法：不顾一切的燃烧的艺术生命凝聚在两个独一无二的词语（也是事物）中：星空和土地，创造出神奇的艺术力量。只有一个对艺术挚爱的、狂热的、彻底奉献的诗人才能理解凡·高，才能写出这样的诗句——在最高的意义上，语言与生命是对等的。

海子的《坛子》也是绝佳的句法例证。这首诗写得奇妙，海子所写的坛子究竟是什么？有人说是古老文化的凝聚体，有人说是诗歌之器，还有人说这是一首性爱之诗，坛子等同于女人的子宫，诗歌与生命孕育有关。这些都有道理，我所要做的是，用句法来观察海子写这首诗的运行机制。

> 这就是我张开手指所要叙说的事
> 那洞窟不会在今夜关闭。明天夜晚也不会关闭
> 额头披满钟声的
> 土地
> 一只坛子

海子的诗歌基本只在诗行内使用标点符号，行末几乎不用标点，所以我们根据语意来确定其句子。《坛子》共三节，这是第一节。这一节的句法可称同位句法。同位句法采用对等原则。对于诗题——坛子——显现出来的具象性形象，海子开宗明义地写到：这就是我张开手指所要叙说的事（另一版本：这就是我张开手指所要叙说的故事）。海子似乎向我们强调：坛子非器，道也；一开始就把坛子引向了语言与生命的对等关系。接下来这种诗意的对等关系弥散得更开阔。那是不会关闭的洞窟，是额头披满钟声的土地，是一只坛子——毫无疑问，我所写的这一句散文语言对诗歌语言的转译使诗意大打折扣，海子的句法所营构的那种神秘被收束在一个魔法瓶中，有一种磁石般的吸引力，并在第三节徐徐释放：

> 这就是 | 我所要 | 叙说的事
> 我对你 | 这黑色盛水的身体 | 并非 | 没有话说
> 敬意 | 由此 | 开始，接触 | 由此 | 开始
> 这一只 | 坛子，| 我的土地之上

从野兽｜演变｜而来的
秘密的脚，｜在我自己｜尝试的｜锁链之中
正好｜我把嘴唇｜埋在坛子里，｜河流
糊住｜四壁，｜一棵｜又一棵
栗树｜像伤疤｜在周围｜隐隐出现
而女人｜似的｜故乡，双双｜从水底｜浮上，询问｜生育｜之事
　　　　　　　　　　　　　　——《坛子》

在这节诗中，句法与韵律相互渗透，创造出"兴"的原始意落。这不同于宣叙调，诗句在抑扬中绵延、柔软，每一诗行由三个或三个以上的音组组成，读起来有宛转的旋律、繁复的波折音和可意会的内在节律。路云曾就这首诗进行策兰式的句法改写：

黑色
盛满水的身体
这一只坛子

我把嘴唇埋在坛子里
河流粘住四壁

一棵棵栗树
隐现
女人
生下伤疤

仿策兰的独立性句法简洁、明了，节奏急促，如鼓点，趋于单调，更倾向于清晰地呈现出画面感，仿若这只坛子上绘着古老生殖的图画，句法与隐喻的关系更明显：坛子与女人的身体构成隐喻。在海子的原诗中句法诉诸温情的对话，一种秘密的亲密的话语蕴含着动作性的缠绵，

被词语与词语的律动代替。一方面韵律与语用建构了统一的句法,另一方面句法也推动了韵律与语用。

可见,海子的句法源于"鲜花",即他的言说方式在于破译出生命本身的节奏,并顺应它形成自己疾呼式的句法特征,这样的句法更接近人们对天才的描述。

张枣:比如登上一株松木梯子

张枣是迄今为止最精致地运用现代汉语写诗的诗人,他为现代汉诗提供了诸多典范文本,研究他的句法将为我们带来诸多启示。第一个典范文本当然是《镜中》:

1. **只要**想起一生中后悔的事
2. 梅花**便**落了下来
3. **比如**看她游泳到河的另一岸
4. **比如**登上一株松木梯子
5. 危险的事**固然**美丽
6. **不如**看她骑马归来
7. 面颊温暖
8. 羞惭。低下头,回答着皇帝
9. 一面镜子**永远**等候她
10. 让她坐到镜中常坐的地方
11. 望着窗外,**只要**想起一生中后悔的事
12. 梅花**便**落满了南山

也许我们会觉得,《镜中》呈现的即兴之感是灵感的赐予,对之做句法分析等于用解剖学的比例来机械地分割一个美人的浑然天成。然而从这首诗初稿的照片中,可以看到张枣修改的痕迹,它表明我们所看到

的作品在句法上是可追究的。原稿中的"比如游泳到河的另一岸"最后改为"比如看她游泳到河的另一岸",这里增加了一个关键的动作词"看她",便加强了全诗对隐匿主体的确立,它呼应了起笔的"想起",使诗歌的立体维度更加清晰。这个"看她"也是从原稿第四句移上来的,张枣把"比如看见比雪片更遥远的眼睛"这一句改成了"比如登上一株松木梯子"。在语言结构上,"登上一株松木梯子"呼应上一句的"游泳到河的另一岸"。这使我们可以辨认"看她"的一连串动作:游泳、登上梯子、骑马归来、低头、回答等等,但第3、4句(诗句前的编号)以虚词"比如"并列,显然是诗人坚持的语感,他没有为了"看她登上一株松木梯子"而放弃对这一虚词的感觉,古诗常常省略表句法关系的虚词,现代汉诗却用虚词传递微妙的语感。重复这两个虚词的分量更大于重复"看她"这一实词,这便是句法结构带来的诗意,用一个虚词来统领两个实词宾语("比如看她……看她")不如两个虚词并列("比如看她……比如")更能加重沉吟感,且与第6句的"不如"构成声音的连贯性,但在层次上却是迂回前进,凹凸有致。到第11句,诗人在原稿上再次加上起笔的"只要"这一不容置疑的绝对语气,构成一个圆形结构。整首诗都被控制在关联词内(见粗体标注),句法上如圆周线一样滑旋。这种滑旋句法是张枣最擅长的,也是他诗歌中最漂亮的艺术感。其他典型如《跟茨维塔伊娃的对话》(以下简称《对话》)。作为现代汉语诗歌中的经典之作,这首十四行组诗在句法上有诸多精妙处,我们一一领略,首先来看《对话8》。这一首也有一个滑翔式的圆周结构,它的词语与音韵获得了完美的匹配:声音如电流,词语在磁场中和谐共振。

> 你的住址名叫不可能的可能——
> 你轻轻说着这些,当我祈愿
> 在晨风中送你到你焚烧的家门:
> 词,不是物,这点必须搞清楚,
> 因而首先得生活有趣的生活,
> 像此刻——木兰花盎然独立,倾诉,

> 警报解除，如情人的发丝飘落。

这段引诗是一个漫长的复合句，它充分彰显了张枣化用欧式句法的高明。句法丰盈而缠绕，从句由"当"引出，表明"你轻轻说着这些"与"我祈愿送你到你焚烧的家门"两个动作是并列的，"我"的动作虽来自"祈愿"，是幻象，却在句法上让动作获得了并列与延续的可能，仿佛使"我"有时间说出冒号后那一长串的诗学争辩，使这个对话的"此刻"拥有了最饱满的喷薄力量，也使张枣"词，不是物……首先得生活有趣的生活"这一诗学声明获得了极富感性魅力的说服力。这种复杂的句法是诗人缜密心智的体现，它印证瓦雷里关于诗歌与数学等同的说法，诗的思维与数学的思维一样复杂、高深、精妙。且看《对话12》的一段引诗：

> 九月，果真会有一场告别？
> 你的目光，摆设某个新室内：
> 小铜像这样，转椅那样，落叶，
> 这清凉宇宙的女友，无畏：
> 对吗，对吗？睫毛的合唱追问，
> 此刻各自的位置，真的对吗？

这里由两个冒号造成了双层套叠重句，每一冒号的结构又有差异，前者是一种支配力，仿佛目光拥有指派物件的神力；后者是一种内心语流的涌动，对"各自的位置"的追问把"摆设"这一诗学问题——对词语的安排与秩序的追求——推进到底。进一步说，语流节奏如何恰切呼应词与物的位置是这节诗值得挖掘的结构性暗示。

张枣在句法的创造上喜欢用"诗的推行组合"[①]，类似于卞之琳的"上下钩挑法"，一种诗歌的编织刺绣法，在意义联络与意象照应上前呼后应，大量使用同位语，如"落叶，/这清凉宇宙的女友"（《对话12》）；

[①] 张枣:《张枣随笔选》，人民文学出版社，2012年，第38页。

"他不在此地,这月亮的对应者"(《对话10》);"带担架的风景里躺着那总机员,/作协的电话空响","既短暂又字正腔圆的顶头上司,/一个句读的哈巴儿"(《对话7》)。幻化句法也是张枣的拿手好戏,他把幻象写作发展为一种诗歌技法:"幻觉的对位法",而这一技法是通过幻化句法来实现的。譬如这样一个幻象化的句子:"我睡在凉席上却醒在假石山边。"诗句仿佛呈现了一种变身术,给人这一幻象印象的原因是这个诗句句法上的"现代互文",以句法成就行动的幻象化,这正是张枣式手法,譬如,"你坐在你散发里,云雀是帽子"(《对话6》),这个诗句换个说法是"你坐着,披散着头发,带着饰有云雀的帽子",但这是散文式的叙述,一种线性传递,描绘了一幅普通的画面,"你坐在你散发里,云雀是帽子"却有着编织的艺术,仿佛情境骤然有了魔力,令人感觉奇峭生动。这种语言织体必然是由词语的互动摩挲孕育出来的,须知张枣在语言的锤炼、句法的锻造上甚至达到了称量一个词语的重量的程度。最后,我们来看这个句子:

> 人,完蛋了,如果词的传诵,
> 不像蝴蝶,将花的血脉震悚
>
> ——《对话3》

这是张枣诗歌中的最高音,也是堪与古典佳句媲美的现代经典,它是强有力的警言,用一个假设性的否定比喻,断喝现代知识分子可能的潜力与无为。两个关键词:"词""血脉",从抽象到实指,喻示从书本到生活,艺术家、知识分子能做什么?类似于此的还有如下句子:"火中的一页纸咿呀,飒飒消失,/真相之魂夭逃——灰烬即历史。"(《对话3》)这又是一个天才的句子,在短短两行诗中把多重意蕴揭示出来,一个隐喻性结构道尽历史的扭曲与挣脱感:真相应向何处寻?发人警醒。

张枣的句法源于心中的抱负:发明一种新的帝国汉语。为此,得创造出一架松木梯子——相当于登上汉语温柔敦厚的诗境,故他的句法更具形式感。

路云:为你一双笨拙的脚尖鼓掌

  诗人路云认为,新诗写作的症结在于句法的不成熟。如果此处所言成熟的含义不是一种定型化的瓜熟蒂落的果实,而是质地过硬、鲜明、有独创性的现代汉诗句法群林,那么这一看法有其合理性。路云本人即是句法的自觉者和佼佼者。这里,我想以他的代表作《倘使温柔的反光令你低头》(以下简称《反光》)为考察标本。无论是从爱情诗还是从哲理诗的角度来看,这首诗都是杰作。

  这首五节80行的长诗写得酣畅淋漓,从直觉上而言,类似《春江花月夜》这类浑融的、情感揉制性的诗篇,它的语言是非常华丽、现代的,然而在气息上又是古典的。它从感性的爱过渡到了感性的哲学。没错,这个哲学的入口是爱,是本体性的要求:"若不经由爱,人们就不能进入真理。"(奥古斯丁)那么《反光》是如何做到的呢?正如人们经验事实性的爱一样,诗歌通过层层叠叠的复沓、千回百转的蜿蜒然后一气呵成,这首诗便创造了这种奇妙的感觉,它的句法无疑是呈现这种感觉的直接手段。我想,这是一种把中国传统的独立性句法嵌入西方叙述核心技术圆浑句当中的结晶体,以下简称浑融句。

  "圆浑句是西方语言所特有的复句结构,也是古典诗歌格律中一个格律单位概念。作为语法概念,圆浑句包含有数个在长短分量等方面比例协调的从句;作为格律概念,它是两个休止之间的格律单位。"这种句式的主要特点是穿插、复沓,"在说明状态、处境、情景等方面能面面俱到"[①],有一种综合效能,所有从句如同半径围绕着圆心发射出去,连贯起来又覆盖成扇面或圆面,从句与主句之间以显明关系为纽带,这与中国传统诗性中的独立性句法相距较远,后者更强调隐性的意会关系,因而句子大都短小精悍,就算句与句之间存在明显的关系,出现标志性的句法关系词,基本也是平行或延续关系,如杜甫的"星垂平野阔,月涌

---

① 刘皓明著:《荷尔德林后期诗歌》(评注 卷上),华东师范大学出版社,2009年,第103页。

大江流。名岂文章著,官应老病休。"星与月直接从自然空间渗入心理空间,这种句法取消了时间,不同于西方诗歌中的逻辑句法。现代汉语诗歌如何在已渗透了逻辑性的现代性中传承这种"事物自然呈露"的汉语性,的确是值得期待的努力方向。下面我们来看《反光》开篇这个片段:

> 一只蝴蝶,用翅尖行走,
> 穿越我的梦境,**恍若**人生
> 只是一条缝隙,通向初衷的
> 各个切面。杂食并非多情,
> 沉默并非如一,我在晕眩中,
> 微光闪烁,**恍若**阵阵颤栗,
> 把肉身切割。每一个切面
> 都迎向清冽,暗夜璀璨,
> 众多的我涌现,如此模糊。

这个片段共三个句号,每个句子相互联缀。第一个句子是虚实对位,中间以"恍若"作句法连接,尽管如此,我们仍不能以逻辑分析而只能意会蝴蝶穿越梦境与人生像一条缝隙通向各个切面的内在关联。人生是一只蝴蝶衔接着"庄生晓梦迷蝴蝶"这一诗性哲学的美妙与浪漫。这个起笔的句法传统是中国的,是充满强烈诗性的。第二个句子开始呼应第一个句子,也变得复杂。主语是"我",在此之前有两个并置的从句,但显然它们暗示性修饰的不是"我",而是谓语"在晕眩中"及后面的种种感觉:从句中的否定性修辞是为了肯定晕眩中的巨大力量。就整体而言,这个片段可以说即是浑融句,两个"恍若"句法并置,第三句把它们融汇、进一步推进。

> 她们都曾背弃我,在半夜
> 咳个不停,匆匆的步点,
> 倏忽不见,茫然亦非黑暗,

> 你在枯黄中撵不走一只蝴蝶。

这个浑融的长句显现路云强大的转换能力：把人性的深刻领悟转换成具体的细节，比如"咳个不停"，同时又能凌波即景，将宏大的场景还原到虚空状态，通过人称变换来贴近叙述的速度，过渡到"你"，独自成句并集合前三句的语言势能，转换为动态而释放出诗的巨大能量。也许，它发自一种深深的幽暗与孤零，一种内在自我的多个面向，这令我们想起但丁《神曲》开篇即言：

> 方吾生之半路，
> 恍余处乎幽林，
> 失正轨而迷误。
>
> ——钱稻孙译

在路云的诗中，这一人生中途的背景并非"黑暗"，而是"枯黄"，将读者的目光从茫然中拉出来，聚焦于一只"撵不走的蝴蝶"。也许，那只蝴蝶是一片斑斓的落叶吧，如鲁迅的腊叶，是灼灼的明眸，"不即与群叶一同飘散罢"（鲁迅《腊叶》），便不会"背弃我"。我们无法肯定路云在写这句诗的时候是否想到了鲁迅的腊叶，但诗歌语言在精神的长河中遥相呼应的奇迹令我们惊叹，这是怎样一种暗合传承的意义！鲁迅曾在爱中把自己比作那片将坠的病叶，极其隐晦地写出自己对爱的"忧虑"："将坠的病叶的斑斓，似乎也只能在极短时中相对，更何况是葱郁的呢。"相对鲁迅的"散文诗"，路云的诗语更像是隐语中的隐语了：

> 倘使温柔的反光令你低头，
> 一丝苍翠掏空枯绝，我怎能
> 驱尽更高的绿色动力？

"反光""苍翠""枯绝""绿色动力",倘若我们把这些词语放在《腊叶》的语境中,或更大的自然界中,关于爱的感性的哲学便一目了然了:"Nothing in the world is single;/All things by a law divine/In one spirit meet and mingle.(万物由于自然律/都必融汇于一种精神。)"[1](无怪乎诗人的用词仿佛都是从天地间信手拾来,"爱"作为一种"绿色动力",转换出从枯绝到苍翠的能量。然而,诗人确信吗?有哪一种哲学是迄今为止已提供确切答案而不令人疑惑的?假使如此,苏格拉底就会在"认识你自己"的铭言中沉默,康德也不必再开授"人是什么"的讲座课程。哲学,即便在存在与思维的关系中已趋于一极,沉入"一种纯然沉思的快乐或一种守静的愉悦",哪怕现代政治哲学的主题,也已经发展到"不是城邦或者城邦之政治,而是哲学与政治的关系"[2],也仍然无法摆脱生命细致入微的体验与品味。诗性哲学就更需要幽微的生命体验了,所以,让诗歌回到"在":

> 我仍在肇音中盘旋,挥霍。
> 屏住的声息中獠牙在织布,
> 风华初上,青筋低鸣,
> 一个剪断的线头中孤魂在抽搐。

"仍在",意味着这一体验的长久沉醉。"肇音",肇始之音。诗人是站在世界的开端处聆听到了诗,把他引至这一入口的难道不是爱?与生命枯绝相对的是挥霍、奢侈,是心惊肉跳、青筋低鸣,是难以抑制的声息。可以发现,当我们在句法研究这一显微镜下对诗人的用词——聚焦,它们恍若在一个舞池中随着诗歌的生命节奏悠悠舞动着,所有词语在统一的语境中相互共振、暗递秋波,它们落在恰如其分的位置上,溅出的

---

[1] 雪莱:《爱的哲学》,穆旦译,《拜伦 雪莱 济慈抒情诗精选集》,当代世界出版社,2007年,第98页。
[2] 汉娜·阿伦特:《康德政治哲学讲稿》,曹明、苏婉儿译,上海人民出版社,2013年,第37页。

水花与波纹传递着意义辐射的方向和范围,因而,每一诗行、每一个词都微妙地布控着诗意的推进与演变。"在",一种强烈的沉醉——然而,我们不得不意识到,"一种完全的纯粹愉悦,是根本不存在的。幸福,作为灵魂与肉体的一种坚实而稳定的状态,对于尘世中的人们来说,是不可思议的。匮乏越大,不快乐越大,快乐就越强烈"①——"孤魂在抽搐"。孤魂是什么?是渴望爱的旷野里的游魂,一个灰黑的影。于是,接下来的这一节诗就如同鬼语:

> 你在冷汗中瞥见银河幽暗,
> 高处,另有一个源头,
> 水的智慧,岂是低处一只盐罐!
> 倘使仅仅赞美温柔的咆哮和苦涩,
> 大地之上岂有翅尖的轻盈和高远?
> 向上!向上!而我仍在秋水的
> 波光上,练习奔跑,雨滴在舞蹈,
> 火加入其间,调匀了呼吸,
> 为你一双笨拙的脚尖鼓掌。

这只盐罐包含着温柔的咆哮和苦涩,象征着人生安稳的一面,人生安稳的一面是有着永恒的意味的②,生活之爱也可引领永恒,但生命仍有飞扬、有高远,倘若仅仅是静若止水的安稳,也是人心的激昂无法承受的。这一片段的后四行用浑融句写出了一个自然宏大的场面,它就像月光的舞会,波光奔腾,雨滴踢踏。"我""雨滴""火",三者各以三个平行的独立句法即不一样的动词确立自身,在哗然一体中收束于一个点:一双笨拙的脚尖。这一转换也是如我们前面分析过的还原到虚空状态,释放抽象的能量。人究竟为什么渴望生命的激情?什么能燃起生命的熊

---

① 汉娜·阿伦特:《康德政治哲学讲稿》,曹明、苏婉儿译,上海人民出版社,2013年,第47页。
② 参见张爱玲:《自己的文章》,京华出版社,2006年。

熊烈焰，不断开创可能性？这就回到了那个古老的问题：人是什么？人希望什么？诗人用最感官的方式提出他的哲学问题，也用最诗意的方式回答了引诗的问题。我想答案就是：为你一双笨拙的脚尖鼓掌。这首先来自生命深处的呼应和认同，所以可以不顾忌"笨拙"："个体此生的最高目标就是他配得上得到那种在此世中得不到的至福。"[①] 在这一终极关注中，"配得上"比"得到"更重要。经此一审察、辨明、确证，爱的行动才有其庄严的坦率与勇往直前的欣悦："我迎向你，碧波摇漾。"自此，第三节的诗行皆是沉醉的欢欣，是光明的激情，整个世界都在血液的节奏中：

> 肉身嘹亮，照见我的喘息深处，
> 潜伏着你初夜里拧紧的发条，
> 我滴答着吻向深秋一只寒蝉。
> 她窃走了水的灵魂，火的激情，
> **但她泄露的风声令人欣悉。**
> 幽深的牙齿腾着细浪，恍若
> 拔节声低鸣，倘使微风无法卷走
> 羞色，火热的灵魂赦免一切，
> 凉风赦免我。情欲复燃，
> 绿色的眼睛绽露深情，
> 我迷上滴水的美德和你的
> 小酒窝。这芬芳的官殿，
> 美如初衷，我颤悠着，
> 欢饮那薄如蝉翼的鸩血。
> 大地深处一颗躺着的獠牙，
> 扭动腰枝，如犁铧烂漫。

[①] 汉娜·阿伦特:《康德政治哲学讲稿》，曹明、苏婉儿译，上海人民出版社，2013年，第35页。

这是"燃烧的肉体"吧,六个句子仿佛出自一个漫长的气息,第二、三句稍作回旋,略有转折和后退,但都是为了更进一步的确证:确证欣悉、确证赦免。"危险的事固然美丽／不如看她骑马归来,面颊温暖,／羞惭……"(张枣《镜中》)对于张枣,一切美丽似乎只是"望着窗外,看她",似乎只是镜像,只是一个幻美的遗憾,然而在路云的《反光》中,没有"不如",只有"勇往者,酡颜未改"。危险的美,就是令人"欢饮那薄如蝉翼的鸩血"。正因此,这一节诗的肉感,在现代汉诗中达到了无以复加的程度。我们可以回顾一下此前的一些肉感的诗,如张枣的《跟茨维塔伊娃的对话8》:

> 东方既白,经典的一幕正收场:
> 俩知音一左一右,亦人亦鬼,
> 谈心的橘子荡漾着言说的芬芳,
> 深处是爱,恬静和肉体的玫瑰。

又如郑单衣的《凤儿》:

> 哦,有多少珠帘在这时幽闭
> 又有多少怨尤,在弄着一件单衣
> 夜和夜,如此不同。但凤儿的房间里
> 一种气息却熟悉另一种气息。这多像
> 满满一篮鲜梨,心怀柔玉,一只
>
> 又一只,我为她剥下果皮。就像她对我
> 重复一席温存的话语
> 但所有的话语都只是一句。在今夜
> 梨儿走遍周身。爱,展开
> 火红之躯,又在我心中布下了风雨。

再如朱朱的《寄北》：

> 那里，我脱下那沾满灰尘的外套后
> 赤裸着，被投放到另一场荡涤，
> 亲吻和欢爱，如同一簇长满
> 现实的尖刺并携带风疹的荨麻
> 跳动在火焰之中；我们消耗着
> 空气，并且只要有空气就足够了。
> 每一次，你就是那洗濯我的火苗，
> 而我就是那件传说中的火浣衫

可以看到，这几首诗都有一个共同的主题：爱。但，与郑单衣和朱朱的诗歌沉湎于肉感不同的是，张枣与路云的诗有另一个维度：一种抽象的肉感，"存在经验的哲学思维"[①]。张枣诗歌醉心于知音之乐，他把这一灵魂的契合等同于爱，自我与他者的伸展将冲破外在介质的藩篱。路云诗歌提出了"爱的赦免"这一关乎原罪的欲求救赎，即，爱是对欠缺（匮乏）的弥补。欠缺，无疑是此生的恶，病痛、枯绝、萎缩、死亡，这些都是生存中的"獠牙"，倘使没有爱来亲抚生命，那只有面临如此这般的粗暴与贫乏："兽行更简洁，血色更透明／何以肌肉更萎缩，而我的胆怯／日益凋落。"无论何时，也许我们应该记住维特根斯坦的忠告："一切伟大的艺术里面都有一头野兽：被驯服。"但也许，唯有爱可以驯服诗人吧。

> 她赞美我的到来，但剪断了胎气，
> 从此风在我的体内学会呼吸。
> 她簇拥我撵走那只鸣蝉，但撵不走
> 一只蝴蝶，从此风变成翅膀。

---

① 刘皓明著：《荷尔德林后期诗歌》（评注 卷上），华东师范大学出版社，2009年，第70页。

这两个句子就像"风旗"收纳了"风"一样起伏波动。没有爱的驯服，或许便只有野性的横冲直撞与狂妄不羁。

> 她窃走全部的腥咸，是为着
> 把砂砾倾入灵魂，炼出蜜。
> 回忆研磨出的绿意，是你的爱，
> 细小的火焰在水中发出阵阵窃笑，
> 我如何把狂野的风再次拧入水中，
> 宁静是绿色的。

这段引诗是神奇的，它把灵魂与肉体之爱的同一在语言中发扬到了极致：倾入与研磨，道亦器、器亦道。第二个句子堪称现代汉诗中浑融句的完美典范：每一诗行皆为一独立句法，整个句子是一完整的前呼后应："……绿意，是你的爱"，"宁静是绿色的。"中间两行充分叙述爱的状态：火焰窃笑、狂野的风，与"宁静"对位。把这个句子单独抽出，它就像一首现代汉诗的绝句，结构上起承转合，以第一行为主题，第二行扩展，第三行上升中有疑问语气的下降，第四行在转位中合拢，因而又是一个无连词的多层次复合句。"狂野的风"在爱的"柔性的水"中，才有宁静与和美。但诗人沉醉而非麻醉，虽然在诗歌第三节欢饮鸩血中一度出现幻觉："大地深处一颗躺着的獠牙；/扭动腰枝，如犁铧烂漫。"他始终警醒于那一颗"獠牙"，正因为这种警醒与自省，爱的救赎才是可能的。"獠牙并非初衷，谁忽视她的存在，/谁就会在苍白中窒息，"陈先发在《写碑之心》中曾道破："宽恕即是他者的监狱，而/救赎不过是对自我的反讽。"对此，有论者精当地阐明："问题的核心也许在于，这'宽恕'对于需要被宽恕的主体来说，是否具有改变现实的力量。……实际上，不存在不被审判的宽恕。"① 借助这句话，我们也将明

---

① 刘晓萍：《需要更高的关切来进行宽恕——读陈先发长诗〈写碑之心〉》，《上海文化》2010年第3期。

了，为什么《反光》这首诗的结尾是这两行诗："我试着把一颗獠牙播种在枯黄深处，/幸运岂是一种轻逸？"必定有更沉重的担当来"宽恕"爱的幸运，这是不是更难以察觉与接受的关于爱的哲学，不然，诗人也只是"试着"？就此，我们发现这首诗的句法无懈可击，一个词语激荡起另一个词语，仿若海浪追赶着海浪，形成了语言摇曳多姿的美。恰如汪曾祺所言："语言的美不在一个一个句子，而在句与句之间的关系。包世臣论王羲之字，看来参差不齐，但如老翁携带幼孙，顾盼有情，痛痒相关。好的语言正当如此。语言像树，枝干内部汁液流转，一枝摇，百枝摇。"[1]

除了《反光》，路云的诗作《热血如翡》《我如此浑浊》《归复归复》《焊工》都有相通的语境与句法，他们来自于同一心灵纬度，也是他浸入母语文化当中潜心运用本族智慧的成果。"我们的魂灵中，有一只小鸟在不倦地飞行。"这一日夜萦绕心头的影像与旋律几乎可以作为他诗歌创作的题记，他把自己创造为一个文化生命、一个凝聚体，才能涌现气息渊雅的句法。在他的短诗中，则是将此气息化为闪电，切入事件的内核，直指人心，其句法急促，有如雷击，如《悲哀位于震中》：

> 悲哀位于震中。
> 它被埋在时间的深处，
> 一座博物馆并不能把地球塑造成母亲的
> 雕像。
> 母亲和地球都是一团血肉。
> 埋在地球深处的是母亲，
> 埋在母亲深处的是一个在余震中奔跑的
> 孩子。

---

[1] 汪曾祺：《自报家门》，《作家》1988年第7期。

海子、张枣所创造的句法分别对应其各自的攀岩，苦心孤诣，为世人留下卓绝的足迹。路云的创造与他们有一致的内在自觉，不同的是，路云所采用的跃升方式，在某种程度上规避了风险，他始终居于生命内部，所以他的句法既能在绘声绘色中宕出，又能在娓娓道来中展开，气韵充沛而又绵延。

臧棣：以浩淼为邻

臧棣无疑是中国当代诗歌的一个奇迹。他的写作最奇妙的是，用一种飞翔的写作运动，成就了诗歌语言的散文化姿态，其结果，写诗对他有一种类似体育锻炼的效果。他曾将新诗写作看成是一个"特殊的语言竞技场"。他的句法是"恶狠狠"的："将诗的风格的面纱掀开之后，对句子好一点的最佳方式就是对句子狠一点。"[①] 这种狠是要把铁锻炼成不锈钢，结果，钢比铁更亲近我们的日常生活。"世界并不总摆在我们面前，所以，很多时候，事关如何激发感受力。"臧棣致力于用语言来激发被日常钝化的感受力，为此，他几乎做着孤注一掷的努力：把语言周身翻遍，用语言的想象力来发明语言。在炼金术式的实验中，臧棣已经在诗歌写作中找到了他的发声方式，焕发出"现代汉语和诗歌语言之间的独特气质"。他用特制的语言喇叭演绎出源源不断的风格诗。尽管臧棣追求变动不居的风格，但他诗歌语言的散文化风格似乎是一种底色，他的句法敞露这种秘密。他的散文化显然和三四十年代朱自清、艾青等人的诗的散文化截然不同。朱自清的诗歌散文化道路是从音律的角度来谈论，艾青则是从口语的角度："我说的诗的散文美，说的就是口语美。"[②] 他们都延续了胡适"作诗如作文"的主张，提倡散文的自然朴实，废除诗歌写作的"雕琢与华丽"这类镣铐。其结果是，他们写出的诗在句法上都是平

[①] 臧棣：《骑手和豆浆》，作家出版社，2015年，第357页。

[②] 艾青：《与青年诗人谈诗》，《艾青谈诗》，花城出版社，1982年，第57—70页。

平实实的,而臧棣的散文化句法恰恰是繁复、雕琢、虚拟化的,是处心积虑的策略之弓,用他自己的话说即,"散文化是新诗的大计,是新诗在其语言实践中必须经历的审美洗礼。"①

臧棣诗歌中有些句法是易于辨认的,正如胡续冬指出的,"臧棣诗歌中一种独特的柔韧而诡辩的语式"在其个人风格史上踞于重要的位置,"这种有效地征用虚词(尤其是语气词和连接词)使其发挥比实词更加重要的作用的现象几乎是后来臧棣诗歌的标签"。臧棣"运用智性的语言对事物进行反复'拉伸'的技能"也促成了一种屡见不鲜的风格化修辞,它们在效果上表现为"轻逸的视觉形象",胡续冬称之为"虚词的魔术"和"实词的手术"这两个策略。"臧棣对虚词的使用已经自成体系,那种巧妙地利用连接词、语气助词、程度副词、疑问词、否定词作为结构和意义装置之中灵活的滑轮的技艺在当代诗歌中相当引人注目。"②这些都无须赘述,这种借助虚词反复申辩、推论、诘问、否定、臆测的逻辑句法本身并不特别,只是臧棣在他无限宽广的题材中把它做到了极致,变成了一种"想象的逻辑"。——这是与张枣所致力的"汉语性"相反的路径,张枣曾坦言:"但我的汉语性虽准确,却太单薄,我的方法往往都是靠削减可用的语汇来进行的,因而题材还太窄,有些技术如幽默、反讽、坚硬一直未敢重用。现在我想试试这些走向,《跟茨维塔伊娃的对话》开了一个好头。"③张枣也曾考虑把二者融汇起来,譬如他自称最满意的组诗《云》第二首即是一种实践:

> 一片叶。这宇宙的舌头伸进
> 窗口,引来街尾的一片森林。
> 德国的晴天,罗可可的拱门,

---

① 臧棣:《大忌还是大计:关于新诗的散文化》,《广西文学》2008 年 11 月。
② 胡续冬:《臧棣:金蝉脱壳的艺术》,《作家》2002 年第 3 期。
③ 张枣语。转引自钟鸣:《诗人的着魔与谶》,宋琳、柏桦编:《亲爱的张枣》,江苏文艺出版社,2010 年,第 128 页。

你燕子似的元音贯穿它们。

你只要说出树，树就会
闪现在对面，无论你坐在哪儿。
但树会憋住满腔的绿意，
如果谁一边站起，一边说，

"多，就是少？未必如此。
我喜欢不多不少。"口吻慵倦。
这时，蝉的锁攫住婉鸣的浓荫，
如止痛片，淡忘之月悬在白昼。

放在本文的语境中来阅读这首诗，几乎是对臧棣的诗学辩诘，它既给出了诗歌文本，又在文本中亮出了诗学意向。第一节的句法富于古典的"汉语性"，没有分析和演绎，句法和隐喻都经过了严密的压缩，事物在其中自然呈露，然而某种语言与宇宙的神秘气息渗透着，仿佛犹太教神秘哲学关于造物是神性语言的文本这一教谕的味道。第二节对这一味道进行了稠密的辨析："你只要说出树，树就会／闪现在对面"，其句法是典型的充分条件句，西化十足，四行诗一共用了四项逻辑虚词："只要……就""无论""但""如果"，充满繁复而纠缠不休的辨析。第三节中和了前二者，从分析、争辩与表白中再次回到事物与宁静的"淡忘（忘我）"中，止住了某种被质疑的焦虑之痛。对于臧棣的诗歌写作，陈超曾将之描述为"少就是多"[①]。张枣在此处的辨析"我喜欢不多不少"恰似一种语言与生命同构的诗学宣谕。臧棣，在写过那么多充满"语言的欢乐"的作品，如《月亮》《蝶恋花》，经过那么强烈的写作的欢娱后，近阶段的写作回到了他的精神意识当中。从"努力想从当代汉语中演绎

---

① 陈超：《少就是多：我看到的臧棣》，《作家》1999 年第 3 期。

出古典语言的韵味和气质"[①]，到放肆运用普通语言、散文化语言、虚词、"变性"实词，如史蒂文斯（Wallace Stevens）所言，用内在的语言暴力去抵御外在的语言暴力，臧棣已经稳定地能够用**虚拟句法**来催生感受中的世界，其结果是，这个原本如此的世界呈现为风格诧异的世界。他不再仅仅是借助于虚词，而是把散文化的逻辑句法推进到想象的逻辑，这种虚拟句法很难为我们留下具象、实在的情境，或者说我们熟悉的情境。在臧棣那里，我们很难读到像朱朱的《早晨》一诗中那样观察入微、细致写实的句子，在他最可能用实在的笔触进行场景描摹的一首长诗《在埃德加·斯诺墓前》，他的句法是这样的：

> 群山升起，夕光成长为一棵树
> 亮媚的枝桠转瞬间被纷纷折断，进入收藏
> 夜色迅速降临：缺少顿号，也没有边角
> 它染黑了拍岸的浪花，以及浪花
> 在我们心中所溅起的某种情感

他这样描写墓碑这块石头：

> 一块石头，一个世界上最强硬的句号
> 准确地点在我们的大地上
> 它的朴素是方，它的高傲则是圆
> 几乎和梦娜·丽莎的微笑所蕴含的秘密一样
>
> 它的顶部，像沙发的扶手
> 我们会必不可免地经常触及到
> 用低垂的手指。

[①] 臧棣：《大忌还是大计：关于新诗的散文化》，《广西文学》2008 年 11 月。

在这首写于 80 年代末的诗中,他的句法还是很"正常"的,然而里面已孕育着"虚"的元素。在《维拉的女友》中,他这样叙述一个饭局:

> 在临近长安街的
> 一座快餐馆,她坐在无靠背的、
> 像青瓷菜盘一样的椅子里,
> 热衷于头绪如麻的自我剖析。
> 我思忖着她可能会爱吃的东西,
> 一走神,却瞥见了神明的食谱。
> 从我放在餐桌上的烟盒里,
> 像收税似的,她抽走一支红塔山。
> 她用来吸烟的手过于可爱
> 像窖藏过的白菜芯,并拒绝拿起
> 一双木筷

但也许是意识到这样具体、平铺直叙的踏踏实实的句法并不"奇妙",比起朱朱的"工笔画",这里的描述称不上"刻画",臧棣什么时候也不会忘了他的"写意","一走神,却瞥见了神明的食谱"。仿佛近视的眼睛更适宜思忖与内省而非观察。臧棣,最终让自己的诗歌走向"一个总的主题","就是省察一个人与他的精神生活之间的关系。它渴望建立的是一种与自言自语截然不同的自我对话。有时是反讽的,但更多的是内省的"。所以,他近乎连篇累牍地写同一主题系列,丛书系列、协会系列、未名湖系列、入门系列,因而,他的句法已逐渐趋于虚拟句法,这种虚拟句法以精神的想象力和博大的心智为支撑,不是说它是向未知的领域或事物探溯,那是对象的虚构——小说的虚构也能探索未知对象然而句法仍然可以是普通的——而是在对已知的现实或记忆的开掘中,他的虚拟句法总是刷新我们对已知的感觉,或发现已知中的另一维度,换言之,这是诗歌语言本体的虚构,相当于摄影、电影、网络为我们创造的虚拟世界，它翻新的是幽邃自我，或者说，它让阅读者检验自我，对于那些无法深入思考或想象的人群，臧棣的句法给人带来飞跃的体验，那或许是领略，也可能是智慧。

  《纪念柳原白莲丛书》是纪念主题的诗，是一位诗人倾慕另一位从未谋面的异国诗人，它更多基于文本记忆，对纪念对象的了解来自作品和传记，因此借引和植入了原作的话语和意象。这意味着诗人必须用语言来熔铸他的阅读意识。臧棣把它们处理得出神入化，因为很快我们就会从关注柳原白莲的传奇回到诗句本身的传奇，他劳作的姿态和句法令我们着迷。

> 身边已足够辽阔。
> 十五岁第一次结婚。比青春还左。
> 二十六岁又嫁给煤炭大王。比金钱更右。
> 但是，左和右都把你想错了。
> 三十七春风把你吹到牛奶的舞蹈中，
> 做母亲意味着家里有一口大钟，
> 挂得比镜子的鼻尖还高。

  这里的每一诗行都给人出奇制胜的愉悦感。相比于日常口语，它的词语搭配看起来都是一种虚构，而它们最终发明的确是一种意识的更新。臧棣让一种本可能矫情的虚拟句法显示出行云流水的特质，他已完全规避了它们可能的危险：生硬、轻薄、散文化的粗鄙，而使其焕发出纯洁、敏感、高贵的品质，他的句法如此自由、灵动，因为它们只有想象逻辑而不受限于其他逻辑，掌握了这一能力所以他可以"生产""浩淼"的诗歌。"让语言来决定想象"[1]，就仿佛语言是想象的器官，它的视角会让我们"惊奇"：

---

[1] 臧棣：《诗道鳟燕》，《骑手和豆浆》，作家出版社，2015年，第358页。

你曾向秋天的风中扔去一块石头。
那意味着什么？你帮助语言在身体那里
找到一个窍门。对盛开的梅花说
只有细雨才能听得懂的话。而最重要的话，
如你表明的那样，只有讲出来
才会成为最深邃的秘密。

与其说这是对柳原白莲的赞颂，不如说是诗人自己对诗歌语言的领悟。"只有讲出来"才能葆守对生命的忠实，否则只会被涂上遗忘厚厚的黑暗膜层。当臧棣相信诗可以抵御人的愚蠢的时候，他当然深谙，你永远无法叫醒一个装睡的人，你也永远不能指望一个拒绝思考的人拥有良知。所以，重要的永远是，"诗的语言是这样一种语言：它必须激活伟大的暗示"[①]。而暗示是怎样的？用虚构的句法来写真实的存在。在臧棣处理"真实的瞬间"时，他的虚拟句法对现实的勘探与洞察已精准得令人看不出它们的"虚构"：

九条狗分别出现在街头和街角，
大街上的政治看上去空荡荡的。冷在练习更冷。

八只喜鹊沿河边放飞它们自己的黑白风筝，
你被从里面系紧了，如果那不是绳索，

那还能是什么？七辆出租车驶过阅读即谋杀。
所以最惊人的，肯定不是只留下了六具尸体。

身旁，五只口袋提着生活的秘密，
里面装着的草莓像文盲也有过可爱的时候。

---

① 臧棣：《诗道鳟燕》，《骑手和豆浆》，作家出版社，2015年，第357页。

> 四条河已全部化冻,开始为春天贡献倒影,
> 但里面的鱼却一个比一个悬念。
>
> 三个人从超市的侧门走出来,
> 两只苹果停止了争论。你怎么知道你皮上的
>
> 农药,就比我的少?但我们确实知道,
> 一条道上,可以不必只有一种黑暗。
>
> ——《真实的瞬间丛书》

这种虚拟句法就像悬疑片的手法,是导演安排的镜头,然而它处处充满窍门与暗示。在《岳阳楼入门》一诗中,臧棣开篇写道:

> 以浩淼为邻,对称于
> 天若有情在此地格外任性——
> 八百里烟波才懒得分左右呢,
> 且怎么起伏都自有分寸;

"以浩渺为邻",与《纪念柳原白莲丛书》的起笔"身边已足够辽阔"是相同的句法,这与路云的《反光》开篇"一只蝴蝶,用翅尖行走,/穿越我的梦境"显然是不同的句法。臧棣喜欢把形容词活用为动词,这使得他所叙述的事物在意外获得动态的时候又充分享有了形容词抽象的品质;或者把名词用作形容词,同样释放了名词的抽象性质,句法因而呈现出虚拟风格,比如《岳阳楼入门》中这些诗句:

> 　　　　高跷的檐角
> 从不同方向,生动你有过
> 一个飞翔的前身;

> 不论你来时，
> 季节如何春秋，它都会矗立在
> 比风景更美丽的江湖中，
> 因众望所归而博大一个心结。
>
> 唯有这水声能酝酿这湖色，
> 唯有这岸边的唏嘘能醇厚
> 这仰天的酩酊；远远望去，
> 一种视野严格着一个领悟。

但这已是呈现在诗歌写作层面的具体技艺，深层的内因却是雄厚的诗学意识，"强大到足以／凭自身的意志，回避它的／熏染或吞噬"（《岳阳楼入门》）。"柿子挂在明亮的枝头。／你发明了看待它们的目光，／从太阳的背后，从时间的反面。"（《纪念柳原白莲丛书》）岳阳楼矗立在那里，千百年来它激活了多少鸿篇丽制，现代汉语要怎样才能克服古典的历史与记忆，写出它的巍峨？奇妙的是，臧棣就在它的"元诗视野"中，在他思考现代汉诗应如何应对充满巨大压力的岳阳楼诗学威权挑战中，写出了岳阳楼即诗的浑然一体的大作："通天柱深谙／如何在尘世的压力面前演示／我们曾承受过什么"；"但是今天，天生我才怎可能／迟钝于水经注"，不得不说，臧棣把现代汉诗的写作推进到了一个新的境界，诗可以既不是言志，也不缘情，也不写感觉，而是"写意"：意识或意志、精神思维，全然在他的句法中呈现出来。眺看、远望、冥想所得的意识，都会被：

> 组合成心灵的漩涡，紧密如
> 你即使错过了巍巍昆仑，
> 它们会旋转着，起伏般将你带向
> 一种古老的成熟。

被诗人不断刷新的句法即是一种古老的成熟。无论是有着高纯度的诗意结晶的盛唐诗，还是摆脱类型化的抒情并趋于散文化倾向后的中唐诗歌以及偏向说理的宋诗，总有一个语言范式（五言或七言）及结构框架来支撑一首诗的成立，哪怕这是一个"非诗的内容"。今天的人们也仍然在写古体诗，然而，"那只是形式的延续而已"[①]，当我们读到这样一些诗作，就会在感觉上印证废名的判断：它们的内容是散文的。即，古体诗的写作更近于词汇组装："做诗"，在深层次上欠缺诗性。一个根本的原因或许是，古体诗中那种封闭的句法已经无法表达现代社会无边无际的开放式感觉了。

　　早在"五四"，胡适的"诗国革命"就建立在语言革命的基础上，他认为文言半死，白话言文合一，而"白话文学的作战，十战之中，已胜了七八仗，现在只剩一座诗的壁垒"[②]。极端地说，诗歌写作的革新就是句法的革新。用法即意义。现代汉诗随物赋形的句法最大的意义就在于，无法拘泥于固定的句法模式，只能尽可能地拓展各种可能性，一个诗人可以取得一种可以辨认的句法特征，也可以突破这种特征。纵使如西语有所谓"主谓宾定状补"的详尽语法，又纵使如荷尔德林最后阶段的"种核词"写作——把几个关键的字词在纸上依据诗人胸中为其规定的大概位置分散铺开，空白的部分留待将来补写[③]——也大多是依照"心的旋律"——"通过安排与连接圆周句表达心灵事件进程的内在节奏"[④]——来组织和声关系。因而，必须再一次强调，句法不是修辞，一台计算机也可以组装出令人惊异的修辞，但那会令人无法相信诗。再者，即便组装得无懈可击，也是精致的盆景、假山。诗是四时变幻的巍巍高山，是生命、精神与体温，哪怕只是一个片段，也是一种情节、情结。诗人对句法的领悟与创造，不仅仅是过修辞关，更重要的是越过恐怖的炼狱关，

[①] 蒋勋：《蒋勋说唐诗》，中信出版社，2012年，第48页。
[②] 胡适：《胡适文集》，北京大学出版社，1998年，第155页。
[③] 刘皓明译：《荷尔德林后期诗歌》（导论），华东师范大学出版社，2009年，第109页。
[④] 伏尔泰：《体验与诗》，生活·读书·新知三联书店，2003年，第294页。

生命、生活的真实处即"恐怖",到那个上,诗人会体验到某种灼烧的临界点:不言说,毋宁死。只有活到这个份上,诗人方能从与语言的搏斗中解放出来,句法最终突破语法的限制,成为生命本身的呼吸法则,催生出迥异的诗歌生命。

(2015 年 12 月初稿;2016 年 1 月定稿)

访谈

八个问题的回答及其他：卞之琳访谈

访问者：三木直大
时间：1981 年 8 月 19 日

编者按：这份访谈稿整理自三木先生所提供的 30 多年前的录音文件，因录音磁带日久年深，加上卞之琳先生口音较重，录音有一些地方确实难以听清，整理出的文字难免多有不连贯、脱漏之处。为了保留访谈的现场感和录音的完整性，编者只是进行了适当的调整，未做大幅度删改。

问题一：对于您来说"现代诗"是什么？对"现代"这一概念又是如何考虑的？

卞之琳：第一个问题，我觉得比较难回答。关于"现代"的概念，究竟怎样，各种各样的说法很多，在西方也是如此。不过，在我们有创作经验与读书经验的人看来，外国的、西方的所谓"现代"，英文术语叫 modernism 的诗，跟 19 世纪 nineteen century 的诗感觉不一样。19 世纪的诗，一直延续到第一次世界大战或战前一些的时候。从第一次世界大战结束开始，比较杰出的诗人写的诗，读起来就跟过去不一样了。

那么怎么叫 modernity 或 modernism 呢？这个很难说，我们就是感觉到有一种叫 modern sensibility，现代意识、现代感，跟 19 世纪的浪漫派一直到世纪末的早期象征派都是不大一样。这个从理论上讲，相当难。有一点东西，叫自我意识（self-consciousness）的，这一点，我想是不太一样的。我很喜欢瓦雷里后期的诗，瓦雷里早期的诗我不觉得很好。我很喜欢他1917年以后的诗，他后期写的诗，可以叫现代诗，早期的还不是现代诗。同样是象征派，后期的可以叫做后期象征主义，post symbolism。我喜欢的是他后期的诗。同样，就像W. B. Yeats（威廉·巴特勒·叶芝），他早期写的跟第一次世界大战后写的诗也不一样，前边属于19世纪，第二次世界大战后写的诗，风格也是现代的。……那跟前期的诗又不一样，是后期象征主义post symbolism。至于探讨自我意识这个问题，我没有怎么想过，因为，瓦雷里他的论文我很少看。在理论上我可以说的，是T. S. 艾略特，他有一篇文章《传统与个人才能》（*Tradition and the Individual Talent*），这篇论文我在30年代初期吧，我不确定记得日子了，我把它翻译成中文。他的理论是主张尽量impersonal，就是摆脱个人。我是比较客观的，我是也这样，倾向于精简。虽然我写的诗有一些是关于自己的，但尽可能地想摆脱个人。而瓦雷里、艾略特，也相当强调智性，intellectuality，这方面可以借鉴。像自我意识，我想表现在诗里面，尽可能不把自己放在里面，即便是我写的，可是我不把自我放在诗里面。

当然，诗究竟是人写的。像艾略特写的早期的像《荒原》，写到古人的成分很多，这是难免。[不过他主观上……]① 而自己，诗里讲到的"我"，英文的 I，不一定就是我，那是一种，英文叫做personal，还有就是客观的，写的是人物，我来代替他说话，这是一种戏剧性，主要是说我的诗不是讲自我意识。我的戏剧性，就是感到的东西，在一种情境中，英文叫situation、dramatic situation，诗里面的我不一定是我。就是设想有一个客观的人，处在某一种境界里边，他在里边不管怎么样，说话、抒情，这个东西是放在一种情境里面的。我的诗，应该是，总想尽可能摆脱了我。我最近看到Spender（斯蒂芬·史班德）的东西，*The Thirties and After*（1978），那里边讲W. H. 奥登，他在晚年，autobiographical，

---

① 为了保留录音的现场感与访谈内容的完整性，录音中无法听清的内容尽量不做删改，但为了行文的连贯性，不通顺的语句会加上括号"[ ]"。

资料性的东西,他是不搞的。实际上艾略特早期像《荒原》就表现得很多。在这里面,我怎么讲自我意识,实际上我有些诗是属于古人的,我有些诗也不很现代,有的东西也有点像19世纪的浪漫派。后来,大概在1933、1934到1935年后写的诗,尽可能不把自己放在里边去,即使放到里边去,我也把它客观化,比如说,我也是一个剧中人,这样子写,而不是真人真事。所以,在香港,有人讲到我写的东西如何如何,我说他写的东西很可笑的。中国传统诗歌里也是这样,比如一个男的,在中国传统诗里会写"闺怨",用女子的身份,用第一人称first person,这样来讲的话,诗中人不一定是自己。举个例子,我有一首诗叫"鱼化石"。《鱼化石》里边讲我怎么怎么样,人家搞不清楚,所以我自己后来把它翻成英文fish fossil,加了一个A Fish or A Girl Speaks,一条鱼或一个女子说,它不是我,它是一个女的,我是个男的,这并不是讲真的事情,以一个女的口吻,一个女孩、一个girl的口吻说她对爱人所讲的话,并不是我,我又不是女的。可是外边还有人认为这是写自己,这明明是假托,这在中国诗里边很多,诗词很多,有的里边讲一个女子,离开了丈夫或者什么,用诗来写,当然这个作者是男的,诗中的不是他自己。像《鱼化石》,我只能在英文里边加上一个A Fish or A Girl Speaks,(否则)人家太(容易)误会了。所以我常常讲,在《雕虫纪历》序言里边,讲你也许就是我,我也许就是他,我尽可能,不想在诗里边表现真人真事。

问题二: 对于阿尔蒂尔·兰波这位法国诗人,你有怎样的看法?关于他的"見者"(voyant)① 的理念,又是如何考虑的?

问题三: 我认为以徐志摩与闻一多等为代表的新月派的诗歌受现代诗以前的诗和19世纪浪漫主义强烈影响,而您的诗与之相比应属另一类别,您是怎么看的呢?

三木直大: 下一个问题是,兰波的"見者",您有什么看法?

---

① 此处保留三木先生原本的日文表达,下文同。

卞之琳：兰波的诗我并不喜欢。象征派的诗早先呢，我喜欢，最初从魏尔伦开始。魏尔伦是最容易懂的，跟中国诗一样。他属于象征派，但没有太多的象征意味。诗的味道，就是 suggestion，这个跟中国的传统诗一样，不是侧重 statement、expression，侧重 suggestion，暗示，不直接表达出来，中国诗含蓄一点，一种很 intimacy，很亲切的味道，不像浪漫派。最初我喜欢魏尔伦，后来是波德莱尔，我也喜欢马拉美。马拉美（的作品）也是有的地方看不懂。后来，象征派的诗慢慢看得多，我喜欢上后期象征主义，瓦雷里早先的东西我也不怎么喜欢。兰波的东西我看得很少，也看不大懂，而且也不大喜欢，像大家爱讲的 A 是什么颜色，还有《醉舟》(Le bateau ivre)什么，那组诗我并不怎么喜欢。兰波的东西太难，马拉美的一部分东西也太难，我不大喜欢。所以，这个问题我不太好回答。在中国这方面，我在写关于徐志摩、新月派的文章。徐志摩、新月派始终没有脱出 19 世纪英国的浪漫派，他过去有首诗，自己说模仿艾略特的《荒原》，可是模仿得一点不像，没有那个 modern sensibility，他尽管也是写的 sarcastic、ironical，讽刺性的，可是写起来很不像，始终没有跳出 19 世纪的（框架）。这首诗叫《西窗》，说是模仿的是艾略特的《荒原》，实际上他的 sensibility 不是艾略特的 modern sensibility，写得很不一样。这是第一个问题。

第二个问题，跟何其芳有关的问题，何其芳，他这里说"我们已经丧失了 19 世纪的单纯，我们是现代人"。这段话，我没注意过，这个说法就是像刚才我所讲过的一样，像闻一多、徐志摩和新月派的许多人，始终没有脱出 19 世纪浪漫派，而我们在 30 年代，就看过西方，特别 20 年代的诗，无意中接触过艾略特的论文，我们有许多还是有 19 世纪象征派的那种东西。当然，现在西方也讲现代诗 modernism poetry，是从波德莱尔开始，有的说是更早一点，像美国讲是从惠特曼开始，有的是狄金森开始，西欧那边从波德莱尔开始。波德莱尔、马拉美、兰波、魏尔伦，这些都还是 19 世纪的象征主义。到后来，像后期的叶芝、后期的瓦雷里，后期的里尔克，后期象征主义，那是现代诗。这些东西我比较喜欢。叶芝晚期的诗、里尔克晚期的诗、瓦雷里晚期的诗，还有一个不怎么提的,就是德国的 Stefan Anton George(斯特凡·格奥尔格),我也没读过。后期象征主义还包括俄国的勃洛克(Aleksandr Aleksandrovich Blok),这些都叫做后期象征主义。我们喜欢的像里尔克、瓦雷里、叶芝,像艾略特一开始写的就是现代诗,从《普鲁佛洛克》(The Love Song of J. Alfred Prufrock)开始就是。何其芳讲得对,在这方面,大概戴望舒接触到现代的东西、发生的影响比较早……我们,像我和何其芳,和他们也不太一样,我们都介乎这两个之间。我们也有自己和西方的影响关系,在国内而言,我跟何其芳都是介乎新月派——徐志摩、闻一多这一派跟戴望舒这一派两个之间。何其芳也在《新月》那边发表,《新月》月刊,他是用假名发表的,发了几首诗,那是新月派的风格。后来(他)才用何其芳作为笔名,在戴望舒他们的《现代》上。我最初是在《新月》和《诗刊》上发表的,其实我根本不是新月派,我是因为我的老师徐志摩看见我的诗,就在那边发表了,然后又编入《新月诗选》,一下就变得也是新月派了。实际上我觉得,我和何其芳当初也是一样,内容上大家看得出来,确实不一样。像我被说成新月派,因为陈梦家,他编《新月诗选》,没有征求作者的同意,就把我的诗选进去,从此我就摆脱不了新月派。臧克家其实也一样,最初发表东西是在《新月》杂志发表,没选入那个本子,就好像他不是新月派。实际上新月派里边也可以分,像闻一多、徐志摩、饶孟侃是早期的,后期的有陈梦家,这是新月派的正宗。而我、臧克家,跟他们比,可以说是边缘人物。

我可以说跟戴望舒比较近。新月派呢,接触的是 19 世纪浪漫派的东西,我们呢,已经有的是 19 世纪象征派,有的是 20 世纪的象征派其他的东西,本来就不一样。臧克家跟新月派的东西也不一样。就是这个语言,个别的风格,个别的尝试,这方面……闻一多、徐志摩这方面的东西(不一样)。那时候我在北京,帮靳以写小说的,编《文学季刊》,曹禺的《雷雨》第一次在上面发表,刊物上挂名的。郑振铎、巴金,(刊物是)他们两个人组织的,真正的执行编辑就是靳以,[写小说,故去的,]他作为一个……editor,我也在那帮他。那个刊物就是我们两个,我经常帮他忙,这么厚一本刊物,曹禺第一部出名的戏剧《雷雨》,就上面一期发表。那时候我帮忙看诗的稿子，我们各种风格都要，没有门户之见，风格和我们不一样的也要。不像新月的，现代的，一看，哦，这是新月的诗风，一看，这是现代的。我们当初没有门户之见，何其芳、巴金他们，都在我们刊物上发表。巴金是老朋友了。上海的、北京的，各年代的，各派，都有。所以，我们当时没有成为一个派。

最近刚写完一篇小的文章，《李广田诗选》的序，这个序刚写完，里面也提到这一点，这篇文章要在《诗刊》上发表。另外我也写了关于《戴望舒诗集》的序言，在《诗刊》上发表。还有一篇关于徐志摩的文章，也在《诗刊》发表。这些都可以看到。关于徐志摩的那篇文章，本来是一篇文章，后来被拿去当了序。

卞之琳：那么，我顺便讲到这两本诗集，出来后影响很大。《戴望舒诗集》，因为我写的序，所以他们送给我两本。《徐志摩诗集》，出来一本也不送我，我写信去问，说你至少给我两本，后来回信来，就说这两本诗集一出来，大家一抢而光。印了差不多八九千本，有的用航空信，写信写到出版社，汇了钱，有上千封信，要得很多。前天我还遇到一个上海的相识的人，他要问我买，我说我自己都没有。

（**男**[①]：徐志摩的没有，现在很难买。这个也没有。）

昨天《人民日报》就登了一个《徐志摩诗选》。这个你看，这里面闹的错误很多……不知道当初，有些句子改得太不通了。

卞之琳：第三个问题，你讲得很对，我同意，不是对不对，就是我的想法不一样。《徐志摩诗选》的序言实际上不是序言，是给《诗刊》写的对徐志摩的总体介绍，他们就拿去作为序言了。这个一方面讲，借鉴了法国的象征主义，或者是英国的浪漫主义。他们呢，徐志摩、闻一多他们，受浪漫主义，主要是英国的浪漫主义影响，同时呢，就是他们的"现代"，还是19世纪的现代，就是何其芳的诗，还有19世纪的色彩。在今天看来，那个19世纪的观念，在今天看来叫做有点 naive——天

[①] 当时与三木先生同行的，还有陪同访问的社科院的两位工作人员。因年代久远，三木先生已经记不清他们二人的名字，此处就用"男""女"指代。

真。而现代的东西是比较复杂的，sophisticated，他们是接近英国的浪漫主义，我们比较接近法国的象征主义。

三木直大：他们留学到英国美国，影响的问题。那个问题发生出来。

卞之琳：那时候，就是留学美国嘛，徐志摩是去美国的，后来才到英国去。那时候在美国的大学里面都是讲英国文学，很少讲美国文学。现在当然又不一样了。过去，我们中国留学的，在哈佛在耶鲁的，有一些朋友啊，都讲英国文学。

三木直大：闻一多先生的诗，原来"五四"运动的时候，中国的民族运动很大，英国的浪漫派原来有民族运动的性格，有那样的关系，我想。

问题四：《慰劳信集》的完成似乎是与奥登在中国创作的大量作品有很大关联，关于奥登这位诗人，您是怎么看的呢？

卞之琳：第四个问题，我刚才也讲到了，里边就像你所讲的，没有兰波的诗的影响，我不怎么喜欢兰波的诗。马拉美也是一部分，后来我比较喜欢的艾略特也是一部分，比起艾略特，我更喜欢奥登。奥登呢，我也喜欢30年代。从他到美国去，从1939年到美国去，他也入了基督教，入了教以后写的诗，写得很多，我觉得不如30年代总体的诗。

（女：奥登到中国来过，您见过他？）

卞之琳：伊修伍德（Christorpher Isherwood）见过。[奥登跟伊修伍德，]1938年，奥登跟伊修伍德两个人从香港到广州，从澳门到武汉，到徐州前线，台儿庄等地方，后来到武汉，回去以后，写了一本书，叫"Journey to a war"，散文的部分是伊修伍德写的，诗的部分sonnet，是奥登写的。这部分sonnet，就是十四行诗，写得很好，我自己翻译过了。

三木直大：我看过"In Time of War"（奥登诗作名）。

卞之琳：那时候我在成都，他们在武汉，没有见过。那时候我还没看过奥登的 sonnet，这本 Journey to a war 根本就没有看过，后来我是在延安、解放区太行山那边，回去以后，大概是在昆明还是在哪里看到这本书的。这个时候我已经写了几首中国式的 sonnet，那时候还没看到奥登的诗。后来我也是很喜欢奥登的诗，不过总体是 30 年代的东西。伊修伍德当时也没有见到，后来在第二次世界大战结束以后，他出了几本书，反法西斯的书，其中有 Goodbye to Berlin（《告别柏林》）。里面有个叫 Sally Bowles 的，我的一个朋友，在《世界文学》上发表的，他翻译出来。那么我在第二次世界大战，大概是 1945 年，我看见他的一本叫 "Prater Violet" 的书，我翻译叫 "紫罗兰姑娘"，我当时很喜欢，喜欢的是文章，而且也是进步的，30 年代，有点反法西斯的。这本小书相当有趣，在昆明时，我在旧书摊找到一本杂志……看了以后很喜欢，多少年没有翻译我给翻出来了。后来呢，我就给它写了个序，用英文写出来寄给他看。他说他不会中文，他说当时读了那个英文，你的序写得蛮好的，很满意，从此就通过几次信。后来在 1948 年，我在英国牛津的时候，我是去做客，不是去做学生的，因为那时我已经当了教授。有个地方叫×××，就住在那边，跟牛津大学有一种联系……学生交流啊，讲师啊，这些人一块聊聊天。阿瑟·威利（Arthur Waley）给我写了一封信，他说你不知道，伊修伍德现在到英国来了，很想见见我。通过阿瑟·威利的信，给了我一个地点，伊修伍德约我到伦敦去吃饭。我请他看过我写的文章和一些稿子。

三木直大：最近先生翻译奥登的作品，发表的，大概有"四人帮"的关系吗？先生这种发表的奥登的翻译作品是很有分量的作品。奥登的诗，讲的是这样的，抵抗性，人间的尊严，那样的内容很多，卞先生最近发表的奥登的诗，我想，大概有"四人帮"被打倒的影响？

卞之琳：有关系，不是诗的内容方面的关系，有关系在哪里呢？因为"四人帮"不打倒，这些诗不可能在中国发表过。我们解放以来，从来没有发表过这些西方的现代诗。"四人帮"一打倒，我可以发表了，瓦雷里的诗，我翻译了……可以发了，奥登诗也可以发表了。新中国成立后有二三十年了，第一次，之前从来都不能发表这些东西，"文化大革命"完了以后，就发表了。至于你讲的人性、反抗，这些内容上没有直接的关系。

问题五：为什么《雕虫纪历》里面没有收录《圆宝盒》？

问题八：在现代诗范畴内，诗人的自我为何物？

卞之琳：第五个问题。我写的《关于〈圆宝盒〉》，自己现在很后悔当初写的东西，刘西渭，也就是李健吾，是我的老朋友，我跟他有一点争论。有许多的诗没有什么意思，也说不清楚，他的文章解释我的诗，有点矛盾，中文讲叫不能自圆其说。这个地方我挑他毛病，这个解释不通，里面有些矛盾。所以这里边牵扯到一些问题，跟你的第八个问题连在一起。我和刘西渭谈论的是《圆宝盒》。圆宝盒就是圆的、装宝藏的盒子。有好几种翻译，他们都翻成 Round Treasure Box，我自己翻的 Round Castel，就是圆的堡垒。还有一种说是元宝的形状是圆的，不是这个意思。就是一个比较完整的形体，像心啊，像一颗珍珠，就是在讲圆。圆是最完整的，英文里讲 perfect。就是圆的宝盒，装的宝贝。我说的装的宝贝，说里面是一片灯火啊，一口叹气啊，究竟是什么，这个圆究竟是什么，我也解释不清楚。我这首诗，后来看，觉得也不喜欢，所以当初编集子《雕虫纪历》就没有要它。直到现在为止，诗都是由实际的东西出发，只有这个《圆宝盒》，从一开篇，从空到空，我不怎么喜欢。他们（读者）到现在还是非常喜欢这首诗，将来新版的《雕虫纪历》里边会有的。

问题六：您与杂志《新诗》有着怎样的渊源呢？《新诗》是在与"现代诗"这一概念息息相关的《现代》之后发行的杂志，为何以"新诗"命名呢？

卞之琳：第六个问题。《新诗》这个杂志，我记得不清楚了，反正是《诗刊》早就停了，《现代》后来也停了，大概是1936、1937年吧，主要是戴望舒编的，后来把我们几个的名字也都挂上去了，我、冯至、孙大雨、梁宗岱，也都挂上去了。当然他也都约我们写的稿子，在上面发表东西。所以有的人说，这个刊物表明好像现代杂志，现代诗。戴望舒这一块，和徐志摩、闻一多这一块，后面相对年轻的诗人这一块，等于两个合流。这也有一定道理，因为我们两个风格都不大一样的，都合在一起。是不是就是现代诗的区别，这个很难讲，因为那时现代诗，现代派，就说《现代》杂志这个现代派，这样的东西也相当流行。我一开始写的东西，有的像戴望舒，有的跟徐志摩像。我觉得语言和形式方面，讲格律，比较接近徐志摩这派。后来，语言上面，我比较多地去写 free verse，自由诗跟格律诗，两种同时写的。有时候格律诗比较多，有时候自由诗写得比较多。1932、1933 年过后，主要是自由诗。这个跟戴望舒他们形式上接近。后来，同时也有些格律诗，就是像新月派那样的诗。［所以这个地方呢，也可以说那时候达到了……现代诗的区别，］在台湾那时候有个叫路易士的诗人，后来改名叫什么名字？纪弦［……新诗的黄金时代，发表文章］，后来去了台湾。他觉得，那是新诗的一个黄金时代。我的看法是，那时候不同的流派都汇流在一起了。……艾青最初也写过象征派的诗，接受维尔哈伦（Emile Verhaeren）的影响。《新诗》也发过他的东西，跟戴望舒也比较近。后来艾青在第二次世界大战前跟戴望舒合编过一本诗刊叫"顶点"，就出了一期。大概在 1937、1938 年。艾青老早就写诗，他的思想是左翼的，风格上就是法国的、维尔哈伦的，当然后来他也有像美国的。

问题七：现代诗与其说更注重外在节奏格律形式，我认为更重视内在精神的节奏表现，关于内在的节奏您有怎样的看法呢？

卞之琳：第七个问题。我也发表关于讲闻一多的文章，还有在中国的刊物上发表的，我那个《雕虫纪历》序的一部分……公开发表，引起各方面的影响，我接到反馈很多，中外的。我现在读到一些文章，讨论诗的格律，新诗的格律问题，有些写得很好。不过我觉得……因为我们在过去讨论过几次，最后一次是在 1959 年，何其芳主持，我就是没有参加，就发表了一篇东西，叫"关于诗的格律问题"，在《文学评论》上。在这个以后我就不参加了，因为他们各式各样的说法也很多。有的人一听到诗的格律问题就讨厌，往往有一种偏见，而且谈论诗的格律问题有的人在行，有的人自己没有创作经验的，我后来在1979年发表了纪念闻一多的那篇文章，我想说的很多都写在里面，都是谈格律问题。有的文章写得很好，但我没办法都读完的。现在的文章有一个特点，只要一提到格律就会说"戴着脚镣跳舞"类似这种话，这个话我觉得是错的。说是诗的格律就像跳舞，戴着脚镣跳舞，这话根本就不通，就不应该说这话，哪有戴着脚镣跳舞呢。

卞之琳：那个，跳舞必须知道步法，steps……华尔兹的步法，你说戴着脚镣跳舞，这开玩笑，直到现在，一说现代诗就讲"戴着脚镣跳舞"，这根本就不通。闻一多后来也放弃这个说法，这个地方，何其芳解释得比较对，跳舞总有个步法。我们也主张自由诗，我自己也写自由诗，理论也讲自由诗、讲格律诗，后期我老是探索格律诗。那么现在读者一来，就写什么样子……后来的读者，觉得只要有新诗，就要有格律。我后来无法跟他们争论，再没有从理论上发表争论文章。我觉得写诗，第一是在形式方面，第二是在内容方面，太一般化了，过去都是标语口号，现在标语口号少了，也一点没有新的意思，没有新意，没有originality，那都是人云亦云，都是你看报刊讲了一大堆，都是这些东西出来的。

（女：过去的标语口号，现在内容一般。）

诗写出来一定要有自己的新意，就是originality，要不你讲了，我也讲了，那就是……没意思了。

应先说内容，其次再讲形式的一部分，格律问题，慢点讨论格律问题，现在一说格律，就说你要"戴着镣铐跳舞"，那样没效果。这表明什么呢，读者，还有这样的要求，觉得新诗像这样下去，读者还不满意，还要有一点规律，有一点格律。实际上现在的诗，最普通的诗，四行一节或者两行一节，已经比较整齐一点……不过，我主张首先要看看诗的内容……［新诗的危机］……他曾想买几本诗，到书店里去，说我要几本新诗。哦，你要诗？拿出几本，你挑吧——就这样，很看不起人。在

"四人帮"倒台了以后,大概在1976、1977、1978年这段时间,诗集印得很多,在上海文艺出版社,有一两个年轻人,过去也没出版过,诗集一印就印三万本。

(男:没有名的诗人。)

像还有《何其芳诗稿》,解放以后写的诗,讲求格律的,内容方面这本书写得也不大好,可是印一印差不多十万本。还有臧克家、田间,诗也印得很多。我后来遇到国外的、西方的,英美方面的,我说中国一个初出茅庐的诗人,第一版就印三万册,人家都吓一跳,因为照英美西方的标准,都是一两千本,自己出也有的。那时候情况确实很好,可是后来,有些诗销不动了,积压,处理品,积压很多。

(男:没有人买。)

我们国家是这样,出版社是出版社,可是书是由另外的新华书店发行的。他觉得你的诗要多少呢? Distributor Dictate,由发行商来决定。因为诗集积压很多,人家不要,不要过后,新诗名声就很坏。到1979年,一下子新华书店根本不要新诗,我这本就印数少一点。像我,正好在1979年要出《雕虫纪历》,书店至少要印一万本,可新华书店负责发行的,只要了5000本,实际上书店里不好意思,没有写出来印数多少,我自己知道是5000。可想不到,出版之后一下子就卖光了。5000本都卖光了。中国这么大,5000本是海里的一滴水。5000本一下就卖光了,反而是别的诗集积压了。我几十年也没有写过诗,1958年以后,没有写过,人家也不知道我写诗,都忘了。当然了,可是有的人还是很红,常常写诗,比如像李瑛。

他是很红的,大家知名的,也印5000本。可是书上不好意思,只有5000本,所以没有写印数。可是我知道,而且我的书出来了呢,在北京各方面,我刚知道就已经买不到了。就是做出版的,想买也买不到。后来听说有少数一部分到香港,香港也抢光了。有的好像是找后门。

(男:走后门买书。)

那时5000本还不算少的,像《冯至诗选》,在四川人民出版的,上面写的数是3000本。那么我这个《雕虫纪历》,名字也叫得不响亮,冯至还是经常发表诗,大名鼎鼎的,《冯至诗选》只有3000。有的当然现在也卖不掉,现在我发现,我的朋友出版只印1000本,现在这个书印八九千本就算多了。我昨天前天刚接到一个,要我买这个诗选,尤其是新诗这个诗选,那边没有卖,他托我来买,我说我自己东西自己都没有。

三木直大:先生的这一本的印数?

卞之琳:这个不知道有多少。这个更糟糕了,从来没登过广告。它就是书店给我送过来14本书,后来也没看见过新书。书店里从来没看见过。

(男:我这次是看他带来的我才见过。)

卞之琳:你这还买到了,在哪里买到的?

三木直大:魏公村的书店买的。

卞之琳:那个刚出来的,什么报刊上都没有预告过,这是1980年1月出版的,出来后从来没看见过。图书杂志的书目里边,都没有过,不知怎么搞的。可是香港方面香港大学有一个Professor,他叫泰特罗(Antony Tatlow),他是……国际学会的副会长。今年3月,他邀我去参加会议,他知道,外边的,什么地方都没有见过一点反应。编的新书目录也没有见过。这个东西我自己也不大满意,太"左"了。在"文化大革命"里边还批我极右,我当初还是太"左"了,你看这个……不过我自己还觉得分析各方面,还觉得过得去。有的东西是阶级分析这方面,还是太僵化,cross the line。现在看是太"左",我就是turn down,调子降低了,"文化大革命"拼命揪我这本书,觉得极右,你可是想不到颠倒到这个程度。

我的诗,很奇怪……我的诗倒是现在还有人看……徐志摩的东西倒是抢来看,戴望舒……我的东西倒是还有一点读者,特别是在香港跟美国,那边的知识分子,都很知道我。而且还有写关于我的论文的,香港大学有一个叫张曼仪,她是搜集到我的资料最多的,我自己没有的她那有,有的东西我都不知道有。

(男:那个人有很多卞先生的诗,收集得很多,卞先生现在没有的,她有。）

　　她是从各地方找来，从香港到美国，不同的地方找来的。有一个美国人，在莱顿大学，在荷兰，他写一个长论文专门讲我，叫 Haft，他本来是美国人，夫人是荷兰的，他在那边研究东方美学的，他也是1979年来过，去年还给我来过一封信。最近好像在美国，他正在写一本关于我的东西。还有澳大利亚，墨尔本大学的一个女的，到中国来过，写的论文是讲艾青的，博士论文，她已经教书了，大概是一个 lecture，重新在写的一个论文。还有一个有趣的事，我在纽约，去年在纽约，在唐人街，有一些中国人请客，一个 dinner party，请吃饭。吃饭的时候我的邻桌，有一个年轻的美国人，我们没有谈话。后来，这些人在另外的地方，在波士顿，在波士顿的一个朋友家里边，就在刘年玲那边。那天晚上在纽约唐人街饭馆同桌的人说，后来告诉他说同桌的人就是我。呀！那个美国人他说，他的学位论文就是写我的，就坐在一起了，就是没有介绍。他就说有没有时间找我谈谈。可是我那时从东海岸、西海岸到处跑，错过了那个机会，后来我没有办法约时间。我东部到了耶鲁、哈佛、纽黑文、波士顿……到这个罗切斯特、芝加哥、印第安纳，到威斯康星，又到爱荷华、圣弗朗西斯科，到洛杉矶，疯跑，来回跑，这没有机会再见。他（和我）同桌！同桌都不知道，我不知道他写我，他不知道我就是他写论文的对象。后来也没机会（再见面）。

三木直大：那么您到日本来过一次，是在日本……译诗的工作，详细的情况怎么样？你在京都？

卞之琳：我这个问题……还没（说）完。你说朦胧诗，什么叫朦胧诗？专门有的诗写得朦胧一点？中国的话讲这个朦胧就是晦涩吧，也可以这么说。我觉得现在流行的朦胧诗，也有点经过动乱、闭塞的结果，就是开放啊，这个外国的一些东西介绍过来，突破现在一般化的老料子、老套，我觉得倾向还是好的。不过他们不掌握这个语言，还不知道外国的现在的现代诗是怎么样子。有的地方，也可以说是跟我们30年代有点像。不过问题就是说，30年代我们是接触到外国的东西，长期接触外国的东西，知道外国的现代诗是怎么一回事，可是他们这些年轻人，几十年来从来没有接触到。有些东西写得太晦涩的，已经过时了，以为还很时髦。譬如小说这方面，我们现在讲这个意识流，stream of consciousness，那个东西——这个事恐怕在日本也一样吧，也是过去了，那是20年代。20年代正流行，那是乔伊斯、弗吉尼亚·伍尔芙，整天搞这个，后来20年代以后的人呢，都受意识流写法的启发，可他不是通篇写意识流。有的地方可以用这个意识流，就像电影的蒙太奇，偶尔用一点儿，有东西弄得满光彩的，不像我们的，像《太阳与人》，我在美国曾经看过。有的人说，哦，这个新得很，我一看，其实人家是很老的东西。我在美国看的好像是阿瑟·米勒（Arthur Miller），一个电视剧……蒙太奇的东西不是那个样子的……那个《太阳与人》说是手法新，实际上这个手法已经是过时了。那个意识流也如此，朦胧诗也没什么，人家没有看过什么外国的东西、现代以前的东西，不过我觉得这个倾向要改，不要滥调。我是两方面看法，有的写得故意晦涩的我也不反对，可是有的人自己这个语言、文字，自己没想通，自己都糊涂了，所以我说朦胧不好，朦胧诗……我说我是两方面的看法，我自己比较保守，我是中国的所谓中庸之道，滥调的东西我很讨厌，可是属于像朦胧诗，写得奇奇怪怪的东西我也不喜欢，写得没有自己的观点。这个问题过后，我有一个讲稿，翻成中文的……

三木直大：这本杂志日本买不到，可是5月可能……

（**女**：你可以影印一些。）

卞之琳：我有个讲稿，在香港大学中文系讲过，现在我没工夫自己整理、改写，张曼仪给我翻出来，经过自己改过。这个你要看我可以（给你）……粗印的，它就是没有稿费的。这个你可以给你的老师带回去。将来这些东西，我要重新……要再改一改，准备发表在这儿，大概9月份，改改发表在这里。

三木直大：我不知道这本杂志。

（男：这本《诗探索》可能没有在外边卖，公开卖得很少。）

卞之琳：是公开卖的。

（男：但是书店很少能看到，像我们学校都是到社会科学院去买。）

卞之琳：这个是文学所出版的……今年的第二期了，第三期发表我的。

（女：这是文学所出的。）

（男：当代文学，谢冕他们。）

卞之琳：还有一个著译目录，它到1979年9月。（三木：我现在有了。）这个刊物很可惜，它现在出第四期。大概就办不下去了。还有一些有特色的，但是读者很少。这份刊物办得很好的，各方面都有，包括台湾的……现在第四期已经排了，恐怕以后办不下去了。因为这个资本家，他就是这个诗集的钱，香港说另外再找老板，编辑也要去法国。（男：主要是这样的书赚不了钱。）这个刊物，各方面都有。香港的书，不能到国内卖。香港的书，大概都是一印几千本……香港的书要是能到国内代销，那就很快就卖光……因为香港的书，一方面成本贵，一方面是外币，因为香港货币到中国①来，要换成人民币……

这边有些个别错误，关于那个朦胧诗，这方面也有接触。最初，我到美国去，也看到好多刊物上发表这样的诗，第一次讨论"朦胧"，第一个对象就是杜运燮的一首诗。我说杜运燮那就是一点都不朦胧。杜运燮，40年代西南联大的，在香港发表的，后来在《诗刊》（发表）。那么大概这个东西呢，措辞上，当初为了这个文字生动一点，说话俏皮一点，怕伤感情，不必要的伤感情，讲道理的话，你错了，我就讲你错了，这个没有问题，讲了几句俏皮话，就是让人家很不舒服，像有的同志写文章，道理讲得很对，可是说了讥诮挖苦的话，不相干的，讲道理就讲道理，我是不怕人家反对我的意见，不过这个引起不必要的叫人不快的感觉。……当初写过去以后为了这个效果，后来文章就这样子写得生动……后来觉得这样还是不好，又改了一遍。基本的意思就是这个意思。

---

① 访谈时香港还未回归祖国，因此会有"香港""中国"这样的表述。

其他问题：谈谈旅日的生活与诗集的出版等。

卞之琳：我到日本，大概是1935年，大概是在3月底4月初，樱花开的时候。我去是为的什么呢，为了日本的生活费用低。那时候我在北平，翻译东西，那时北平生活比上海便宜，可是日本京都比北平还便宜。当时我在翻译《维多利亚女王传》，这个我为什么呢？是胡适成立的，叫中华文化基金会。他们每个月给我多少钱，我翻完了以后一起算，他们的稿费比较多，我就靠这个生活。我那时候刚才讲和靳以编的《文学季刊》，忙得很，这个又来不及翻译，我就是把刊物撂下了，上京都，上日本去了将近半年，我在那边主要就是翻译这个东西。

那时候我有一个朋友，在帝国大学，后来叫京都帝国大学，现在"帝国"没有了。他的人很好，他在京都帝国大学物理系，一个助手assistant，一个老助手，他家里有自己的房子，就在京都帝大的对面，那种小楼。里面有两个房间，他一间，我一间，他日文很好，我在那日文也来不及学，也学过，一二三四五，现在都忘记了。我住在那边主要就是翻译那本书，平时也观光观光，东京去过，那时候巴金在东京，梁宗岱住在……我都去过。后来译完书，就回来了。我住的地方就在京都大学正门的前面，方向搞不清楚了。我中间就到东京去。

三木直大：您宿舍旁边有一个日本的神社，有吗？哪里？

卞之琳：我现在不记得了。京都其他地方都到过。我记得银阁、金阁这些地方……我很喜欢京都，那时候不像现在。现在现代化了，那时候古色古香，过去没有那样子，鸭川，很亲切的。我很喜欢那地方，那地方有一个古色古香的屋子。那时候我的同学后来在京都帝大毕业出来后，现在还在南开大学历史系。我在那边没有学日文，来不及。学了以后会很方便，我记得尤其是去书店。有一次在东京看了一本书，新出了，价格很贵，后来在旧书店里一看，便宜不少钱。还有一次，我也看到一本书，贵国的人民不讲话……三毛钱一本，我进去后一句话也不说，拿出三毛钱，他们也吃这一套，一般都不大讲话，我也学着一句话也不说。

在书店里面很安静，有本书看后边价目，我拿出来看到以后……他问我要不要买，八毛钱就是因为我不讲话，犹豫了一下买不买，所以不讲话也很过不去。……［再京都］……就在离开京都大学不远，正门对面。

我上次讲，我的诗叫"鱼化石"……先生说，这首诗怎么没选进去呢，我在课上讲了十分钟也讲不完。不光是他，后来我《雕虫纪历》出来过后，许多相识的不相识的，国内的国外的，香港的，都提出抗议，好意的抗议，不应该把1949年以前的诗删了那么多。后来我想想呢，还是听从大家的意见。《雕虫纪历》现在要再版，是在最正规的国家出版社，人民文学出版社出版。在他那里出书，排着长队，因为纸张比较不够，搞不过来。人民文学是国家第一个正规的出版社，大家都在那边排，我这个出版，还算快，人家一般要两三年。我这本书的出版从商业的观点来看，它正好，它已经是排版了。再重新排一下，马上就出来了……香港的三联书店，他跟我约了这样子。去年年底我从美国回来，经过香港，他们约了。约了这个《雕虫纪历》，香港排印，同时请我增加一点诗，我同意他们出一个《雕虫纪历》增订版。我昨天刚搞完。这一增订，增订部分，我刚写出来一个附记，还有增加了另外一辑，增加30首。原来70首，现在整整100首。将来这个增订版在香港出，增订的一共是30（首），包括《圆宝盒》，包括《鱼化石》。《圆宝盒》一方面许多人喜欢，一方面声名狼藉，也放到里面，不管我同意不同意，《鱼化石》大家也是感动很多，我自己也放进去。那个文字上稍微有一点改动。

三木直大：什么时候出？

卞之琳：本来今年年底要出，我推到4月底交稿。他们香港联络负责的编辑来，到北京来，但我出差在外地，他们回去以后又写信来催我，我一直压到现在没有回他们信，现在刚弄好。我还要过一下。

（女：出了以后我给你寄过去，寄到日本。）

三木直大：谢谢，那么《十年诗草》发表的诗以及……？

卞之琳：基本上都有。现在有一个《十年诗草》，香港有个翻印版，我知道他们好意，不能称他们为盗版……香港快，两三个月就出。(女：和咱们不一样，咱们两三年。) 我自己再过一下，我没有那么好，我为他们辛苦。香港那本翻印的《十年诗草》，没有征求我同意，错字多得很。

三木直大：我知道，我的老师说，错字很多，一个字一个字地校。

卞之琳：那时候还更多，后来我因为重新编这个东西，再拿出来看，错很多。另外有些书，香港没办法印，它就是有早先的印版，原来错的错，原来对的对，不过印得很清楚。我那本书为什么叫重印版，因为它那个图纸都烂了，没有办法。在1942年，在桂林，这种草纸，在美国图书馆里，也有个别保留的，当时香港都找不到，有人到哈佛还是耶鲁发现了一本。后来香港都有翻印，但是错很多，还有……都有翻印。香港大概印了500本……省钱，当然不给稿费，书都不送。香港的朋友有时候买了送给我，不过他们总是好意，不能说他们盗版。

三木直大：还有一个问题，《三秋草》第一次出版的，这个印数（是多少）？

卞之琳：最初的一版，一共八九十本。后来我根据另外一些材料，他们写的，大概印了300本。我自己都没有了，我就有一本香港（的）。不过这个诗我觉得，将来《雕虫集》增订版会有。《三秋草》这个我在后来的集子里边都收进去了，除了三首，都有了。那么另外有些《鱼目集》《汉园集》，都收过，但《十年诗草》里面没有，现在我这个增订版出来的话会有。基本上《十年诗草》里有三个，《音尘集》《装饰集》《慰劳信集》……将来这一本里面，《十年诗草》里边中间三个部分都有了。只减少了几首，两首。可是中间有一部分呢，我又增加了十首，比原来的还多。这样一来，就《三秋草》《鱼目集》《汉园集》，甚至《十年诗草》整个都有了。有的我根本就不要，不想要，那是少数。这样子结构呢……凡是收录过集子里边，一共是，1949年以前的，一共删去了估计15首，增加了两首，从来没有收集到，但是报刊上发表过的……

（**男**：以前的诗歌基本都有了，只有15首没有。）

卞之琳：15首不要的，这样比较全了。至于另外的诗，尽管有集子收录了，我说不要去，值得发掘的也没有几首，我希望，不要再把我鞭尸算了。过去伍子胥把他挖出来，再把那个尸体鞭打。

三木直大：这个基本内容，《慰劳信集》的内容，改动的地方(有哪些)？

卞之琳：文字上不多，就是删掉了三首，但是收进去了20首，当时大陆出版的。这一本东西呢香港出版的。去年刚出版，广角镜出版社，书名叫"七七二团在太行山一带"。

三木直大：昆明出版的？

卞之琳：最初也是在香港，名字叫昆明，实际上是香港。当时有一个朋友，现在是北大教授，叫陈占元，他办的出版社，在香港印的。他在昆明，这个书在香港印的，后来通过云南，到昆明。后来就是1941年出版，就是皖南事变。那是1940年底还是1941年初出版了，还是1940年底，我不记得了。就是这一本书，在国民党区都成了禁书。

……去年桂林，有个出版社，挺时髦，把我东西拿去，压了一年，不过香港来的广角镜，广角镜知道吗？香港广角镜出版社，他来了，他说，要不然我拿去，拿去两年以内出版。后来我说你们敢不敢出？因为讲八路军的。后来我到美国回来以后他出版（了）。

那么现在国内也好。在武汉一个出版(社)，出了一大套，都是什么报告文学丛书。还有个别的出版社，上海给我出的。最近这方面又时髦了，就是讲的解放前那种东西，我认为我写的是纪实的，实际上不是报告文学，是纪实的，里边写到当初……现在是我们海军副政委，多少年，几十年没有见到，很高兴。

我记忆中的卞之琳先生

三木直大

我与卞之琳先生曾有过两次会面。这两次都是我去拜访先生的位于干面胡同社会科学院宿舍。卞之琳先生对此并未忘怀,不是在与香港大学张曼仪教授的谈话中聊到了此事,就是亲自将此事写在年谱里交与张教授了。我在多年之后得到《卞之琳著译研究》①一书,看到书中对我的造访有所记载,实在惊喜万分。我也是之后才知道,香港三联书店版和人民文学出版社版的《卞之琳集》都沿用了此年谱。我曾两次拜会卞之琳先生,第一次是1981年8月19日,第二次是1986年8月12日。这回的访谈录便是来自第一次访问时的录音的内容。虽然我有录音带,但从语音形式到撰写成访谈录文字稿的成形是咨询过姜涛教授的,有劳他了。

关于这两次访问,我印象最深的其实是1986年的那一次。那天我是一个人去的,早上去拜访卞之琳先生的宿舍时他告诉我,家属已回夫人的天津老家,然后问我是否吃了早饭。我随口答应还没吃,先生便让我稍等,一边转身进了厨房。不大工夫先生就端出了红茶和煎蛋土司。实在是非常美味,我只觉感动之至。每次回想起来,当时所用茶杯的样子总会浮现在眼前。那时的我对此并不十分了解,现在心想着那茶杯是不是威治伍德套装。如果那样,那是他通过英国文化协会奖学金去牛津大学做访问学者时得到的杯子,可能1949年把它从英国带回了国。我不禁感慨,我受到的接待是无上过分的。

---

① 香港大学中文系印,1989年。

要说为何没有用录音记录下那时与先生的交流，或许是因为当时不知如何表达自己的想法而头脑混沌吧，如今想来着实后悔不已。那时与先生谈话的内容主要是我写的论文。在第一次访问之后，我发表了题为"卞之琳《装飾集》の世界"①的论文并将此论文寄与卞之琳先生。受先生委托，此论文又被翻译成中文，并被登载在了当时社会科学院的内部杂志上。这篇论文是我在卞之琳先生的诗作中，选定了展现先生自我世界的作品《装饰集》，以开拓卞之琳的新世界为方向的论文。我认为"装饰集"作为诗集名，无疑是取自于阿尔蒂尔·兰波的散文诗集 *Illuminations*。这是兰波在漫长旅途中的作品，如今中国多将此诗集名译为"彩图集"，其基本意思没有多大改变。

为什么这么考虑，不仅仅是诗集名而已。也是因为卞之琳先生充满知性，在他几乎不表露自我的众多诗篇中，我认为此诗集是唯一展露他自我纠纷的作品。无论时代之变化，卞之琳先生始终认为诗为虚构，并以此作为自己现代诗的理念。《汉园集》与《三秋草》是如此，《装饰集》之后的《慰劳信集》亦是如此。在这回的访谈录中，先生说自己并不特别喜欢兰波，这或许是因为害怕如兰波一般的"見者"（voyant）与"狂気"②迟早会导致自己像兰波一样放弃作诗退出诗坛，抑或是因为先生本人并不相信所谓的"内心的世界"。话虽如此，诗人有时也无法抑制自我的表达。我认为，离开日本侵略下的北京，开始漫长旅途的卞之琳先生，当时也认为自己不得不打破自己诗作的固定形式。同时我认为，诗篇《断章》或许与"装饰"有所关联，也还有连作诗《无题》的含义，但与此相比《车站》《路》才是诗集的中心。而我在这篇论文中引用的多数诗篇都并未收录在1979年初版的《雕虫纪历》也是我对于《装饰集》观点的根据之一。

我向卞之琳先生询问了关于此篇论文的感想。先生只是浅笑，并未

---

① 《卞之琳〈装飾集〉の世界》，《駒沢大学外国語部論集》20卷，1984年（中译版见《中外文学研究参考》1985年8期，陈圣生译，中国社会科学院文学研究所）。

② 此处保留三木先生原本的日文表达，下文同。

作答。但是告诉我对于论文中引用的诗的解释，在中国古诗里是有文献根据的①。我虽知此事，却并没有就此接着讨论。我能推测到卞之琳先生以艾略特的《传统与个人才能》为启示，并且引用了这个典故，但是并不太明白这些典故对于卞之琳的存在来说有何种意义。对于卞之琳这位诗人，我不是想深究其作为艺术家的诗学的概念，而是想发现其根源于个人的自由主义思想。从这个角度出发，我想下次讨论《山山水水》这部作品。我认为卞之琳先生在这部挫折的长篇小说中，是想描绘抗战初期的知青共同体。这难道不是卞之琳先生作为身处历史一环的知识分子，探究未来中国可能性的文学的实验吗？我告诉了先生此番想法，并说好写完寄给先生，然后就告辞了。

在那之后虽也想过再度造访，但关于《山山水水》的论文迟迟未能完成。终于在1998年的时候，也打算作为《山山水水》论文的事先准备，做了题为"卞之琳与奥登"的论文发表②。我在论文中主要讨论了《慰劳信集》。当时也想着要将此译成中文寄上卞之琳先生，但随时间流逝，直到2000年，再也没能见过先生。

此外，1981年访问时，我将自己的八个问题写在纸上带去，亲自递与先生。当时中国社会科学院研究日本文化的一位女性研究员引领我到先生家，并在旁为我翻译。另外同行的一位，名字记不太清了（也许是陈圣生教授）。我记录问题的那张纸先生应该留下了吧，现在想找却找不到。但是当时递给先生的纸上的问题，应当是非常简单的。我一边读了下访谈录，一边整理自己的记忆，当时的内容大概如下：（1）对于您来说"现代诗"是什么？对"现代"这一概念又是如何考虑的？（当然这里"现代"一词并不是中国以区分历史的"现代"，而是以1930年代卞之琳曾发表诗作的《现代》杂志为前提的"现代"。）（2）对于阿尔蒂尔·兰波这位法国诗人有怎样的看法？关于他的"見者"的理念，又是如何考虑的？（对于此问题，我是想发现作为20世纪剧烈变革的中国历

---

① 请参照陈圣生教授的译者注（第26页）。
② 见《二三十年代中国と東西文芸》，東方書店，1998年。

史的"見者"的卞之琳先生。)(3)我认为以徐志摩与闻一多等为代表的新月派的诗歌,受现代诗以前的诗和19世纪浪漫主义强烈影响,而您的诗与之相比应属另一类别,您是怎么看的呢?(4)《慰劳信集》的完成似乎是与奥登在中国创作的大量作品有很大关联,关于奥登这位诗人,您是怎么看的呢?(5)为什么《雕虫纪历》里面没有收录《圆宝盒》?(6)您与杂志《新诗》有着怎样的渊源呢?《新诗》是在与"现代诗"这一概念息息相关的《现代》之后发行的杂志,为何以"新诗"命名呢?(7)现代诗与其说更注重外在节奏格律形式,我认为更重视内在精神的节奏表现,关于内在的节奏您有怎样的看法呢?(8)在现代诗范畴内,诗人的自我为何物?

应当就是以上的几个问题了,我当时是想设法找出20世纪在中国"现代派"成立的条件。八个问题也是与此相关的问题。卞之琳先生亲切地回答各个问题,这其中有些问题通过发表解决了。除此之外,我还问了先生旅居日本以及诗集出版的相关问题。

离第一次拜访先生已经过去37年了,如今才想将访谈录发表是因为,对于1980年代与卞之琳先生会面的三个日本人之一的我来说[①],想将关于先生的记忆用这样的方式记录并且留下来。但是更重要的是,自己想回到自己对于东亚现代主义诗人的研究这一出发点。在整理访谈录时,我的思绪回到1980年代,北京夏日的早晨,空中是如有清朗透明感的空气。在这样的空气中,卞之琳先生说着从自己作为诗人的起始到延安时代的经历。我时常想,如果再多问一些问题就好了。比如作为访问学者在牛津大学时期,对于内战中的中国是如何看待的?比如新中国成立以后以翻译研究为中心的工作意义是什么?之类。如今,我想重新考虑探讨卞之琳作为诗人的工作与中国的现代性所在的问题。

(向柏宇辅助翻译)

[①] 张曼仪教授的年谱里记载的三个日本人,除我以外,一位是宇田礼先生(访谈录里登场的我的导师),另一位是秋吉久纪夫先生。

本辑作者 / 译者简介

陈思安　小说家、诗人，戏剧编剧、导演，译者。出版有短篇小说集《接下来，我问，你答》。戏剧导演作品《随黄公望游富春山》《吃火》等。英国皇家宫廷剧院"New Writing"国际编剧写作项目编剧。获得2017年度罗伯特·博世基金会中德"无界行者"项目奖学金。

王炜　出生于1975年，诗人、评论和戏剧写作者。迄今主要作品有诗集《比希摩斯时刻》《诗剧三种》，剧作有《航船》等，文论系列《近代作者》是基于当代问题，对十数位在今天可能被很少阅读的近代诗人和作家的再次理解。

冯俊华　写作者，出版人，1984年生于广东阳江。2009年发起"副本制作"，关注当代汉语及其在文学和艺术中的呈现，并试图推动相关的创作、实践和出版。2015—2017年，发起和参与"实践论"第一回、第二回和44剧场、折叠的房间；2017年加入"上阳台"。

王年军　1992年12月生于湖北十堰，北京大学外国语学院比较文学硕士在读，2015年毕业于武汉大学中文系。曾有作品发表于《未名湖》《观物》等诗歌刊物，获得过樱花诗赛诗歌奖。

一行　本名王凌云，生于江西湖口，现居昆明。已出版哲学著作《来自共属的经验》（中国社会科学出版社，2017年），诗学著作《论诗教》（北京师范大学出版社，2010年）和《词的伦理》（上海书店，2007

年), 译著有汉娜·阿伦特《黑暗时代的人们》(江苏教育出版社, 2006年) 等, 并曾在《世界哲学》《新诗评论》《大家》《作家》等期刊发表哲学、诗学论文和诗歌若干。

朱钦运 笔名茱萸, 生于 1987 年 10 月, 籍贯江西赣县。哲学博士。出版有诗集、文集、批评集及编选集计十种。曾于日本东京大学访学, 兼任同济大学诗学研究中心研究员。现供职于苏州大学文学院, 主要从事新诗史、当代诗及比较诗学诸领域的研究。

纪梅 原名李纪梅, 1986 年生于河南杞县, 现为云南大学博士研究生。出版有诗论集《情绪的启示》。有文章发表于《作家》《山花》《名作欣赏》《世界文学》《诗建设》等。曾获第二届西部文学奖·评论奖。

柯雷(Maghiel van Crevel) 荷兰莱顿大学中国语言文学教授, 著名汉学家; 曾任莱顿大学中文系主任、区域研究所所长等职。主要研究方向是中国当代诗歌及文化社会学、文化翻译等问题。主要著作有 *Language Shattered: Contemporary Chinese Poetry and Duoduo*, 与马高明合作选译的《荷兰现代诗选》等。

张雅秋 中国当代文学专业博士, 北京大学出版社副编审, 译有《银子: 一部生活史》等。

刘奎 厦门大学台湾研究院、两岸关系和平发展协同创新中心, 助理教授。

吴丹鸿 1990 年生。2012 年广东中山大学中文系本科毕业, 2017 年新竹 "清华大学" 中文系硕士毕业, 现中国人民大学现当代文学专业博士在读。曾获叶红女性诗奖、周梦蝶诗奖。2017 年 12 月出版诗集《一小片安静的坏天气》(联合文学[台湾]出版)。

林佩珊 现为新竹 "清华大学" 中国文学所博士生。2015 年 2 月至

7月为北京大学访学研究生。著有硕论《诗体与病体：台湾现代诗疾病书写研究（1990—　）》，获得台湾文学研究论文奖助。博论方向则为大陆当代诗歌研究。

赵飞　博士，湖南省社会科学院文学研究所助理研究员。

三木直大（MIKI, Naotake）　1951年生于日本大阪府。于东京都立大学修完博士课程，曾任广岛大学综合科学研究科教书，现任名誉教授。主要从事中国现代文学和台湾文学研究。并将林亨泰、向阳、许悔之、鸿鸿、陈克华、余光中等的诗作翻译成日语，以及发表有些关于卞之琳、戴望舒等的学术论文。

编后记

更多关注当代诗歌发生的动态现场，是《新诗评论》近年来主动尝试的一个编辑思路，这一辑中的"诗、剧场与行动"专题或许体现了这方面的努力。有关这一专题的主旨，专题导语中已有说明。《随黄公望游富春山》的导演陈思安结合实际的舞台经验，参考于坚《零档案》、西川《镜花水月》等当代诗"入戏"的前例，细致分析了"剧场"与"诗歌"的互动关系：一方面，在剧场中，诗人的作品得"以碎骨抽筋之势换来别样的重生"，另一方面，当代诗由此得到内在的启示、激荡。围绕王炜的《诗剧三种》及"各种未来：工地大陆的观察员"展开的访谈、评说，也不是诗人、剧作者一般性的"创作谈"，从某个角度看，这些文字本身也是一种行动中的"现场"，是一种相互对话中思考过程的展现。在访谈中，王炜谈到了剧场中的"扰动"问题，正是富于生产性的"扰动"，才能打破观众与舞台、读者与诗作之间自然联系，创造出新的关系。希望这一组文章也能构成某种"扰动"，扰动我们有关"跨界"热闹的"派对式"想象，而能将诗歌/戏剧/行动的协力，理解为获取不同的"现实感"、构造新的认识共同体的路径。

当代重要诗人的研究，是《新诗评论》一个常设的栏目。怎样不止于诗人自身的褒奖、评析，在个案的讨论中，提升出对当代诗的整体性关照，一直也是我们的期待。本期推出的孙文波专辑，可以说实现了这样的预期：一行的长文《认同之诗，或经验主义的四重根》，在宏阔的文学与当代思想情境中，将孙文波《长途汽车上的笔记》理解为一种认同之诗，即在自然、历史、语言、自我这四个维度之间的游走转换中，追求一种"经验的整体性"，诗人也由此"遭遇和确认了当代诗的困境"。

这样的解读，同时指向了当代诗的内在反省，隐含了对一种总体性的文明归属的构想。朱钦运、纪梅的文章，分别在现代山水诗与诗人写作自身的脉络中，分析了孙文波综合性的修辞方式及语言、风景和自我的关系，相应地，也辨析了个人风格内在的限度。

柯雷教授的"书评"兼"影评"，介绍了《我的诗篇》（英文译本名为"铁做的月亮：中国打工诗选"）与同名影片在海外的传播状况。文章后半部分，还从文化社会学的角度，饶有意味地讨论了诗选、影片背后一个从国内延伸到国外的"小型产业链"的生成。这篇文章原计划放入一个专题讨论中，但因一些不可抗拒的原因，该专题最终取消，甚感遗憾。这里也要向为此撰稿的几位作者致歉。

本辑的其他几个栏目，也颇多可观之处。"两岸诗的视野"中的两篇刚好构成呼应：刘奎以1930—1940年代新诗对现代主义的接受为参照，考察了冷战初期台湾、香港对包括超现实主义在内的现代主义诗歌的译介；吴丹鸿从修辞的层面，比较了80年代后两岸政治诗的不同展开方式。文章选题不同，但都涉及"政治"面向在海峡两岸暨香港不同历史语境中的取舍、升沉与变异。《界内/界外：论李亚伟诗作中的历史狂想与地理移动》一文，出自一位台湾年轻学者的手笔，某种"不在地"的适当距离，反而带来了更具整体感的视角。文章突破以往研究多集中李亚伟早期作品的限制，完整讨论了诗人后期多部系列组诗的创作，通过揭示"反文化"与"文化"之间的辩证生成，修正了读者心目中李亚伟"莽汉诗人"的形象。"访谈"一栏中刊发的《八个问题的回答及其他》，整理自1981年日本学者三木直大访问卞之琳的录音。虽然其中一些观点，卞之琳同一时期的相关文章也有表达，但阅读这篇访谈，读者能更真切地感受改革开放初期老诗人特别的心态。感谢三木教授提供这份珍贵的录音资料，并撰写了一篇生动而详尽的回忆文章。

可能不少朋友都注意到，习惯了"从边缘出发"的当代诗，最近一个时期内，似乎迎来了一个小小的"复兴"潮流。这不仅表现为诗歌"嘉年华"活动的繁多、对各种公共议题的卷入、"微信"平台上的频频推送，更是表现在新一代诗人的聚集、诗歌读者的增多上，包括《新诗评论》在内,也能不断收到更年轻、更新锐作者的稿件。这样的变动意味了什么,蕴含了怎样的可能性,还需进一步的观察。无论怎样,在变动的当代现实中不断争取重构认识与感受的契机,应该是新诗,作为一种特殊文化实践,在百年之际仍可以保持活力的前提。

(2018年9月)